J. G. BALLARD

Terroristas do Milênio

Tradução
Celso Nogueira

COMPANHIA DAS LETRAS

Título original
Millennium people

Capa
Kiko Farkas/ Máquina Estúdio
Elisa Cardoso/ Máquina Estúdio

Preparação
Leny Cordeiro

Revisão
Marise Simões Leal
Olga Cafalcchio

Dados Internacionais de Catalogação na Publicação (CIP)
(Câmara Brasileira do Livro, SP, Brasil)

Ballard, J. G., 1930.
Terroristas do Milênio / J. G. Ballard ; tradução Celso Nogueira. — São Paulo : Companhia das Letras, 2005.

Título original: Millennium people.
ISBN 85-359-0653-3

1. Ficção inglesa I. Título.

05-2912 CDD-823

Índice para catálogo sistemático:
1. Ficção : Literatura inglesa 823

[2005]

EDITORA SCHWARCZ LTDA.
Rua Bandeira Paulista 702 cj. 32
04532-002 — São Paulo — SP
Telefone (11) 3707-3500
Fax (11) 3707-3501
www.companhiadasletras.com.br

Sumário

TERRORRISTAS DO MILÊNIO

1. Rebelião na Marina Chelsea

Estava acontecendo uma pequena revolução, tão modesta e bem-comportada que praticamente ninguém notou. Como o visitante de um cenário cinematográfico abandonado, parei na entrada da Marina Chelsea ouvindo o barulho do trânsito matinal na King's Road, aquela reconfortante balbúrdia do rádio dos carros e da sirene das ambulâncias. Para lá do portão se estendiam as ruas do condomínio abandonado, uma visão apocalíptica desprovida de trilha sonora. Faixas de protesto pendiam dos terraços. Contei uma dúzia de carros virados e pelo menos duas casas totalmente queimadas.

Apesar de tudo os passantes que cruzavam comigo iam às compras sem demonstrar a mínima preocupação. Parecia que outra festa na Chelsea escapara do controle, e os convidados estavam bêbados demais para perceber. Em certo sentido, pura verdade. A maior parte dos rebeldes e mesmo alguns líderes locais jamais compreenderam o que estava acontecendo no confortável enclave. Não admirava, pois aqueles revolucionários afáveis e bem-educados se rebelavam contra si mesmos.

Até eu, David Markham, psicólogo experiente infiltrado na Marina Chelsea como espião da polícia — um logro que eu seria o último a descobrir — deixei de perceber o que ocorria. Mas a inusitada amizade com Richard Gould, dedicado pediatra e líder da revolta, desviava minha atenção. Ele era o doutor Moreau do condomínio, como Kay Churchill, nossa amante compartilhada, o apelidara. Pouco depois de nosso primeiro encontro, Richard perdera o interesse pela Marina Chelsea, avançando para uma revolução muito mais radical, que ele sabia estar bem de acordo com meu temperamento.

Aproximei-me do cordão de isolamento que impedia o acesso ao condomínio pela King's Road e mostrei meu passe aos dois policiais que aguardavam a chegada do ministro do Interior. O motorista da van da floricultura discutia com eles, apontando para um gigantesco ramalhete de copos-de-leite sobre o banco do passageiro. Deduzi que um morador local, advogado ou contador bem-sucedido, estivera tão ocupado com a revolução que se esquecera de cancelar a encomenda das flores para a esposa aniversariante.

Os guardas se mostraram inflexíveis, recusando ao motorista permissão para entrar no condomínio. Intuíam que algo profundamente suspeito ocorrera naquela comunidade que antes respeitava a lei, um evento que exigia a presença de um ministro de Estado e sua comitiva de sumidades. Os visitantes — consultores do Ministério do Interior, religiosos consternados, psicólogos como eu e assistentes sociais respeitados — iniciariam a visita ao meio-dia, dentro de uma hora. Não haveria policiais armados para nos proteger, pressupunham compreensivelmente que uma classe média rebelada era cordata demais para representar uma ameaça física. Mas, como eu bem sabia, a ameaça seria exatamente física.

As aparências enganam e confirmam qualquer coisa. Os policiais gesticularam, autorizando minha passagem. Mal olharam para o passe. Tendo sido provocados durante semanas por mães de família articuladas em jeans esfarrapados, sabiam que meu corte de cabelo na moda, cortesia da equipe de maquiagem da BBC, terno cinza-escuro e bronzeamento artificial excluíam minha pessoa da tribo da Marina Chelsea. Os residentes prefeririam morrer a parecerem um guru televisivo de pouca audiência, um intelectual renegado que vivia no mundo duvidoso das videoconferências e seminários de aeroporto.

Mas o terno não passava de um disfarce, eu o usava pela primeira vez em seis meses, após jogar no lixo o paletó de couro gasto e a calça jeans. Saltei sem dificuldade por cima do cordão de isolamento, muito mais em forma do que os policiais imaginavam. As "ações terroristas", como o ministro do Interior as definira, em pouco tempo haviam enrijecido o corpo flácido, conseqüência de anos em saguões de hotel e salas de embarque. Até minha mulher, Sally, sempre tolerante, nunca surpresa, se impressionara com os braços musculosos, ao contar marcas deixadas pelos confrontos com a polícia e os guardas de segurança.

Mas um disfarce pode ir longe demais. Ao ver meu reflexo nas janelas quebradas da guarita, afrouxei o nó da gravata. Ainda não sabia direito que papel eu desempenhava. Richard Gould e eu éramos vistos juntos com muita freqüência, e os policiais deveriam me reconhecer como principal cúmplice daquele terrorista procurado. Quando acenei para eles, deram-me as costas, observando a King's Road em busca da limusine do ministro do Interior. Senti uma pontada de desapontamento. Por alguns segundos desejei que me interpelassem.

À minha frente estendia-se a Marina Chelsea, com ruas desertas como nunca acontecera nos vinte anos de sua existência.

A população inteira sumira, deixando uma zona de silêncio, como se ali houvesse uma reserva ambiental urbana. Oitocentas famílias haviam partido, abandonando cozinhas confortáveis, hortas de ervas e salas cheias de livros. Deram as costas a si mesmos e a tudo em que um dia acreditaram, sem o menor remorso.

Para lá dos telhados ouvia-se o ruído do trânsito da zona oeste de Londres, que se atenuava conforme eu percorria a Beaufort Avenue, principal via do bairro. A vasta metrópole que cercava a Marina Chelsea ainda prendia o fôlego. Ali principiara a revolução da classe média, não a insurreição de um proletariado desesperado, mas a rebelião de profissionais liberais instruídos que constituíam quilha e âncora da sociedade. Naquelas ruas plácidas, cenário de incontáveis jantares festivos, cirurgiões e corretores de seguros, arquitetos e gerentes de planos de saúde haviam erguido barricadas e virado seus próprios carros para bloquear a passagem dos carros de bombeiros e equipes de resgate que tentavam salvá-los. Recusaram oferta de ajuda, negando-se a manifestar suas queixas, e até mesmo a revelar se tinham alguma queixa, afinal de contas.

Os negociadores do cerco enviados pela subprefeitura de Kensington e Chelsea foram recebidos inicialmente com silêncio, depois com zombarias e por fim com coquetéis molotov. Por razões que ninguém entendia, os moradores da Marina Chelsea iniciaram o desmanche de seu mundo classe-média. Fizeram fogueiras com livros e quadros, brinquedos educativos e vídeos. O noticiário televisivo mostrava famílias de braços dados, rodeadas de carros tombados, rostos orgulhosos iluminados pelas labaredas.

Passei por um BMW calcinado, virado de rodas para cima junto ao meio-fio, e parei para observar o tanque de combustível retorcido. Um avião de passageiros sobrevoou a região central de Londres e centenas de janelas quebradas tremeram por causa da vibração das turbinas, como se liberassem o restinho da raiva. Curiosamente, os condôminos que destruíram a Marina Chelsea não demonstraram sentir raiva de nada. Descartaram calmamente seu mundo, como se estivessem pondo o lixo para fora.

Aquela placidez sinistra e a indiferença dos residentes em relação aos gigantescos encargos financeiros que teriam de pagar, ainda mais preocupantes, provocaram a visita do ministro do Interior. Henry Kendall, meu colega no Instituto, tinha contatos estreitos com o Ministério do Interior e informou que outros pontos de inquietação da classe média começavam a pipocar em subúrbios abastados de Guildford, Leeds e Manchester. Por toda a Inglaterra uma casta inteira de profissionais formados em curso superior estava rejeitando tudo o que trabalhara duro para conquistar.

Observei o avião passar pelo céu de Fulham e se perder entre as vigas expostas do telhado de uma casa queimada no final da Beaufort Avenue. A diretora de uma escola local e seu marido médico, proprietários do imóvel, haviam abandonado a Marina Chelsea levando três filhos. Resistiram até os últimos minutos e sucumbiram à tropa de choque da polícia. Pertenciam à vanguarda da rebelião, decididos a desmascarar a injustiça descarada que comandava sua vida. Imaginei-os a percorrer indefinidamente a M25 no Land Rover enlameado, absortos num transe profundo.

Para onde teriam ido? Muitos moradores refugiaram-se em seus chalés no campo ou procuraram amigos que apoiavam a luta com alimentos e e-mails encorajadores. Outros partiram para viagens indefinidas pelo distrito dos Lagos ou pelas Terras Altas da Escócia. Rebocavam trailers, formando a vanguarda de uma classe média itinerante, de uma nova tribo de ciganos com diploma universitário que conhecia a lei e poderia dar muitas dores de cabeça às prefeituras locais.

Kay Churchill, docente de estudos cinematográficos na universidade South Bank e minha senhoria, fora detida pela polícia e solta sob fiança. Sempre a proclamar a revolução, ela se refugiou num programa vespertino de tevê a cabo. A casa lotada porém confortável, cheia de sofás puídos e fotos de filmes, sofrera uma inundação pelas potentes mangueiras do corpo de bombeiros de Chelsea.

Sentia falta de Kay e sua cabeleira grisalha, opinião errática e vinho a fluir incessante, mas a casa dela, abandonada, era o álibi para chegar lá uma hora antes do ministro do Interior. Torcia para encontrar meu laptop ainda em cima da mesa de centro, na sala de Kay, onde havíamos estendido os mapas e planejado os ataques incendiários ao National Film Theater e ao Albert Hall. Durante os instantes finais da revolta, quando os helicópteros sobrevoavam a área, Kay empenhara-se tanto em converter o bem-apessoado chefe dos bombeiros para a causa que sobrou tempo para os subordinados romperem os vidros com os jatos de água. Um vizinho tirara Kay da casa, mas o laptop permanecia lá à espera dos especialistas da polícia científica.

Cheguei ao fim da Beaufort Avenue, ao silencioso centro da Marina Chelsea. Um prédio de apartamentos com sete andares erguia-se ao lado de Cadogan Circle; faixas pendiam frouxas dos terraços, proclamando seus slogans para o ar mouco. Atravessei a rua, no rumo de Grosvenor Place, o famigerado beco de Kay cujo nome lembrava uma Chelsea antiga, diferente. A ruazinha abrigara um comerciante de antiguidades que acabou preso, dois casais de lésbicas e um piloto de Concorde alcoólatra. Era um paraíso em matéria de bom divertimento e más companhias.

Caminhei na direção da caótica casa de Kay, escutando meus passos estalarem atrás de mim, ecos de uma culpa que tentava fugir de cena, embora só se aproximasse ainda mais. Distraído pela visão de tantas casas vazias, tropecei no meio-fio e me apoiei numa caçamba lotada de objetos domésticos. Os revolucionários, sempre gentis com seus vizinhos, haviam encomendado uma dúzia de caçambas gigantescas na semana anterior ao levante.

Havia um Volvo incendiado na rua, mas as regras continuavam valendo e o empurraram até uma vaga. Os rebeldes haviam feito a faxina, após a revolução. Quase todos os carros foram desvirados e as chaves estavam no contato, à espera da retomada pelo banco financiador.

A caçamba estava cheia de livros, raquetes de tênis, brinquedos infantis e um par de esquis chamuscados. Ao lado de um blazer escolar com monograma queimado havia um terno de pura lã, o uniforme diário do executivo de médio escalão. Jogado no meio do lixo, parecia a farda gasta de um soldado que largara o fuzil e fugira para as montanhas. O terno era estranhamente vulnerável, como a bandeira abandonada de uma civilização inteira, e eu torci para que um dos assessores do ministro do Interior mostrasse isso a ele. Tentei pensar numa resposta, se me pedissem para comentar a cena. Como membro do Instituto Adler, especializado em relações industriais e psicologia do trabalho, eu era uma suposta autoridade em vida emocional no serviço e problemas mentais dos gerentes médios. Mesmo assim, era difícil encontrar uma explicação satisfatória para o terno.

Kay Churchill saberia como responder. Enquanto pulava as poças d'água na parte de fora da casa eu ouvia sua voz dentro da minha cabeça: intimidando, implorando, sensata e absolutamente insana. A classe média era o novo proletariado, vítima de uma conspiração que durava séculos, e afinal rompera os grilhões do dever e da responsabilidade social.

Daquela vez a resposta absurda era provavelmente a correta.

Os bombeiros haviam inundado a casa para evitar que Kay a incendiasse. A água ainda pingava das vigas, uma fina névoa saía dos tijolos. A sala contínua tornara-se uma gruta marinha, a umidade escorria pelo forro rachado, as paredes mais pareciam tapeçarias molhadas. Parei entre os cartazes de Ozu e Bresson, quase esperava ver Kay surgir na cozinha com dois copos e uma garrafa de vinho, presente de um admirador, a insistir em que a batalha fora vencida.

Kay partira mas seu mundo animado e dissoluto permanecia a postos — em recados de Post-it grudados no espelho, em cima da lareira, convites para conferências feitos por grupos anarquistas e a coleção de pedras brancas no consolo da lareira. Cada pedregulho, contara, era a recordação de um amor de verão numa praia grega. Gotículas cobriam a foto da filha no porta-retrato, uma adolescente que vivia na Austrália, tirada nas derradeiras férias antes de a guarda dela passar ao marido. Kay seguira em frente, sustentando que a lembrança era uma armadilha dourada, restos do vinho da noite anterior num copo sujo de batom, mas eu a surpreendi mais de uma vez a enxugar lágrimas da foto emoldurada que segurava junto ao peito.

O sofá onde Kay e eu cochilávamos juntos era um monte ensopado. Mas meu laptop continuava em cima da pilha de revistas e roteiros cinematográficos. O disco rígido continha provas mais que suficientes para me condenar como cúmplice de Richard Gould. Havia listas de locadoras de vídeo a incendiar, agências de viagem a atacar, galerias e museus a sabotar, bem como as equipes de residentes destacadas para cada ação. Para impressionar Kay eu havia acrescentado notas sobre os estragos causados, ferimentos nos participantes e prováveis pedidos de compensação ao seguro. Ao digitar esses detalhes desnecessários, com o braço de Kay quente em volta dos meus ombros, eu me sentia como quem desenrolava um tapete que me levaria direto para uma cela no presídio.

Pensando carinhosamente em Kay, estendi a mão para ajeitar o retrato da filha. Um caco de vidro caiu da moldura e cortou a palma da minha mão, secionando levemente a linha da vida. Ao olhar a mancha brilhante, enquanto procurava o lenço, eu me dei conta de que aquele fora o único sangue derramado por mim na Marina Chelsea durante a rebelião inteira.

Fechei a porta ao passar com o laptop debaixo do braço. Olhei para as almofadas da porta de madeira pela última vez e vi, no esmalte liso, uma janela se mover e refletir a luz do sol. Uma folha de janela balançava no apartamento de cobertura do prédio de apartamentos ao lado de Cadogan Circle. Inesperadamente uma mão estendida limpou os vidros, sacudiu o pano de pó e se retirou.

Desci à rua e segui no rumo dos apartamentos, passando por um Saab queimado em sua vaga definitiva. Os sem-teto iam invadir a Marina Chelsea, deixando de lado as drogas leves e os colchões duros? Estariam prontos para adotar um novo estilo de vida, para encarar mensalidades escolares e faxineiras brasileiras? Aulas de balé e planos de saúde da BUPA?* Nossa revolução acanhada entraria para o calendário folclórico, para ser celebrada ao lado do baile de formatura e do torneio de tênis em Wimbledon.

Apertei o botão do elevador no hall do prédio de apartamentos, mantendo o lenço pressionado contra a palma da mão. Decepcionado, lembrei-me de que a energia fora cortada na Marina Chelsea inteira. Subi pela escada, parando para descansar

* British United Provident Association. (N.E.)

a cada pavimento, rodeado pelas portas abertas dos apartamentos abandonados, como um ator em busca do palco certo. Sentia a cabeça girar quando cheguei ao último andar. Sem pensar, empurrei a porta destrancada e olhei através da sala para a janela que balançara, refletindo o raio de sol.

Uma moradora do terceiro andar do mesmo prédio, Vera Blackburn, trabalhara no governo como cientista e era amiga íntima de Kay Churchill. Pelo que me lembro, a cobertura pertencia a uma jovem oculista e a seu marido. As janelas na sala permitiam uma visão clara da Marina Chelsea, pois davam para a Beaufort Avenue, caminho que o ministro do Interior faria em sua visita de inspeção.

Pulei uma mala abandonada e entrei na sala. Havia uma sacola de lona azul em cima da mesa, na lateral vi o símbolo da Polícia Metropolitana, era parte do equipamento utilizado para controle de distúrbios. Dentro haveria armas com balas de borracha, gás lacrimogêneo e bastões eletrificados com os quais a polícia se defendia dos inimigos incansáveis que a rodeavam.

O laptop pesava cada vez mais em minha mão, num sinal de alerta indireto. Ouvi vozes de duas pessoas no cômodo adjacente, o tom áspero mas contido de uma voz masculina e a resposta aguda de uma mulher. Presumi que um policial e sua colega vigiavam o trajeto do ministro do Interior. Metódicos convictos, haviam limpado a janela para ver melhor o ministro de Estado passear rodeado de conselheiros que aquiesciam com a cabeça. Ao me encontrar em seu posto de observação presumiriam o pior, e sem perda de tempo deduziriam que o laptop de um psicólogo era uma arma potencialmente mortífera.

Tentei não tropeçar na mala ao recuar para a porta, notando os quadros de oculista pregados na parede, acima da escrivaninha, com seus círculos feito alvos e linhas de letras sem sentido, que mais pareciam mensagens em código.

A porta do quarto se abriu e um homem distraído de terno gasto entrou na sala. O sol bateu nele por trás, mas pude ver sua face subnutrida e o tufo claro no alto da cabeça. Ele notou minha presença, mas parecia entretido com seus próprios problemas, como se eu fosse um paciente que aparecesse em seu consultório sem marcar hora. Olhou pela janela, para a rua deserta com suas casas chamuscadas; tinha a expressão cansada de um médico sobrecarregado tentando exercer sua atividade num subúrbio devastado pela guerra, no Oriente Médio.

Por fim dirigiu-se a mim, sorridente, numa súbita demonstração de calor humano.

"David? Entre. Estávamos todos esperando por você."

Contraditoriamente, percebi que estava ansioso para encontrá-lo.

2. A bomba de Heathrow

Minha sedução pelo dr. Richard Gould e a revolução que ele lançou na Marina Chelsea começara quatro meses antes, apenas, embora eu sentisse freqüentemente que conhecia aquele médico de crianças carentes desde meus tempos de estudante. Era o insubordinado que faltava às aulas e não fazia provas, o solitário de terno amarrotado e currículo inventado por ele mesmo, mas que acabou conseguindo terminar a pós-graduação e seguir uma carreira bem-sucedida profissionalmente. Ele entrou em nossa vida como o personagem de um sonho futuro, um estranho imbuído da certeza de que nos tornaríamos seus discípulos mais devotados.

Um telefone serviu como alerta inicial da chegada de Gould. Meu celular tocou quando saíamos para ir ao aeroporto de Heathrow, a caminho de um congresso de psicologia industrial de três dias na Flórida. Eu estava conduzindo Sally pela escada, e presumi que a ligação fosse um recado de última hora do Instituto para perturbar minha viagem através do Atlântico — demissão de uma secretária indispensável, aviso de que um colega querido se afastara para fazer tratamento por abuso de alguma substância, e-mail urgente do presidente de uma companhia que descobrira a teoria dos arquétipos de Jung e se convencera de que ela antecipava o design dos futuros equipamentos de cozinha.

Deixei Sally atender o telefone, enquanto levava as malas até a porta. Como reparadora e consoladora, tinha o dom de fazer com que todos se sentissem melhor. Em poucos minutos a fila do check-in de Heathrow desapareceria e o Atlântico ficaria mais liso que uma pista de dança. Parei do lado de fora da porta e olhei para a rua, em busca do nosso táxi. Alguns táxis entravam naquela travessa tranqüila da Abbey Road, mas logo eram convocados pelos fãs dos Beatles em sua peregrinação ao estúdio de gravação, ou então pelos membros do Marylebone Cricket Club após o almoço farto em trânsito da quadra de críquete para o mundo incerto que se estendia além dos tacos e bolas. Eu havia solicitado que o carro chegasse duas horas antes da decolagem de nosso vôo para Miami, do Terminal 3, mas o sr. Prashar, normalmente confiável, estava vinte minutos atrasado.

Sally continuava no telefone quando retornei à sala. Apoiada na lareira, alisava o cabelo que descia até o ombro com a mão distraída, elegante como uma atriz de cinema de Hollywood dos anos 1930. Os espelhos ficavam sem fôlego perto de Sally.

"Então tá..." Ela desligou o telefone. "Vamos esperar e torcer."

"Sally? Quem era? Espero que não tenha sido o professor Arnold..."

Com uma muleta em cada mão, Sally afastou-se da lareira. Recuei, sempre tolerante com sua inofensiva fantasia de ser deficiente. Mas na véspera, à tarde, ela havia jogado pingue-pongue com a mulher de um colega meu, deixando as muletas de lado enquanto perseguia a bolinha e rebatia com precisão. Não precisava das muletas havia meses, mas ainda as procurava nos momentos de tensão.

"Era seu amigo, o senhor Prashar." Ela encostou em mim, a cabeça perfumada pressionou meu queixo. "Aconteceu um problema qualquer em Heathrow. O engarrafamento chega até Kew. Ele acha inútil sair enquanto não liberarem a via."

"E quanto ao vôo?"

"Adiado. Nenhum avião pode decolar. O aeroporto inteiro está parado."

"E o que vamos fazer?"

"Tomar um drinque duplo." Sally me empurrou na direção do bar. "Prashar telefonará dentro de quinze minutos. Pelo menos ele é atencioso."

"Tudo bem." Servi dois uísques com *club soda* e olhei pela janela para o carro de Sally, que ostentava um adesivo desbotado de deficiente no pára-brisa e uma cadeira de rodas no porta-malas. "Sally, eu posso dirigir até lá. Vamos no seu carro."

"No meu? Você não sabe usar os controles."

"Amor, fui eu quem os projetou. Sei usar o encosto especial, os faróis, a buzina. Podemos deixá-lo no estacionamento de curta permanência. É melhor do que esperar aqui."

"Aqui podemos beber."

Deitada no sofá, Sally ergueu o copo, tentando me animar. A guerra pela sucessão no Adler, em que disputávamos quem substituiria o professor Arnold, me deixara cansado, abatido, e ela achou que seria ótimo uma viagem ao outro lado do Atlântico. O congresso em Celebration, a comunidade-modelo da Disney na Flórida, seria uma bela chance de ancorar o marido exausto numa piscina de hotel. Viajar para o exterior era um esforço para ela — a geometria desconfortável dos táxis e banheiros, os psicólogos norte-americanos que consideravam uma mulher a cambalear de muletas um tipo especial de desafio erótico. Mas Sally estava sempre disposta, mesmo que sua única companhia fosse o frigobar, na maior parte do tempo.

Deitei-me ao seu lado no sofá, após tocarmos os copos, e ficamos escutando o ruído do trânsito. Mais barulhento que o normal, pois o engarrafamento de Heathrow despejara sua frustração no centro de Londres.

"Dez minutos." Terminei meu uísque sem pensar no próximo drinque, mas sim no que se seguiria a ele. "Tenho a impressão de que não vamos conseguir."

"Relaxe..." Sally despejou o uísque dela no meu copo. "Você nem queria ir mesmo."

"Sim e não. Apertar a mão do Mickey Mouse me faz subir pelas paredes. Os americanos adoram esses hotéis da Disney."

"Não seja ferino. Fazem as pessoas se lembrarem da infância."

"Infâncias que eles nunca tiveram. E quanto ao resto de nós — por que precisamos ser lembrados da infância dos americanos?"

"Eis o mundo moderno, numa frase." Sally cheirou o copo vazio, abrindo as narinas como um peixe exótico e delicado abre as guelras. "Pelo menos distrai a gente."

"Uma viagem como esta? Vamos admitir, não passa de engodo. Viagem aérea, a ida até Heathrow, é tudo uma fuga coletiva da realidade. As pessoas formam fila no check-in e pelo menos naquele instante de sua vida sabem para onde estão indo. Pobres coitados, isso está escrito na passagem aérea. Veja o meu caso, Sally. Minha condição não é melhor. Viajar para a Flórida não era exatamente o que eu queria fazer. Serve como substituto a um pedido de demissão do Adler. Não tenho coragem de fazer isso."

"Claro que tem."

"Ainda não. É um porto seguro, um departamento respeitado da universidade, cheio de neuróticos ambiciosos. Pense bem — trinta psicólogos consagrados confinados lá, e todos odeiam o pai."

"E você não?"

"Não o conheci. Pelo menos isso de bom minha mãe fez por mim. E Prashar, onde se meteu?"

Levantei-me para telefonar. Sally pegou o controle remoto da tevê no tapete e ligou no noticiário da hora do almoço. Uma cena encheu a tela, reconheci um saguão de aeroporto.

"David... olhe." Sally inclinou o corpo para a frente, apoiando-se nas muletas a seus pés. "Algo de horrível..."

Ouvi a voz de Prashar, mas meus olhos se fixaram na notícia. O uivo das sirenes da polícia engoliram as palavras do repórter. Ele recuou quando uma equipe de resgate passou empurrando uma maca pelo meio dos passageiros e tripulantes. Havia uma mulher na maca, semiconsciente. Pedaços de pano cobriam seu tórax, o sangue salpicara seus braços. A poeira revoava, espalhando-se acima das lojas e casas de câmbio, feito um microclima frenético que tentasse fugir pelos dutos de ventilação.

Atrás da maca via-se o portão principal de desembarque do Terminal 2, guardado por policiais que empunhavam submetralhadoras. Um grupo de motoristas ansiosos aguardava na barreira, os nomes escritos nas placas de papelão já meio baixos. Um homem, carregando pasta de executivo, saiu pelo portão de desembarque, e o paletó tipo jaquetão sem uma das mangas expunha o braço ensangüentado. Observava atentamente as placas levantadas para ele, como se tentasse lembrar o próprio nome. Dois paramédicos e uma aeromoça da Aer Lingus se ajoelharam no chão para cuidar de um passageiro ferido ainda agarrado à maleta cuja tampa se perdera.

"Senhor Markham?" Uma voz soou distante em meus ouvidos. "Aqui é Prashar..."

Sem pensar, desliguei o telefone. Parei ao lado do sofá e firmei os ombros de Sally com as mãos. Ela tremia feito uma criança, enxugando o nariz com a mão, como se as imagens violentas da tela a lembrassem de seu acidente quase fatal.

"Sally, você está segura. Está comigo."

"Estou bem." Ela se controlou e apontou para o aparelho. "Puseram uma bomba na esteira de bagagem, David. Poderíamos estar lá. Alguém morreu?"

"Três mortos, vinte e seis feridos..." Li o texto na tela. "Vamos torcer para não haver crianças na lista."

Sally acionou o controle remoto para aumentar o volume. "Eles não mandam um aviso? Códigos que a polícia consegue reconhecer? Por que colocar uma bomba na sala de desembarque?"

"Algumas pessoas são malucas. Sally, estamos seguros."

"Ninguém está seguro."

Ela apertou meu braço e fez com que eu me sentasse ao seu lado. Juntos vimos as imagens do saguão do aeroporto. Polícia, equipes de primeiros socorros e funcionários do *duty-free* ajudavam passageiros a chegar até a ambulância. Depois a cena mudou e vimos um vídeo amador feito por um passageiro que entrou no local da bagagem logo depois da explosão. O sujeito se postou de costas para os balcões da alfândega, claramente perturbado com a violência que tomara conta do saguão lotado, a ponto de não largar a câmera nem oferecer socorro às vítimas.

A poeira caía do teto, volteando em torno das luminárias contínuas que pendiam do alto. Retorcidos pelo impacto, os carrinhos de bagagem virados jaziam no chão. Passageiros atônitos, sentados ao lado das malas, tinham as costas desnudas pelo impacto, cobertas de sangue e fragmentos de couro e vidro.

A câmera de vídeo fixou-se na esteira de bagagem imóvel, com suas partes deslocadas feito pás de ventilador de borracha. As malas continuavam a chegar pela abertura, um conjunto de tacos de golfe e um carrinho de bebê aumentaram a pilha de bagagem.

A três metros de distância dois passageiros sentados no chão observavam as malas que saíam da abertura. Um deles era um rapaz de vinte e poucos anos, usando jeans e restos de um casaco de náilon. Um policial e um segurança do aeroporto, os primeiros a chegar, viram que o rapaz consolava uma africana de meia-idade, deitada ao seu lado.

A outra passageira a fitar a esteira de bagagem era uma mulher de quase quarenta anos, com testa proeminente e rosto ossudo porém atraente. Usava o cabelo escuro preso e um conjunto preto polvilhado de vidro, parecia o smoking coberto de lantejoulas daquelas recepcionistas de casa noturna. Um estilhaço devia ter cortado seu lábio inferior, pois o sangue escorria. Mas ela parecia ter escapado praticamente ilesa da explosão. Limpou o pó da manga e olhou sombria para a confusão que a rodeava, a própria executiva preocupada com o atraso para a próxima reunião.

"David...?" Sally pegou as muletas. "O que foi?"

"Não sei bem." Levantei-me do sofá para sentar na frente da tevê, quase certo de haver reconhecido a mulher. Mas o cinegrafista amador virou a câmera para o teto, onde um tubo fluorescente despejava uma cascata de fagulhas, fogos de artifício em pleno hospício. "Creio que a conheço."

"A mulher de conjunto escuro?"

"Difícil dizer. Seu rosto me fez lembrar de..." Consultei o relógio, notando a bagagem no vestíbulo. "Perdemos o vôo para Miami."

"Tudo bem. A mulher que você viu — era Laura?"

"Creio que sim." Peguei as mãos de Sally, sentindo sua firmeza. "Era parecida com ela."

"Não pode ser." Sally afastou-se de mim e sentou no sofá, procurando o uísque. O noticiário retornou ao saguão, onde os motoristas se dispersavam com os cartazes abaixados. "Forneceram um número para contato dos parentes. Eu posso discar para você."

"Sally, não sou parente dela."

“Vocês foram casados durante oito anos.” Sally falou, pragmática, como se contasse que eu era sócio de um clube falido. “Eles lhe dirão se ela está bem.”

“Ela parecia bem. Talvez fosse Laura. A expressão no rosto, sempre impaciente...”

“Telefone para Henry Kendall, no Instituto. Ele deve saber.”

“Henry? Por quê?”

“Mora com Laura.”

“Certo. Mesmo assim, não quero deixar o coitado em pânico. E se eu estiver errado?”

“Duvido muito.” Sally falou em voz baixa, feito adolescente sensível a tratar com o pai furioso. “Você precisa saber. Laura foi muito importante em sua vida.”

“Já acabou faz muito tempo.” Consciente do tom levemente intimidante, completei: “Sally, eu conheci você.”

“Ligue para ele.”

Cruzei a sala, dando as costas para a tela da tevê. Tamborilei na cornija da lareira com a ponta dos dedos, empunhando o telefone celular, e tentei sorrir para a foto de Sally, sentada na cadeira de rodas ladeada pelos pais, tirada no hospital St. Mary’s no dia do nosso noivado. Atrás dela, em pé, de jaleco branco, eu exalava confiança, pois sabia pela primeira vez na vida que seria feliz.

O celular tocou antes que eu teclasse o número do Instituto. No meio da balbúrdia Henry Kendall erguia a voz para se fazer ouvir acima das sirenes de ambulância e gritos das equipes de emergência.

Ele estava ligando do hospital Ashford, próximo a Heathrow. Laura fora atingida pela explosão da bomba no Terminal 2. Uma das primeiras pessoas a serem removidas, ela perdera os sentidos e agora estava internada na unidade de terapia intensiva. Henry conseguiu manter o controle, mas sua voz saía numa torrente de raiva perplexa. Ele admitiu que pedira a Laura que pegasse um vôo tardio para voltar de Zurique, permitindo que ele cumprisse o compromisso agendado no Instituto antes de ir buscá-la no aeroporto.

"A Comissão de Publicações... Arnold pediu que eu a chefiasse. Meu Deus, ele estava avaliando sua própria dissertação! Se eu tivesse recusado, Laura ainda estaria..."

"Henry, todos agimos assim. Você não pode se culpar por..." Tentei tranqüilizá-lo, pensando no sangue que saía pela boca de Laura. Por algum motivo eu me sentia diretamente envolvido no crime, como se tivesse colocado a bomba na esteira de bagagem.

O ruído de discar soou novamente em meu ouvido, sinal tênue de outro mundo. Por alguns minutos todas as linhas que me ligavam à realidade se romperam. Fitei meu rosto no espelho, intrigado com a roupa para viajar que usava, um paletó esporte e camisa informal, o traje inadequado de um turista de praia que entrara por engano num velório. Já havia uma sombra em meu rosto, como se o choque da bomba em Heathrow tivesse obrigado minha barba a crescer. Meu rosto parecia tenso e inquieto, peculiarmente inglês, como a carranca furiosa do diretor depravado numa escola primária insignificante.

"David..." Sally levantou-se, esquecendo as muletas. Seu rosto parecia menor, mais proeminente, com a boca fazendo beicinho acima do queixo infantil. Ela pegou o celular e segurou minha mão. "Você tem razão. Foi azar de Laura."

"Sei disso." Eu a abracei pensando na bomba. Se o terrorista tivesse escolhido o Terminal 3, uma ou duas horas depois, Sally e eu poderíamos ter ido parar na terapia intensiva. "Só Deus sabe por quê, mas eu me sinto responsável."

"Claro que sim. Ela era importante para você." Sally me

encarou, balançando a cabeça calmamente, quase convencida de que me flagrara numa gafe menor, porém reveladora. "David, você precisa ir."

"Para onde? Para o Instituto?"

"Para o hospital Ashford. Leve meu carro. Passará com facilidade."

"Por quê? Henry está com ela. Laura não faz parte da minha vida."

"Por ela, não. Por você." Sally deu as costas para mim. "Você não a ama, sei disso. Mas ainda a odeia. Por isso, precisa ir lá."

3. "Por que eu?"

Chegamos ao hospital Ashford uma hora depois, numa jornada curta ao passado muito distante. Sally dirigia com vivacidade e elegância, a mão direita mantinha pressionado o acelerador instalado ao lado do volante, operando o manete como um piloto de caça, enquanto a mão esquerda cuidava do freio, próximo ao comando da transmissão automática. Eu havia projetado os controles, auxiliado por um especialista em ergonomia do Instituto, que tirara as medidas de Sally, meticuloso ao extremo, feito um alfaiate de Saville Row. A essa altura, como ela já havia recuperado a força nas pernas, eu sugeri que levássemos o Saab a uma oficina para desfazer a adaptação. Mas Sally gostava do carro especial, que exigia habilidades exclusivas. Quando desisti, ela passou a me provocar, dizendo que no fundo eu gostava da emoção perversa de ter uma esposa deficiente.

Quaisquer que fossem meus motivos, eu a observava cheio de orgulho marital. Ela conduzia o Saab habilmente, no trânsito intenso da hora do almoço, piscando o farol alto aos policiais atarefados na via expressa, apontando furiosa para o adesivo de deficiente colado no pára-brisa. Ao verem a cadeira de rodas no banco traseiro, eles nos encaminhavam para o acostamento, um atalho de alta velocidade por onde só uma mulher sedutora conseguia passar.

Enquanto avançávamos rapidamente, com o pisca-alerta ligado, tive a impressão de que Sally ansiava encontrar a antiga rival, agora confinada ao leito da unidade de terapia intensiva. Justiça fora feita, de certo modo. Sally sempre vira seu acidente como um acontecimento aleatório, um déficit cruel na ordem moral da existência que a colocava decisivamente como credora.

Ao passear com a mãe no Bairro Alto, em Lisboa, um labirinto de ladeiras íngremes, Sally atravessara a rua atrás de um bonde parado. A frota daqueles veículos antiquados, com painéis de madeira e estrutura de ferro fundido, fora instalada por engenheiros britânicos havia quase um século. Mas o charme e a arqueologia industrial têm seu preço. Os freios do bonde falharam por alguns segundos e o veículo deslizou para trás até que o sistema de segurança bloqueasse as rodas, atirando Sally ao chão e prendendo suas pernas debaixo do chassis pesado.

Conheci Sally na unidade de ortopedia do St. Mary's; à primeira vista parecia uma jovem corajosa, decidida a se curar, cujo corpo inexplicavelmente não reagia aos tratamentos. Meses de fisioterapia deterioraram seu estado de espírito, e ela despejara palavrões em alguns ataques de fúria. Entreouvi uma das cenas, uma tempestade desagradável na suíte particular, e a classifiquei como filha mimada de um industrial de Birmingham que chegava para visitá-la de helicóptero e aceitava todos os seus caprichos.

Eu visitava o St. Mary's uma vez por semana para supervisionar um novo sistema de diagnóstico desenvolvido em colaboração com o Instituto Adler. Em vez de encontrar um profissional cansado, ansioso por um gim duplo e um banho quente, o paciente sentava-se na frente do monitor, apertava botões em resposta a perguntas formuladas previamente por um médico descansado e sorridente, representado por um ator solidário. Para surpresa e alívio do médico, os pacientes preferiam a imagem computadorizada a um clínico real. Desesperado para ver Sally andar novamente, e bem consciente de que a deficiência dela era "eletiva", no jargão sutil, o cirurgião dela sugeriu que Sally se sentasse na frente do protótipo da máquina.

Eu desconfiava do projeto, pois tratava pacientes como crianças num fliperama, mas foi graças a ele que Sally e eu nos conhecemos. Reescrevi o diálogo de um programa de úlcera péptica, adaptando as questões para o caso de Sally, vesti o jaleco branco na frente da câmera e fiz o papel de médico atencioso.

Sally apertou os botões de resposta, contente, revelando sua raiva pela injustiça do acidente. Dias depois ela passou por mim no corredor, agitada, e quase me derrubou. Ao parar para se desculpar, descobriu assombrada que eu existia. Nos dias seguintes seu bom humor voltou e ela se divertia imitando minha atuação mecânica. Eu me sentava em sua cama e ela me provocava, dizendo que eu não era completamente real. Conversamos usando nossas vozes gravadas, num cortejar imbecil que eu fiz questão de não levar a sério.

Mas um diálogo mais profundo, implícito, nos uniu. Eu a visitava diariamente, e o pessoal da enfermagem contou que Sally descia da cama e saía para me procurar, dispensando a cadeira de rodas, quando eu me atrasava. Como logo descobri, ela era uma psicóloga mais sutil que eu. Exibindo um livro com os quadros de Frida Kahlo, ela me perguntou se eu poderia identificar a marca do bonde que ferira Kahlo na Cidade do México. Seria o fabricante, por acaso, alguma firma inglesa?

Eu compreendia a raiva que aproximava as duas mulheres, mas Kahlo fora seriamente ferida por uma barra de aço que lhe perfurara o útero e a fizera sofrer dores pelo resto da vida. Sally atravessara a rua numa cidade estrangeira sem olhar para a direita ou para a esquerda, e não perdera nada de sua beleza. Apenas sua curiosa obsessão pelo caráter fortuito do acidente a impedia de andar. Incapaz de resolver o enigma, insistia em bancar a aleijada na cadeira de rodas, compartilhando a sina com outras vítimas de acidentes insensatos.

"Então, você está em greve", falei. "Fazendo seu próprio piquete contra o universo."

"Estou esperando uma resposta, senhor Markham." Ela brincava com o cabelo, apoiada em três travesseiros enormes. "É a questão mais importante que existe."

"Prossiga."

"'Por que eu?' Responda. Você não sabe."

"Sally... faz diferença? Já é um milagre que estejamos vivos. A chance de nossos pais se encontrarem eram uma em milhões. Somos bilhetes de loteria."

"Mas uma loteria não é desprovida de sentido. Alguém tem de ganhar." Ela parou até prender minha atenção. "Como nosso encontro, aqui. Não foi sem sentido..."

Heathrow aproximava-se, uma cidade celeste encalhada, meio estação espacial, meio favela. Saímos da via expressa e fomos pela Great West Road, entrando na zona das fábricas de dois andares, escritórios de locadoras de automóveis e reservatórios gigantescos. Éramos parte de um mundo marinho invisível que conseguira combinar mistério e tédio. De certo modo, parecia apropriado que minha ex-esposa estivesse internada num hospital ali, entre a vida e a morte, numa área limítrofe entre o sonho e a vigília.

Sally dirigia com mais ímpeto que de costume, ultrapassando sem visibilidade, varando sinais vermelhos. Chegou a afastar uma viatura policial a buzinadas. A bomba de Heathrow a energizara. O ataque absurdo e alucinado confirmou suas suspeitas sobre o despotismo do destino. Não obstante sua preocupação de esposa, ela não estava ansiosa para ir ao hospital Ashford somente para me libertar das lembranças de um casamento infeliz, mas também para se convencer de que não havia sentido ou propósito numa bomba terrorista. Eu já torcia para que Laura estivesse subitamente recuperada e a caminho de Londres com Henry Kendall.

Liguei o rádio e o sintonizei no noticiário sobre o resgate dos feridos no Terminal 2. O aeroporto estava fechado até segunda ordem, pois a polícia procurava explosivos nos outros três terminais. Praticamente ignoradas pelos jornais, diversas bombas haviam explodido em Londres durante o verão, em sua maior parte de fumaça, ou artefatos incendiários que nenhum grupo terrorista reivindicou, parte do estranho clima metropolitano. As bombas foram deixadas num shopping center em Shepherd's Bush e num cinema de Chelsea. Não houve alertas e, felizmente, ninguém se feriu. Uma febre surda queimava a mente de algum solitário insatisfeito, uma vela de ressentimento que lançava sombras mais longas a cada dia. Contudo, eu só havia ouvido notícias a respeito da destruição de um McDonald's na Finchley Road, a menos de dois quilômetros de nossa casa, quando folheei o jornalzinho de bairro distribuído gratuitamente na manicure de Sally. Londres fora sitiada por um inimigo invisível, arredio.

"Chegamos", avisou Sally. "Bem, vá com calma."

Estávamos no hospital Ashford. Na parte externa do acesso ao pronto-socorro as luzes de uma ambulância giravam incessantes, famintos radares ávidos por sugar do céu notícias de dores e ferimentos. Paramédicos bebericavam xícaras de chá, prontos a serem convocados novamente para ir a Heathrow.

"Sally, você deve estar muito cansada." Alisei seu cabelo

enquanto esperávamos a vez para entrar no estacionamento. "Quer esperar aqui fora?"

"Vou entrar."

"Pode ser desagradável."

"Aqui fora é desagradável. Isso tem a ver comigo também, David."

Ela soltou a alavanca do freio, subiu na calçada e ultrapassou um Jaguar guiado por uma freira idosa. O segurança debruçou-se na janela de Sally, notou os controles adaptados e nos orientou a seguir para o estacionamento do supermercado vizinho, onde a polícia havia montado um posto de comando.

O Jaguar parou ao nosso lado, a freira desceu e abriu a porta para um padre grisalho, algum monsenhor pronto a administrar a extrema-unção. Enquanto ajudava Sally a descer do carro, notei uma figura barbuda de capa de chuva branca na parte externa do acesso ao pronto-socorro. Ele espiava por cima das cabeças de policiais e motoristas de ambulância, com os olhos fixos no céu, como se esperasse que uma aeronave há muito aguardada sobrevoasse o hospital e quebrasse o encanto. Segurava uma bolsa de mulher contra o peito, como um colete salva-vidas capaz de realizar um milagre desesperado.

Atordoado, ofereceu a bolsa ao paramédico prestativo que conversava com ele. As luzes da ambulância ocultavam seus olhos, mas eu podia ver a boca que se abria e fechava, num discurso murmurado que não se destinava a nenhuma das pessoas que o cercavam. Apesar de tantos anos no Adler, dos pacientes difíceis e das secretárias insuportáveis, aquela era a primeira vez em que eu via Henry Kendall totalmente perdido.

"David?" Sally esperava que eu a tirasse do banco do carro. Quando hesitei, ela esticou as pernas para fora, segurou a porta com as duas mãos e ficou em pé. Havia infinitas fileiras de carros estacionados em torno dela, uma silenciosa congregação que adorava a morte. "Aconteceu alguma coisa?"

"Parece que sim. Henry está logo ali."

"Expressão preocupada..." Sally acompanhou a mão que o apontava. "Está esperando você."

"Pobre coitado, não está esperando nada."

"Laura? Ela não pode..."

"Espere aqui. Vou conversar com ele. Se é que vai ouvir o que pretendo dizer..."

Cinco minutos mais tarde, após tentar consolar Henry, voltei para o carro de Sally. Ela estava parada ao lado da porta com uma muleta em cada mão e o cabelo louro espalhado pelo ombro. Carregando a bolsa de Laura, dei a volta no Jaguar do monsenhor, lamentando que nossa entrada agressiva tivesse atrasado sua chegada, mesmo por alguns segundos.

Abracei Sally com força, consciente de que eu tremia. Apertava a bolsa debaixo do braço, percebendo que a morte de Laura criara uma pequena distância entre nós.

4. O último rival

Quando saí da capela para o sol e me reuni aos outros presentes à cerimônia, um jato de passageiros iniciava a descida até Heathrow. Observei-o realizar a aproximação pelo lado de Deer Park, em Richmond, acima do observatório abandonado onde o Astrônomo Real estudava o céu imperial. Talvez a aeronave trouxesse de volta a Londres os participantes do Congresso Celebration, bronzeados pelo sol da Flórida, com a mente anestesiada pelas baboseiras ditas nos debates.

Naquela manhã eu havia lido por alto os resumos dos trabalhos apresentados, por e-mail, na sala da minha secretária. As teses presunçosas sobre a nova psicologia industrial davam a impressão de flutuar acima do mundo, como numa regata de balões de ar quente, distanciada da realidade moderna da morte à qual os pranteadores reunidos no crematório da zona oeste de Londres prestavam sua homenagem. Os psicólogos do Adler tentavam neutralizar os conflitos no local de trabalho, mas as ameaças que vinham do outro lado das cercas eram ainda mais reais e urgentes. Ninguém estava a salvo do psicopata sem motivos que atacava nos estacionamentos e esteiras de bagagem de nossa vida cotidiana. Um tédio depravado dominava o mundo, pela primeira vez na história da humanidade interrompido por atos gratuitos de violência.

O jato roncou acima de Twickenham com o trem de aterrissagem abaixado, confiando em que a terra firme o aguardava em Heathrow. Ainda perturbado pela morte de Laura, imaginei uma bomba explodindo no compartimento de carga, espalhando as chamuscadas teses sobre a psicologia no novo século pelos telhados do oeste de Londres. Os fragmentos cairiam sobre videolocadoras inocentes e lojas de comida chinesa para viagem, para serem lidos por donas de casa surpresas, num desabrochar raquítico da era da desinformação.

Meus colegas no Adler, desconfortáveis em seus ternos escuros, formavam rodinhas enquanto o som do órgão saía dos alto-falantes da igreja. Henry Kendall conversava com o agente funerário, uma figura agradável de terno leve e ar de chefe da portaria, sempre capaz de conseguir ingressos para os espetáculos mais disputados, neste mundo ou no próximo.

Henry, percebi aliviado, recobrara-se dos momentos de desespero na entrada do hospital Ashford. Raspara a barba, livrando-se do passado, agora que encarava um futuro sem Laura. Deixara a barba crescer logo após o início do caso com ela, o que sempre suspeitei que fora um mau presságio. Ele envelhecera rapidamente no período em que esteve com Laura, e agora já parecia mais jovem, com o brilho vivaz nos olhos que exibia quando chegou ao Adler.

Cumprimentei o professor Arnold, diretor do Instituto, um senhor afável mas astuto, dotado da mentalidade de um advogado de pequenas indenizações, consciente de que estava rodeado por rivais ansiosos por tomarem seu lugar. A morte de Laura os desequilibrara, fez com que se lembrassem do quanto ela os desprezara. Ela teria se surpreendido com a presença dos antigos colegas — "sujeitos cinzentos com neuroses que carregam como se fossem chupetas", comentou certa vez — e rido até arrebentar a tampa do caixão se ouvisse os elogios que lhe fizeram com a maior desfaçatez. Ela havia passado anos tentando me convencer a largar o Adler e montar meu próprio consultório, alegando que minha lealdade ao Instituto ocultava uma recusa ao amadurecimento. Nos últimos anos que passamos juntos, eu precisava da segurança oferecida pelo Adler, e quando ela se demitiu para atuar como psicóloga em seu consultório, concluí que nosso casamento estava acabado.

Mas segurança nunca foi algo que Laura tivesse pretendido oferecer. Lembro-me de seu humor ferino e das depressões que mostravam um lado mais caloroso e interessante, depois os súbitos entusiasmos que pareciam tornar tudo possível. Infelizmente, eu era muito estável e cauteloso para o gosto dela. Certa vez ela me provocou de propósito, até eu bater a porta em sua cara. O sangue esguichou num jato de seu nariz enorme, do qual sempre se ressentira. Curiosamente, foi o sangue no rosto da mulher ferida na esteira de bagagem que me fez pensar em Laura, no início.

Afastei-me dos presentes e caminhei por entre as coroas de flores, cada uma delas uma confusão de cores que me fazia pensar em outra explosão. A bomba no Terminal 2 foi detonada quando a bagagem do vôo da British Airways proveniente de Zurique chegava à esteira. Não deram nenhum alerta, nenhuma organização assumiu a responsabilidade por tantos mortos e feridos. Nada explicava a escolha daqueles passageiros, um grupo de funcionários de banco, turistas e esposas suíças em visita aos maridos residentes em Londres. Laura fizera uma conferência no congresso sobre problemas urbanos patrocinado pela Nestlé. Morrera na unidade de terapia intensiva do hospital Ashford, meia hora antes de nossa chegada, com o coração machucado por um estilhaço do mecanismo de tempo que detonara a bomba.

Andei de volta para a capela, deixando as flores emitirem seu derradeiro brilho no sol vespertino. Os presentes retornavam a seus carros, prontos para o consolo do vinho Montrachet que o professor Arnold ofereceu no lugar do velório. Henry Kendall, em pé nos degraus que conduziam à capela, conversava com um sujeito atarracado de cabelo louro-palha que usava capote de couro de carneiro por cima do terno. Eu o notara na última fila, observando os presentes, como se quisesse familiarizar-se com os homens da vida de Laura. Afastou-se quando me aproximei, dirigindo-se para seu carro, apressado.

"David..." Henry segurou meu braço. Mostrava-se afável e confiante, aliviado pelo final do funeral e outras coisas mais. "Fico feliz que tenha vindo."

"Correu tudo bem." Gesticulei na direção da capela. "Curto, mas..."

"Laura teria odiado tudo isso. Tantas palavras vazias nas homenagens. Estou surpreso de que tanta gente tenha vindo."

"Não poderiam manter distância. Ela assustou todos eles. Veja..."

"Certo, certo", disse Henry, desinteressado de mim, enquanto passava a mão no queixo. Buscava a barba, consciente de que seu rosto bonito e todas as suas inseguranças estavam expostos. Não foi a primeira vez que pensei ter sido a aparência dele, junto com uma certa passividade, o motivo da atração de Laura. A seus olhos sempre havíamos sido rivais, por isso ele ficava intrigado toda vez que eu deixava de aproveitar uma chance de enfraquecer sua posição. O caso com Laura fora em parte uma tentativa de me afastar. Eu gostava dele, e podia me dar a esse luxo, sabia que ele jamais se tornaria diretor do Adler.

Apontei para o homem de capote de carneiro, sentado sozinho no estacionamento com as mãos avantajadas no volante. "Quem é ele? Algum admirador antigo de Laura?"

"Espero que não. Major Tulloch, ex-policial em Gibraltar. Um tanto belicoso. Trabalha agora no Ministério do Interior, numa unidade antiterror ou algo assim."

"Ele está investigando a bomba de Heathrow? Alguma novidade?"

"Difícil dizer. Esse pessoal da inteligência sabe menos do que a gente pensa. Ele queria conversar com você antes da cerimônia, mas você estava meio absorto."

"E você, não estava?"

"Sim e não." Henry sorriu, dúbio, ainda para me testar. "Segundo Tulloch, encontraram um cartaz suspeito perto do posto de bagagem do Terminal 2."

"Alguma ligação com a bomba?"

"É possível. Alguém enfiou uma sacola na saída do duto de ventilação, atrás do vaso sanitário, no banheiro. Cerca de vinte metros de distância da bomba."

"Talvez estivesse ali há meses. Ou anos."

Henry me olhou, paciente, balançando a cabeça, como se confirmasse algo que Laura tivesse dito a meu respeito. "Sim, mas não podemos ser céticos demais. Algumas coisas precisam ser consideradas pelo que são. Havia também uma fita, protestando contra o turismo para o Terceiro Mundo. Sabe como é, turismo sexual, destruição da natureza, especulação imobiliária. A cultura das marinas."

"Na Suíça?"

"Quem sabe?" Consciente de que me deixara perplexo, Henry baixou a voz. "Quer conversar com Tulloch? O Ministério do Interior valoriza seu conhecimento."

"Sobre mortes violentas? Não sei de nada a respeito."

"Eles andam preocupados com os novos grupos terroristas.

Gente em busca de emoções fortes, que adora violência gratuita. Houve uma série de bombas recentemente, em sua maioria os casos foram abafados. Na verdade, Tulloch perguntou se eu gostaria de trabalhar com eles. Informalmente, claro. Participar de debates, observar tudo em segundo plano, caracterizar os traços psicológicos mais fortes."

"Disfarçado?"

"Mais ou menos."

"E você vai aceitar?" Esperei a resposta. "Henry?"

"Difícil dizer. De certo modo, devo isso a Laura."

"Você não lhe deve nada. Há centenas de grupos assim. 'Defenda a baleia assassina.' 'Salve o vírus da varíola.'"

"Exatamente. Por onde você começaria? Tulloch admite que há um certo risco."

"Sério? Então recuse, Henry."

"Bom conselho. Talvez bom demais." Quando apertávamos as mãos ele disse: "Diga uma coisa, David — por que foi até o hospital? Ashford fica muito longe de St. John's Wood."

"Estávamos preocupados com Laura. E com você."

"Certo. Por falar nisso, a bolsa de Laura...?"

"Está no carro. Vou entregá-la a você."

"Agradeço. Você a abriu?"

"Não."

"Conheço essa sensação. Há determinados segredos que nenhum de nós consegue encarar."

Ele foi embora, deixando-me sozinho com Tulloch. Espirais de fumaça saíam pela chaminé do crematório enquanto a câmara de combustão avançava rumo à temperatura máxima. Um pouco de fumaça mais escura elevou-se, como se parte de Laura se libertasse da âncora de seu corpo — talvez a mão que um dia me acariciou, ou o pé macio que tocava o meu durante o sono. Observei a fumaça subir, numa série de golfadas, como se a morta acenasse para mim. Minha camisa se ensopara de suor, debaixo do terno escuro. A morte dela me libertara de todos os ressentimentos, de todas as dores da lembrança. Eu me lembrei da jovem sagaz que conhecera no bar do National Film Theatre e convidara para ver a sessão da meia-noite de *Passageiro, profissão: repórter*, de Antonioni.

O major Tulloch olhava atentamente para mim, do carro, enquanto a fumaça subia ao céu rapidamente. Incomodou-me a presença do policial intimidador, sentado ao volante com seu capote de açougueiro, durante a subida ao céu do corpo de minha esposa. Mas eu sabia que precisava encontrar o assassino, caçar o amante secreto da vida de Laura, meu derradeiro rival.

5. Confronto em Olympia

Todos estavam calmos, sinal inconfundível de que o momento da crise chegara. Animados pelo aparecimento de uma equipe de televisão, os manifestantes se mostraram decididos, sua confiança aumentava com a impressão de que um público maior compartilhava sua indignação. Eles exibiam os cartazes escritos à mão e vaiavam com bom humor os visitantes que entravam no centro de exposições Olympia. A polícia, porém, parecia entediada, normalmente prenúncio de ação violenta. Eles já estavam cansados daquela manifestação inútil, na qual um grupo de apaixonados por gatos enfrentava outro semelhante.

De braços dados com duas senhoras de meia-idade de Wimbledon, eu me postara na primeira fila dos manifestantes, na Hammersmith Road. Quando o trânsito parou, avançamos por uma das pistas na direção dos policiais atentos, como numa coreografia de manifestantes em musical de protesto. Atrás de mim, uma moça ergueu alto o cartaz.

UM GATO NÃO TEM SETE VIDAS? PAREM DE PROCRIAR AGORA!

Recuei, tentando evitar que minhas companheiras de Wimbledon colidissem com os policiais mais próximos. Naquela altura, dois meses após o funeral de Laura, eu já era um veterano de doze manifestações. Sabia que era impossível prever o humor da polícia, mais ainda do que entender as mudanças na psicologia das multidões. Em poucos segundos, com a partida da van de uma rádio e a chegada de um oficial, a atitude cordial daria lugar à hostilidade declarada. Após uma saraivada de golpes discretos, seríamos forçados a recuar, deixando um senhor grisalho qualquer na calçada, com o cartaz quebrado e o nariz sangrando.

Bichano, bichano, bichano... fora, fora, fora!

Atravessamos a rua de novo, punhos cerrados a martelar o teto de um táxi que trazia mais visitantes à exposição de gatos. Quando nos aproximamos da fileira de guardas mal-encarados notei mais uma vez como a polícia parece enorme quando se avança contra ela, e como consideram praticamente todos os comportamentos ameaçadores. Empurrado adiante pela onda de manifestantes, esbarrei numa policial, miúda em comparação aos colegas homens. Ela olhava por cima do meu ombro, sem medo da turba barulhenta. Praticamente sem desviar a vista, ela desferiu dois pontapés na minha canela direita.

"Senhor Markham? Está bem? Pode se apoiar em mim..."

A jovem com o cartaz que dizia UM GATO NÃO TEM SETE VIDAS? agarrou-me pela cintura. Espremido no meio do conflito entre polícia e manifestantes, aderi à retirada pela Hammersmith Road, mancando e pulando numa perna só.

"Aquilo foi maldade. Sem nenhum cabimento, senhor Markham. Consegue respirar?"

Simpática e aguerrida, Angela era programadora de computadores em Kingston, tinha marido e dois filhos. Agimos juntos logo após a chegada ao Olympia, compramos ingressos e fizemos o reconhecimento da imensa exposição de gatos, com seus quinhentos expositores e uma boa amostra dos bichos mais mimados do mundo.

Agarrei a mão dela e sentei nos degraus de acesso a um bloco de apartamentos antigos. Enrolei a calça e apalpei as imensas marcas roxas que já começavam a se formar.

"Vou conseguir andar de novo. Acho que..." Apontei para a policial, agora a cuidar do trânsito, eficiente, desviando os carros em fila na direção de Kensington e da Hammersmith Broadway. "Ela fez de pura maldade. Fico doente só de imaginar como ela deve ser na cama."

"Um espanto. Nem pense nisso." Angela olhou para o outro lado da rua, estreitando a vista, com toda a ilimitada capacidade de indignação moral de uma moradora de subúrbio. Enquanto perambulava pela exposição, duas horas antes, impressionei-me com seu compromisso inabalável com o bem-estar daqueles bichos de luxo. As manifestações das quais eu havia participado recentemente, contra a globalização, armas nucleares e Banco Mundial, eram violentas, mas resultavam de reflexão profunda. Em contraste, aquele protesto contra a exposição de gatos em Olympia me parecia ternamente quixotesco em seu distanciamento da realidade. Tentei apontar isso a Angela enquanto percorríamos as gaiolas enfileiradas.

"Angela, eles parecem tão felizes..." Indiquei as magníficas criaturas — persas, *korats* e russos azuis, birmaneses e pêlos-curtos *colourpoint* — a modorrar em seus cestos imaculados, com o pêlo macio reluzente após xampu e escova. "Eles recebem um tratamento sensacional. Estamos tentando libertá-los do paraíso."

Angela nem reduziu o passo. "Como você sabe?"

"Basta olhar para eles." Paramos na frente de uma fila de abissínios tão profundamente ocupados em ser o que eram que mal notavam a multidão que os admirava. "Não se pode dizer que estão infelizes. Caso contrário, estariam andando de um lado para outro, tentando fugir das gaiolas."

"Foram drogados." Angela franziu o cenho. "Senhor Markham, nenhum ser vivo deveria ser enjaulado. Não estamos numa exposição de gatos, e sim num campo de concentração."

"Mesmo assim, parecem magníficos."

"Foram criados para morrer, e não para viver. Afogaram o resto da ninhada quando nasceu. Trata-se de uma experiência macabra de eugenia, o tipo de coisa que o doutor Mengele apreciava. Pense nisso, doutor Markham."

"Eu penso, Angela..."

Terminamos de percorrer a parte superior. Angela observou as saídas, os elevadores e escadas antigos, as saídas de incêndio e as câmeras da vigilância. O térreo fora dominado pelos estandes dos fabricantes de produtos para gatos, com vitrines para suplementos alimentares, brinquedos e estruturas para escalar, cosméticos e kits para cortar o pêlo. Todos os prazeres mundanos que um gato poderia experimentar eram prodigamente oferecidos.

Mas a lógica não era o forte dos movimentos de protesto, como eu havia descoberto nos dois últimos meses. No dia seguinte ao funeral de Laura passei a examinar as revistas e sites da internet em busca de detalhes sobre os protestos mais radicais, em busca de grupos propensos à violência. Uma dessas seitas fanáticas, frustrada pelo fracasso em alfinetar a pança mole da vida burguesa, poderia ter plantado a bomba em Heathrow.

Preferi não entrar em contato com o major Tulloch e o Ministério do Interior, que poderia ter outras prioridades e deixar de lado a atrocidade de Heathrow quando ela deixasse de servir a seus propósitos. A polícia, segundo Henry Kendall, fazia poucos progressos nas investigações. Agora descartavam a pista da fita cassete deixada perto do duto de ventilação, nas proximidades da esteira de bagagem do Terminal 2. As ameaças veladas contra o turismo no Terceiro Mundo combinavam mais com o estado de espírito de um mochileiro desiludido voltando de Goa ou Katmandu, com a mente anuviada pelo fumo e pelas anfetaminas.

A polícia científica analisara cada fragmento de vidro, metal e plástico. Curiosamente, não encontraram traços de um artefato barométrico projetado para provocar uma explosão no ar. A bomba continha um detonador de cápsula de ácido, pelo visto acionado a menos de cinco minutos da hora da explosão. Não somente a morte de Laura fora desprovida de sentido, como era quase certo que o assassino estava na multidão que víramos na televisão, fugindo do local.

Os movimentos de protesto, sãos e insanos, razoáveis e absurdos, contaminavam quase todos os aspectos da vida londrina, numa vasta teia de manifestações que refletiam o anseio desesperado por um mundo com algum significado. Dificilmente haveria atividade humana que não servisse de alvo a um grupo disposto e passar o fim de semana fazendo piquete em laboratórios, bancos comerciais e depósitos de combustível atômico, percorrendo caminhos enlameados para defender o ninho de um texugo, deitando no meio da rodovia para impedir a passagem do inimigo jurado de todos os manifestantes, o motor de combustão interna.

Em vez de estar à margem, esses grupos agora faziam parte das tradições cívicas do país, junto com o desfile do prefeito de Londres, da corrida de Ascot e da regata Henley. Com freqüência, ao participar de manifestações contra experiências em animais ou a dívida do Terceiro Mundo, eu sentia que uma religião primitiva estava nascendo, uma fé em busca de um deus para adorar. A congregação marchava pelas ruas, ansiosa por uma figura carismática que surgiria mais cedo ou mais tarde na vastidão selvagem de um shopping center dos subúrbios para disseminar os promissores ares da paixão e da credulidade.

Sally atuava como minha pesquisadora de campo, varrendo a rede em busca de avisos sobre protestos obscuros, sempre disposta a ajudar. A morte de Laura abalara a nós dois, a Sally mais do que eu esperava. Usando muletas novamente, ela se movimentava pela casa com a mesma determinação exibida na unidade de fisioterapia de St. Mary's, onde comecei a cortejá-la. Ela estava voltando ao período posterior aos ferimentos, quando vivia obcecada com Frida Kahlo e o acidente de bonde. Eu precisava desvendar o mistério da morte de Laura, nem que fosse apenas pelo bem de Sally.

Do fundo dos salões e atrás das barricadas, nas manifestações de protesto, eu perscrutava as fileiras de rostos resolutos em busca de uma mente genuinamente perturbada, de um lunático solitário ansioso para encenar seu sonho violento. Mas, a bem da verdade, quase todos os manifestantes eram membros bem-humorados da classe média — estudantes sensatos e profissionais de saúde, viúvas de médicos e avós que haviam voltado à escola e cursavam a universidade para a terceira idade. Pontadas na consciência e algum envolvimento quase esquecido com certos princípios os conduziram até a chuva e o frio.

As únicas figuras ameaçadoras que encontrei foram policiais e equipes de televisão. A polícia era sombria e imprevisível, paranóica em relação a qualquer desafio a sua autoridade. O repórter de televisão, uma espécie de agente provocador, buscava sempre instigar os pacíficos manifestantes à ação violenta. A neutralidade é a postura mais belicosa de todas, e o mais perto que cheguei de um expoente da violência política foi de Angela, a dona de casa de Kingston apaixonada pelos gatos.

Sentei-me nos degraus de acesso ao prédio de apartamentos e ela tirou do bolso do casaco um spray anti-séptico e gaze. Limpou os machucados e aspergiu o líquido pungente nos vergões. Mantinha os olhos fixos o tempo inteiro na policial maldosa, que agora tentava prender dois ciclistas por terem parado para ver a manifestação.

"Está melhor?" Angela flexionou meu joelho. "Se eu fosse você, ia correndo para o médico."

"Estou bem. Deveria registrar queixa, mas não vi quando ela me atingiu."

"A gente nunca vê."

Apontei para o kit de primeiros socorros. "Esperava encrenca?"

"Claro. As pessoas estão revoltadas."

"Por causa dos gatos?"

"Eles são presos políticos. Fazem experiências com animais, os seres humanos serão os próximos." Ela sorriu com doçura surpreendente e me beijou na testa, a medalha pela bravura em batalha. Acenou e se afastou, fiquei por minha conta.

Sensibilizado com o entusiasmo dela, observei os manifestantes que se reagrupavam para a segunda tentativa de bloquear o acesso ao salão de exposições e à bilheteria. Os cartazes subiram no ar, no alto de uma vara havia uma jaulinha na qual um gato alaranjado empalhado fora acorrentado às barras. Uma nuvem de confete amarelo de plástico atingiu a policial, escorrendo pela jaqueta da farda. Removendo os fragmentos pegajosos do queixo, ela avançou contra o grupo de manifestantes e tentou tomar uma lata de spray de um rapaz com máscara de tigre.

Começou uma briga desengonçada, interrompendo o trânsito na Hammersmith Road, numa série de escaramuças breves que deixou meia dúzia de piqueteiros de meia-idade tontos, sentados ao lado das rodas dos táxis engarrafados. Eu observava Angela enquanto ela atravessava a rua com as mãos enfiadas nos bolsos do casaco. Ignorou os manifestantes que lutavam contra a polícia e pegou no braço de um homem de rabo-de-cavalo que desceu da calçada para encontrá-la.

Levantei-me e segui em direção à exposição, passando pelos turistas atônitos e passantes curiosos reunidos no meio da rua. Angela e o amigo de rabo-de-cavalo avançaram no sentido da entrada, abraçados como dois namorados imersos em seu mundinho particular.

Eu os seguia para lá da bilheteria quando ouvi um clarão no salão da exposição. Os visitantes que me rodeavam, assustados com o súbito deslocamento de ar e eco repetido das portas ao baterem, escondiam-se uns atrás dos outros. Uma segunda explosão cegante ocorreu na parte superior, iluminando os espelhos dos elevadores antiquados. Um casal idoso à minha frente tropeçou numa pirâmide de coleiras antipulgas cravadas de pedras, fazendo com que se esparramassem espalhafatosamente.

Uma luta violenta era travada entre as gaiolas, no térreo. Angela e o sujeito de rabo-de-cavalo forçavam o caminho por entre os confusos criadores e arrancavam as portas das jaulas com uma alavanca. Deduzi que um grupo que se infiltrara esperava que a polícia se distraísse com a confusão na Hammersmith Road, dando tempo para que entrassem em ação.

Manquei atrás de Angela, consciente de que ela não seria páreo para os criadores enfurecidos. Um sargento e dois guardas se aproximavam de mim, protegendo a cabeça na hora em que o terceiro relâmpago explodiu dentro de um estande de vendas lotado de cestos de vime acolchoados.

Um gato enorme, Maine Coon lustroso e bem escovado, andava em nossa direção. Parou para se orientar na floresta de pernas humanas e disparou por entre as botinas do sargento. A visão da criatura liberada causou um espasmo de indignação nos curiosos. Um dos policiais deu um tranco em mim, empurrou-me para o lado e saiu correndo atrás de Angela. Seu companheiro de rabo-de-cavalo brandia uma lata de gás lacrimogêneo, mantendo um grupo de criadores afastado enquanto Angela estourava os cadeados das gaiolas com um alicate de corte.

O sargento empurrou o companheiro de Angela, arrancou o alicate da mão dela e a agarrou por trás, pelos ombros. Levantou-a no ar como se fosse criança e a atirou a seus pés, no meio da serragem e dos enfeites espalhados. Quando a levantou novamente, disposto a jogar aquela mulher miúda e assustada no chão, eu agarrei o braço dele.

Menos de um minuto depois eu me vi deitado no chão, com a cara na serragem e os braços algemados nas costas. Criadores raivosos desferiam pontapés, ignorando minha alegação de estar apenas defendendo uma dona de casa de Kingston, apaixonada por gatos, mãe de dois filhos.

Rolei e fiquei de costas, enquanto as sirenes soavam na Hammersmith Road e os alto-falantes do Olympia pediam aos presentes que mantivessem a calma. O protesto se encerrara e os derradeiros vapores de pólvora da bomba luminosa se perdiam entre as luzes do teto. Os criadores ajeitaram as gaiolas e acariciaram seus gatos apavorados, enquanto a vendedora arrumava a pirâmide de coleiras antipulgas. Angela e o sujeito de rabo-de-cavalo sumiram, mas a polícia conduzia diversos manifestantes algemados na direção da saída.

Dois policiais fizeram com que eu me levantasse. O mais jovem, um guarda negro surpreso com a quantidade de gatos e a atenção recebida por eles, limpou a serragem de meu paletó.

Esperou, enquanto eu tentava respirar apesar das costelas machucadas.

"Tem algo contra gatos?", perguntou.

"Só contra jaulas."

"Que pena. Vai ser enjaulado logo mais."

Respirei fundo, olhando as luzes do teto. Percebi que um segundo odor substituíra o cheiro de pólvora. Conforme as bombas luminosas explodiam, mil criaturas aterrorizadas se uniram num ato coletivo de pânico, e o salão de exposições foi tomado pelo fedor intenso da urina felina.

6. Resgate

Um aroma menos estimulante, o odor de sujeira e culpa, pairava sobre a sala de audiências do fórum em Hammersmith Grove. Eu aguardava na última fila dos bancos públicos, tentando ouvir o veredicto sobre a mãe de três filhos acusada de tentar atrair clientes na frente do Queen's Tennis Club. A suspeita de prostituição era uma mulher deprimida, de quarenta e poucos anos, quase analfabeta e absurdamente necessitada de cuidados médicos. Resmungou alegações que foram sufocadas pela atividade incessante da sala, na qual advogados, réus, meirinhos e testemunhas percorriam corredores, formando um grupo digno de Lewis Carroll. Ali não se fazia justiça, apenas uma série de repisados conchavos com o inevitável, apitos de um juiz encurralado num jogo de futebol caótico.

Eu havia sido multado em cem libras e intimado a respeitar a ordem. Meu advogado alegou que eu era um visitante inocente do Olympia que apenas tentara defender uma mulher contra a violência policial gratuita, mas foi ignorado pelos magistrados. A culpa de todos os que eram levados à barra dos tribunais — gatunos, motoristas embriagados, defensores de animais — era dada como certa. Só o arrependimento pesava um pouquinho na balança. Meu advogado exibiu meu currículo profissional, enfatizou a ausência de passagens na polícia e bom conceito na comunidade. Mas um sargento da polícia que eu nunca vira denunciou minha presença em diversos filmes de vigilância e em manifestações de rua violentas.

Os magistrados me encararam sombrios, concluindo que eu era um daqueles profissionais de classe média traidores da ordem estabelecida, merecedor portanto da pena máxima prevista para crimes mínimos. Antes de ouvir a sentença expliquei que procurava os assassinos de minha primeira esposa. Neste momento o juiz principal apertou os olhos.

"Numa exposição de gatos?"

Depois do julgamento meu advogado ofereceu carona até o centro de Londres, mas para seu alívio recusei a gentileza. Precisava arranjar um lugar para descansar, mesmo na tremenda confusão do fórum. Os pontapés maldosos desferidos pelos donos dos gatos em meu peito e órgãos genitais três dias antes e o tratamento brutal na viatura de polícia deixaram braços e costelas machucados e um testículo inchado que assustou Sally. Subir ao banco dos réus foi profundamente constrangedor, mas eu estava exausto demais para sentir vergonha de fato. Muitos dos pacientes tratados no Adler sentiam uma imensa culpa difusa, mas nenhum dos sujeitos condenados pela corte mostrava o menor remorso. A justiça não servia para nada, desperdiçava o tempo da polícia e se banalizava.

Descansei um pouco num banco de madeira que já era como uma punição, enquanto o tribunal ouvia a solicitação de que o caso seguinte fosse levado a júri. Uma mulher segura de si aproximou-se dos magistrados, usando um tailleur elegante. Brandia um maço de documentos, gesticulando teatralmente. Atrás dela, na plataforma que servia de banco dos réus, estavam os acusados, uma jovem chinesa com franja preta e expressão combativa e um clérigo constrangido de colarinho eclesiástico, barba por fazer e jaqueta de motoqueiro, que mantinha os olhos baixos. Os dois foram acusados de perturbar a paz no shopping center de Shepherd's Bush, provocando prejuízos avaliados em vinte e sete libras.

Eu havia visto o grupo nos degraus de acesso ao fórum, ao chegar, e deduzi que a mulher bem-vestida era advogada deles. Desfilava de um lado para outro, na frente dos magistrados, parando de vez em quando para dar aos três meritíssimos tempo para acompanhar seu raciocínio. Circulava de salto alto, o cabelo louro acinzentado esvoaçante batia no ombro. Exibia os quadris à corte atenta, confiante em sua aparência o bastante para usar os óculos na ponta do nariz.

Intrigado por seu domínio do palco, lamentei não ter pedido que ela me representasse. O público já ria de suas tiradas, e ela atuava com vistas aos aplausos, como uma atriz tarimbada. Quando o magistrado desconsiderou seu apelo para julgamento pelo júri, ela jogou os papéis de lado e se aproximou dos juízes com atitude quase ameaçadora. Um policial a conteve e obrigou-a a voltar ao banco dos réus, onde se postou desafiadora, ao lado da chinesa e do religioso desolado.

A defensora entusiasmada, portanto, não era advogada mas sim um dos réus. Encarou os magistrados, desafiadora, consciente de que seu momento havia passado. Tirou os óculos num gesto petulante, como uma criança privada de seu brinquedo. Calculei que ela e os companheiros faziam parte de algum grupo evangélico, de um culto maluco New Age que tentava realizar um ritual pré-histórico do solstício em plena praça de alimentação do shopping.

Saí da sala, ansioso para retornar à sanidade, Sally e meu serviço no Instituto. Sally concordara em não comparecer à audiência, evitando assim mais constrangimento. A busca pelos assassinos de Laura teria de seguir outro rumo, ou ser deixada à polícia e às unidades antiterrorismo.

Abri caminho no meio da multidão de parentes e testemunhas, no saguão, consciente do cheiro desagradável emanado por minha camisa, mistura de suor e culpa. Na minha frente vi um chofer uniformizado que testemunhara contra o patrão, um empresário local acusado de parar em fila dupla. Ele esbarrou em mim ao se virar subitamente, o cotovelo bateu em meu peito, depois ele pegou meu braço, para se desculpar, sumindo em seguida na multidão.

Uma onda de pânico tomou conta do meu peito, como se as costelas doloridas estivessem expostas ao ar. Quase incapaz de respirar, saí para a luz diurna de Hammersmith Grove e tentei acenar para um táxi que passava, mas o esforço de levantar o braço tirou meu fôlego. Encostei num leão de pedra da balaustrada e o policial de guarda gesticulou para que eu me afastasse da escada do fórum, como se espantasse um bêbado cambaleante.

Misturei-me à multidão da hora do almoço, formada pelo pessoal dos escritórios a caminho das lanchonetes. O ar da rua desaparecera. Estava a ponto de desmaiar e tive a idéia desesperada de me deitar na calçada, pois com isso alguém pensaria que eu ia morrer e chamaria uma ambulância.

Apoiando as mãos nos joelhos, encostei num carro estacionado e consegui aspirar um pouco de ar para os pulmões. Então um braço feminino cingiu-me pela cintura. Ao encostar a cabeça em seus quadris senti um cheiro forte, mistura de perfume e tecido de lã coberto pela transpiração provocada pela pura indignação, o que me fez erguer os olhos para vê-la.

“Senhor Markham? Calculei que precisaria de ajuda. Está embriagado, por acaso?”

"Ainda não. Mas sinto dificuldade para respirar..."

Olhei para o rosto forte da mulher que desancara os magistrados. Ela me observava com preocupação genuína e também com um elemento calculista, mantendo uma das mãos no celular dentro da bolsa, como se eu fosse um possível recruta para sua célula evangélica.

"Bem, tente se levantar." Ela fez com que eu me apoiasse no carro e acenou alegremente para um policial que nos vigiava. "Estacionei por aqui, em algum lugar, se é que não me roubaram o carro. O fórum cria sua própria onda de crimes. Você parece péssimo, o que aconteceu?"

"Machuquei uma costela", expliquei. "Levei um chute."

"No Olympia? Uma bota policial, aposto."

"Donos de gatos. Eles são muito violentos."

"Acha mesmo? E o que estava fazendo com os pobres bichanos?" Quase me carregando, ela olhava para as fileiras de carros parados. "Vamos para um lugar seguro. Conheço um médico que pode tratar de você. Vá por mim, nada melhor do que uma manifestação pacífica para atrair a violência."

7. Um homem deslocado

Mãos fortes orientaram minha cabeça na hora de sair do carro e me ajudaram a chegar até a porta da frente, ao lado de uma varanda envidraçada coberta de adesivos de protesto. Kay Churchill, a mulher que me socorrera, forçou a porta com o ombro até que abrisse, como se comandasse uma batida policial. Presumi que invadíamos uma casa abandonada em algum lugar de Chelsea, mas ela avançou confiante pelo vestíbulo e jogou a chave do carro no aparador. Farejou a atmosfera, claramente em dúvida se gostava ou não de seu próprio cheiro, e com um gesto ordenou que eu a seguisse.

Cartazes cinematográficos emoldurados enfeitavam a sala, o samurai carrancudo de um épico de Kurosawa, a mulher a gritar em *O encouraçado Potemkin*. Kay tirou uma pilha de roteiros da poltrona de couro e fez com que eu me acomodasse nas almofadas, esperando com um sorriso encorajador que eu recomeçasse a respirar. Ansiosa para cuidar de um companheiro de manifestações brutalizado pela polícia, ela tirou uma garrafinha de uísque do meio dos roteiros e um copo da gaveta da escrivaninha. Balançou a cabeça em sinal de aprovação quando inalei o vapor estimulante.

"Pobre coitado — estava mesmo precisando de um gole. Aqueles filhos da mãe caíram mesmo em cima de você."

"É muita gentileza sua...", reclinei, tentando não respirar. "Se telefonar para minha esposa, ela virá me buscar."

"Vamos chamar o médico primeiro. Não sei se seria uma boa idéia que sua esposa o visse agora." Ela se debruçou um pouco. "Senhor Markham? Pode me ouvir?"

"Claro. Como sabe meu nome?"

"Ouvi quando o escrivão o chamou." Ela sentou no braço da poltrona, saia justa a mostrar as coxas. Era bondosa e agradável, embora descaradamente presumida e preocupada em ser o centro das atenções. Apesar da simpatia, mostrava-se intrigada a meu respeito, como se de algum modo eu não conseguisse convencê-la. Durante o trajeto, desde que saímos do fórum, ela dirigia com uma das mãos no volante do Polo e a outra estendida no sentido do banco do passageiro, para segurar meu ombro, certificando-se de que eu ainda estava vivo. Depois de se apresentar, manteve os olhos fixos no espelho retrovisor.

"O escrivão?" Bebi um golinho do uísque forte. "O tribunal era um hospício. O que eles praticam lá não é justiça."

"Você não se saiu de todo mal. Destruição de propriedade, uso de explosivos, agressão contra a polícia? Mesmo em se tratando de réu primário, a multa foi muito baixa."

"Não posso explicar isso. Acredite, não trabalho para os serviços de segurança."

"Eu não pensei nisso." Ela balançou a cabeça, pensativa, concedendo-me o benefício da dúvida. "Mesmo assim, melhor tomar cuidado. Nossa democracia antiquada tem olhos e ouvidos por toda parte — câmeras em bules de chá, microfones atrás do chintz. Sempre que você faz xixi um agente de segurança do

MI5 toma nota de sua masculinidade. Todos fazemos isso. Essa roupa chique que está usando... suponho que seja seu disfarce, certo?"

"De certo modo." Tentei ajeitar a lapela do reluzente terno espinha-de-peixe. "Comprei do jardineiro. Não queria parecer muito..."

"Classe média?"

"Melhor tomar cuidado. De qualquer maneira, estamos totalmente fora de moda. As pessoas acham que precisamos apanhar."

"Com razão." Ela falava pragmaticamente, como se confirmasse a mudança no clima. "Seu advogado estragou tudo. David Markham, psicólogo consultor da Unilever e BP. Agora anda brigando com a polícia e tentando mudar o mundo. Deu sorte por não ter ido para a cadeia."

"E quanto a você? E a moça chinesa? E o reverendo?"

"Parece uma ópera de Bartók." Ela procurou o celular. "Vou telefonar para o médico meu amigo outra vez. Ele deve estar em cena, a esta altura."

"Operando?"

"Dirigindo uma peça escrita pelos pacientes, *Rainha Diana*."

"Parece muito comovente."

"Pior, triste. São crianças com síndrome de Down. Uma gracinha, mas um tédio mortal. *Branca de Neve* recontada por Harold Pinter."

"Interessante... talvez faça mais sentido." Tentei levantar. "Passarei no meu clínico geral no caminho de casa."

"Não." Ela levou a mão firme até minha testa. "Sua mulher não vai gostar que você morra no banco traseiro de um táxi. Além disso, preciso de sua ajuda para nosso próximo projeto..."

Observei-a andar de salto alto, elegante. Com genuína preocupação por minha condição, ela me trouxera para sua casa. Mas eu já sentia que me transformava num prisioneiro. Reclinado na poltrona, refletia sobre o que conseguia ver daquela casa desleixada e atraente, tão diferente de nosso apartamento formal em St. John's Wood, mobiliado pela filha de um milionário dotada de bom gosto excessivo. Gostei do aroma suave de maconha, alho e perfumes embriagantes. Havia desenhos infantis pendurados na lareira, manchados de vinho atirado ao fogo, mas era óbvio que Kay Churchill morava sozinha. Havia poeira acumulada na mesa de centro e na escrivaninha, uma crosta que parecia presença ectoplásmica, um mundo paralelo com seus próprios remorsos e lembranças.

Um ônibus escolar passou pela janela, lotado de meninas com chapéus de feltro e casacos cor de vinho, uniforme de uma escola primária particular cujas mensalidades poderiam pagar os estudos do bantustão do East End inteiro. Eu estava sentado em algum lugar da Marina Chelsea, um condomínio fechado ao sul da King's Road, e, para mim, uma espécie de coração das trevas.

A Marina Chelsea, construída no local de um antigo gasômetro, destinava-se a uma classe de profissionais bem pagos ansiosos pela preservação de seus totens tribais — escolas particulares, cultivo dos jantares entre amigos e um desprezo jamais admitido pelos estratos "inferiores", o que incluía operadores da City, consultores financeiros, produtores da indústria fonográfica e a lúmpen-intelligentsia dos publicitários e colunistas de jornal. Todos esses receberiam bola preta da comissão de admissão, embora muitos pudessem considerar a Marina Chelsea muito modesta e bem-comportada para seu paladar abrangente.

Enquanto Kay perambulava pela sala, falando ao telefone, eu me perguntava onde ela se encaixava naquele enclave de decência classe média. Ela desancava a azarada telefonista do hospital, erguendo a voz até um uivo de peixeira para descrever os ferimentos no peito e prováveis danos cerebrais. Enquanto isso, olhava seu rosto no espelho do cabide de casacos, satisfeita. Quando serviu uma dose de Scotch notei as unhas roídas até a base e o nariz bem definido que cutucava desde menina.

"O doutor Gould está a caminho." Ela sentou no braço da poltrona e examinou meus olhos, aproximando o corpo do meu. "Mas, pelo que vejo, você já melhorou bastante."

"Ótimo. Qualquer coisa para me afastar daquele tribunal." Apontei para a rua calma, do outro lado da janela. "Então, é aqui a Marina Chelsea. Mais parece..."

"Fulham? Mas aqui é Fulham. Marina Chelsea é fraude de corretor imobiliário. Moradia acessível aos gerentes e funcionários públicos que quase se deram bem."

"E a marina?"

"Do tamanho de uma privada, e cheira igual." Ela levantou a cabeça como se sentisse uma lufada daquele aroma pernicioso. "O condomínio inteiro foi deliberadamente construído para a classe média conservadora, mas está se transformando em cortiço de luxo. Não há dividendos da prefeitura aqui, nada de carteira de ações ou cartões de crédito corporativos. Muitos sobrevivem com dificuldade. Por isso estamos despertando e tomando providências a respeito. Realizando uma série de manifestações de rua."

"O problema é que todas as ruas levam ao distrito policial mais próximo."

"Dá para lidar com isso. Lembre-se, a polícia é neutra — odeia todo mundo. Cumprir as leis não tem nada a ver com ser bom cidadão. Basta não arranjar encrenca com a polícia."

"Bom conselho." Quando me dei conta, respirava com força demais. Soltei o ar dos pulmões. "Conheça as regras e sairá livre de praticamente tudo."

"Isso sempre é um choque para a classe média." Ela passou

o dedo na poeira da mesa de centro, como um bacteriologista surpreso com uma nova cultura no disco de Petri. "O que estava havendo em Olympia?"

"Nada..." Esperei até que Kay se acomodasse no sofá, para me ouvir, e concluí que aquela mulher atraente e decidida era solitária. Fiquei tentado a relatar minha investigação sobre a bomba em Heathrow, mas ela estava um pouco atenta demais. Ouvira meu depoimento aos magistrados, provavelmente deduzira que meu envolvimento com os movimentos de protesto ocorria num nível mais profundo. Defensivamente, acrescentei: "Uma exposição de gatos — soa trivial, mas rende manchetes. Faz as pessoas pensarem, por ser inesperado."

"Exato." Ela balançou a cabeça vigorosamente. "Precisamos desestabilizá-los. A sinceridade não basta — eles concluem que você é uma velha lamurienta ou um chato amalucado. A gente precisa pôr a cabeça para fora. Você tentou, e só Deus sabe o preço que pagou por isso."

Apontei com o copo para os cartazes na parede. "Você é crítica de cinema?"

"Leciono arte cinematográfica na South Bank University. Ou lecionava."

"Kurosawa, Klimov, Bresson...?"

"O último suspiro. Depois veio o entretenimento."

"Sem dúvida." Estava na hora de ir embora, mas eu tinha dificuldade para me levantar da poltrona. O uísque bloqueava a dor, desde que eu permanecesse sentado. Li os títulos impressos nas centenas de vídeos enfileirados nas prateleiras atrás da escrivaninha. "Nenhum filme americano?"

"Não gosto de comédias."

"Film noir?"

"O preto é uma cor muito impressionável. Pode-se esconder qualquer porcaria atrás dele. As fitas de Hollywood são divertidas, se o conceito de diversão for hambúrguer e milk shake. Os americanos inventaram o cinema para não precisarem amadurecer jamais. Temos angústia, depressão e arrependimento da meia-idade. Eles têm Hollywood."

"Bom para eles." Apontei para as pastas sobre a mesa de centro. "Roteiros para avaliação?"

"De minha turma na faculdade. Pensei que precisavam de uma excursão diurna à realidade. Há jargão demais circulando — 'voyerismo e o olhar masculino', 'angústia de castração'. O discurso marxista a devorar seu próprio rabo."

"E você curou tudo isso?"

"Eu disse a eles para levarem as câmeras para o quarto e fazerem um filme pornô. Nas horas vagas o que eles fazem é foder, mesmo. Por que não olhar isso através das lentes? Eles não aprendem muito sobre sexo, mas aprendem muito sobre cinema, assim."

"E deu certo?"

"Eles adoraram, mas o chefe do departamento não se impressionou muito. Estou suspensa até eles decidirem o que fazer comigo."

"Um desafio e tanto."

"Foi o que pensei, também. Portanto, com tempo de sobra nas mãos, resolvi começar uma revolução."

"Uma revolução?" Tentei parecer impressionado. Ela se mostrava arredia, frustrada, olhava para o tapete puído como uma atriz desprovida de sua platéia. A revolução, quando chegar, pelo menos fornecerá um bom roteiro e alguns papéis importantes.

"Você deu um espetáculo e tanto esta manhã", comentei. "Na verdade, fiquei surpreso quando os consideraram culpados. Multar um pastor..."

"Stephen Dexter? É o vigário residente da Marina Chelsea. Não sei se poderíamos chamá-lo de pastor."

"Quer dizer que o protesto em Shepherd's Bush foi religioso?"

"Não para Stephen. Pobre coitado, é um daqueles religiosos que se sentem na obrigação de duvidar de seu Deus. Mesmo assim, é útil tê-lo por perto, principalmente em manifestações."

"Vinte e sete libras em danos? O que andaram fazendo? Viraram uma lata de lixo?"

"Rasgamos alguns cartazes." Ela deu de ombros, em genuína repulsa. "Material depravado."

"Pecaminoso?"

"De certa forma. Profundamente sedutor."

"Num shopping center? O que era? Uma sala de conferências pró-vivissecção?"

"Uma agência de viagens." Ela se virou para mim, erguendo o queixo. "Como se pode imaginar, somos contra o conceito de viajar."

"Por quê?"

"O turismo é o maior soporífero. Trata-se de um tremendo conto-do-vigário, dando às pessoas a idéia de que há algo de interessante em sua vida. É a dança das cadeiras ao contrário. Quando a música pára as pessoas levantam e dançam em volta do mundo, e mais cadeiras são acrescentadas ao círculo, mais marinas e mais hotéis Marriott, por isso todos pensam que estão ganhando."

"Mas não passa de vigarice?"

"Completa. Os turistas de hoje não vão a lugar nenhum." Ela falava com confiança, com a segurança de uma conferencista que nunca era interrompida pela platéia, exibindo-se naquela sala maltratada com seu estilo passional. "Todos os upgrades da vida levam aos mesmos aeroportos e resorts, à mesma cascata de *piña colada*. O turista sorri bronzeado, mostra os dentes brancos e pensa que é feliz. Mas o bronzeado oculta o que realmente são — escravos do salário com a cabeça cheia de lixo americano. Viajar é a última fantasia que o século XX nos legou, a ilusão de ir a outro lugar ajuda o sujeito a reinventar a vida dele."

"E isso não pode ser feito?"

"Não há para onde ir. O planeta está lotado. Melhor ficar em casa e gastar o dinheiro em cobertura de chocolate."

"O Terceiro Mundo ganha um pouco, assim..."

"O Terceiro Mundo!" Sua voz se elevou num uivo de desprezo. "Gangues de servos que misturam cimento e preparam a pista de pouso. Alguns escolhidos misturam coquetéis e preparam a cama para os turistas."

"Vida dura; mas é vida."

"Eles são as verdadeiras vítimas. Meu Deus, eu gostaria de pôr uma bomba em cada agência de viagens deste país."

Apertei as costelas, já sem pensar se conseguiria caminhar até a King's Road. Kay Churchill enveredara por uma ladainha bem ensaiada, desfiando o rosário de seu catecismo de obsessões. Segundo Henry Kendall, a fita encontrada em Heathrow continha arenga semelhante. Lembrei-me do vídeo amador mostrando Laura deitada entre malas e vidro quebrado, além de ter ouvido Kay se dirigir a uma platéia real, os magistrados enfastiados que um dia a trancariam numa cela em Holloway. Era difícil acreditar que aquela mulher intrigante porém errática tivesse autocontrole suficiente para plantar uma bomba. Mas teria ela ouvido falar do atentado na esteira de bagagem na rede de protesto e encaixado a tragédia de Heathrow em sua visão de mundo inflamada?

"David?" Ela sentou ao meu lado e levou a mão maternal à minha testa. "Gostei de conversar com você. Tenho certeza de que vemos as coisas da mesma maneira. Precisamos de mais recrutas, principalmente alguém do Adler. Quando estiver melhor falaremos nisso. Estamos mudando para uma fase mais séria."

"A violência não serve para mim, Kay."

"Por favor, não quero saber de violência." Seu hálito suave me perfumou. "Ainda não. Mas o momento virá muito antes do que as pessoas imaginam."

Olhei para seu rosto cauteloso mas resoluto, para os dentes irregulares e olhos firmes. Deduzi que ela se distanciava do mundo real havia anos, e que em sua mente circulava um trem-fantasma cujo percurso ela mesma projetara.

"Puseram uma bomba em Heathrow", comentei. "Faz dois meses. Morreram algumas pessoas."

"Aquilo foi terrível." Ela segurou minhas mãos, em solidariedade. "Sem sentido, claro. As pessoas que usam a violência precisam ser responsáveis. É uma questão muito especial. Todos sonham com a violência, e quando muita gente sonha a mesma coisa isso quer dizer que algo terrível está a caminho..."

O ronco de uma motocicleta, como um pigarro, perturbou o sossego da rua, fazendo vibrar as janelas. Após o obrigatório engasgo, uma Harley-Davidson aproximou-se do meio-fio e parou ao lado do Polo de Kay. O motorista, paramentado com traje completo de motoqueiro, desligou o motor e sentou novamente para aproveitar a última descarga do escapamento. Atrás dele, na garupa, ia uma chinesa miúda de casaco Puffa acolchoado e capacete que lhe cobria a face. Já os vira no fórum, mas agora pareciam menos reservados.

Permaneceram juntos, sentados, dois astronautas negros do lado do meio-fio, sem a menor pressa de desmontar, preparando-se para reentrar no mundo não motociclístico. Kay acenou para eles da janela, mas nenhum dos dois respondeu, entretidos nas enigmáticas formalidades de soltar zíperes e botões de pressão que mantinham seus trajes fechados.

"Preciso voltar para casa." Com esforço violento consegui levantar, impulsionado para cima pelo lastro do álcool. "Vigário residente? Ele estava em Hammersmith, na manhã de hoje. Preciso de um médico, não de extrema-unção."

"Não sei se Stephen poderia fazer isso. Ele se proibiu de voar."

"Voar? Ele é piloto?"

"Por coincidência, sim. Mas não foi isso que eu quis dizer. Era pregador itinerante nas Filipinas, pulava de uma ilha a outra, levando a palavra de Deus. Um dia, o avião caiu na ilha errada."

"Ele não pode mais voar?"

"Espiritualmente falando, não. Assim como você, ele tem dúvidas a respeito de tudo."

"E a moça chinesa?"

"Joan Chang. Ela é a navegadora, ajuda a orientar sua jornada pela selva negra do mundo."

Ouvi o som de botas pesadas no caminho de pedra. Minha cabeça desanuviava-se, os efeitos anestésicos do uísque passavam depressa. Em algum lugar dentro do meu peito um Rottweiler acordara de seu sono e vigiava o mundo.

"David, você precisa repousar. O médico já vem..."

Sorrindo para mim de um modo muito gentil, Kay pegou minha mão e me levou de volta à poltrona. Atrás da porta da sala havia um pôster de *O terceiro homem*, uma foto da filmagem com Alida Valli, uma beldade européia sombria que transmitia toda a melancolia da Europa do pós-guerra. Mas o cartaz me fazia lembrar outro filme de Carol Reed, a respeito de um pistoleiro fugitivo, manipulado e traído pelos estranhos com quem procurara refúgio.

Tentei me recuperar enquanto Kay ia até a porta, e me dei conta de que era prisioneiro naquela casa modesta, que estava preso entre os sonhos dos melodramas que eu vira anos antes com Laura no National Film Theatre. Ouvi o zíper das jaquetas de couro na entrada, o rasgar das tiras de velcro, vozes abafadas que comentavam a mão pesada da polícia, um doutor sem nome e, sem sombra de dúvida, Heathrow. A campainha tocou enquanto eu tentava acalmar o Rottweiler dentro do meu peito e caía de joelhos no carpete empoeirado.

8. Os sonâmbulos

As mulheres se moviam suavemente em torno de mim, para tirar o sapato e afrouxar o cinto. A moça chinesa debruçou-se sobre a poltrona e desabotoou minha camisa. Um odor leve mas caro flutuou entre nós, com traços de pasta de dente incomum, a insinuar toaletes de primeira classe nos vôos de longa distância da Cathay Pacific, num sonho de casacos de zibelina e salões de embarque em Hong Kong.

Um cheiro mais forte se impôs, o fedor grosseiro de óleo lubrificante. O clérigo motoqueiro, Stephen Dexter, ergueu minha cabeça para ajeitar embaixo dela uma almofada debruada entregue a ele por Kay. Seus polegares pesados tocaram minha testa com o aperto de um padre a convocar almas perdidas à luz.

Havia outra figura na sala, um sujeito esbelto de terno preto cujo rosto eu nunca vira. Calculei que fosse o médico, Richard Gould, chamado por Kay. Ele se sentou atrás de mim para auscultar meus pulmões com o estetoscópio. Quando aplicou a injeção notei a mão exangue de unhas aparadas que se movia furtiva como a de um curandeiro filipino.

Enquanto esperava que o anestésico fizesse efeito, ele levou a mão ao meu ombro, e senti que um corpo imaterial se ancorava em mim feito um íncubo, o físico esgotado de um médico de trinta e poucos anos, um sujeito caseiro e exausto que Kay tirara da sesta vespertina. Um odor menos agradável que o óleo de motor e a pasta de dente da Cathay Pacific pairava nas imediações da manga manchada de sua camisa, insinuando corpos sem lavar das crianças com Down.

Vendo que eu estava quase dormindo, ele encerrou a consulta e se refugiou na cozinha. Os outros paravam de conversar quando ele falava, mas só consegui ouvir meu próprio sobrenome. A porta da geladeira foi fechada e os pés se moveram para a sala da frente. Cadeiras foram arrastadas para perto da mesa de jantar, e ouvi o som do noticiário na televisão ao adormecer, falavam de um incêndio na livraria do British Museum.

Quando acordei, Joan Chang estava sentada numa cadeira ao meu lado, sorrindo simpaticamente debaixo da franja. Ainda dava para ouvir o noticiário na cozinha, e deduzi que passara apenas alguns minutos adormecido. Mas eu estava me sentindo muito melhor, da dor no peito e no diafragma restava só um eco remoto. Lembrei-me da clara referência a Heathrow entreouvida antes de dormir, mas preferi não tocar no assunto, por enquanto.

"Senhor Markham? Está novamente entre nós." Joan balançou a cabeça aliviada, como se esperasse que outra pessoa saísse do meu sono. "Kay estava muito preocupada."

"Minha nossa, estou respirando novamente. Aquela dor..."

"Richard lhe deu uma injeção." Ela limpou meu queixo. "Descanse mais meia hora e depois volte para casa. Procure seu médico amanhã. Não fraturou nenhuma costela, mas seu baço foi muito castigado. Botas da polícia, suponho."

"Botas de borracha verde de cano alto — bem mais perigosas."

"Criadores e fãs dos gatos? Kay contou." Ela piscou em sinal de solidariedade e juntou as mãos miúdas. "Pelo jeito, eles o machucaram bastante."

"Uma espécie é sagrada — o gato." Olhei em volta, a sala parecia menor e mais caseira. Até o samurai carrancudo não parecia tão ameaçador. "O médico amigo de vocês tem um toque especial."

"Richard Gould. Um grande médico, principalmente para as crianças. Kay foi levá-lo de volta para o apartamento onde mora." Ela baixou a voz, sorrindo com timidez. "Ele não gosta do Instituto Adler. Na verdade, disse que todos os membros deveriam ser enforcados. Creio que abriu uma exceção para você."

"Obrigado por me avisar."

"Sempre digo a verdade." Ela abriu um sorriso cativante. "É uma nova forma de mentir. Se falar a verdade, as pessoas não saberão se devem acreditar em você ou não. Ajuda, em meu trabalho."

"Onde? Em Relações Exteriores? No Banco da Inglaterra?"

"Levanto fundos para a Royal Academy. Serviço fácil. Todos os diretores-gerais acreditam que arte faz bem à alma deles."

"E não faz?"

"Apodrece o cérebro. Tate Modern, Royal Academy, Hayward... não passam de Disneylândia para a classe média."

"Mas você deixa suas dúvidas de lado, certo?"

"Vou pedir demissão. O trabalho aqui é mais importante. Precisamos libertar as pessoas desta cultura e desta formação. Richard diz que não passam de artifícios para iludir a classe média e tornar as pessoas dóceis."

"Trata-se, portanto, de uma guerra de libertação? Eu gostaria de conversar com o doutor Gould."

"Fará isso, David." Stephen Dexter entrou na sala com uma lata de cerveja na mão. "Precisamos de novos recrutas, nem que seja um psicólogo..."

O clérigo havia trocado de roupa, no lugar do couro usava jeans e camisa Timberland, à primeira vista a imagem de um vigário de Chelsea, sempre na moda, apreciador de dança, vôos no fim de semana e esposas dos paroquianos. Alto, rosto encovado, quase quarenta anos, olhar firme profissional e cabeça forte, quase bonita na luz certa. Centenas de horas em cabine aberta vincaram seu rosto, e uma cicatriz horizontal marcava a testa, talvez lembrança de um pouso de emergência inesperado nas Filipinas.

Mas a cicatriz era recente demais, suspeitei que ele a mantinha inflamada de propósito. Quando sorriu para mim notei que lhe faltava um dos caninos, uma falha que não tentava disfarçar, como se anunciasse um defeito inato em sua postura. Lembrei-me de que Kay dissera que ele havia perdido a fé, mas isso era quase uma obrigação para os religiosos modernos. Levou a mão ao ombro de Joan Chang, feito diretor de escola com seu aluno favorito. Seu afeto era inconfundível, mas faltava a ele confiança, conseqüência de uma ausência maior, de coragem.

"Vamos dar uma olhada." Bebericando a cerveja, como um ator no palco, ele ficou em pé ao lado da poltrona. "Kay disse que os donos dos gatos o espancaram. Amanhã se sentirá melhor. Precisamos que se una a nós, David."

"Farei o que puder." Incerto quanto ao compromisso que assumia, acrescentei: "Se andar novamente."

"Andar? Você vai correr." Dexter puxou a cadeira de modo que a luz da escrivaninha batesse em seu rosto. Desempenhava o papel de inquisidor e suspeito, testando sua performance nos dois casos. "Eu o observei no tribunal, esta manhã. Os magistrados se depararam com a coisa que mais odeiam, acima de todas as outras — um cidadão responsável disposto a se sacrificar por seus princípios."

"Espero que eu esteja mesmo disposto. Isso não vale para todos?"

"Lamento que não. Protestar é uma coisa, agir, outra. Por isso precisamos de você em nosso projeto."

"Contem comigo. Qual é o projeto, exatamente? Piquetes em agências de viagens? Banir o turismo?"

"Muito mais que isso. Não nos restringimos às obsessões de Kay." Consciente de que sua afirmação fora rude, ele segurou a mão de Joan. Debruçou-se um pouco e massageou o rosto, tentando dar alguma cor aos ossos cadavéricos. "Olhe o mundo à sua volta, David. O que vê? Um parque de diversões interminável, onde tudo se transformou em entretenimento. Ciência, política, educação — inúmeros brinquedos e atrações. Infelizmente, as pessoas anseiam por comprar o ingresso e subir a bordo."

"É confortável, Stephen", Joan desenhou um ideograma chinês nas costas da mão, um símbolo familiar que fez o clérigo sorrir. "Não há esforço em jogo, nenhuma surpresa."

"Seres humanos não foram criados para o conforto. Precisamos de tensão, estresse, incerteza." Dexter apontou para os cartazes dos filmes. "O tipo de desafio existente em pilotar um Tiger Moth com visibilidade zero, ou tirar um homem-bomba de dentro do ônibus escolar."

Joan franziu o cenho ao ouvir aquilo e seus olhos se desfocaram. "Stephen, você tentou fazer isso em Mindanao. E quase foi morto."

"Sei. Perdi a coragem." Dexter levantou a mão e encarou desanimado o samurai carrancudo. "Quando chegou a hora, eu não..."

"Você não teve colhões?" Joan o sacudiu pelo ombro, irritada. "E daí? Ninguém tem. Qualquer idiota pode ser morto."

"Eu tive colhões..." Dexter a acalmou com seu sorriso peculiar. "O que eu não tinha era esperança, era confiança. Eu dependia só de mim. Deveria ter me lembrado do que eu estava tentando ser. Assim teria subido no ônibus para ficar com eles quando chegasse a hora."

"Pelo menos você estava lá." Esperei que Dexter se recuperasse, fechando a mandíbula para recompor novamente o rosto marcado pela cicatriz. "A agência de viagens que tentaram atacar. Suponho que haja um alvo maior. A Marina Chelsea?"

"Muito maior." Novamente relaxado, Dexter ergueu as mãos. "Um dos maiores de todos. O Século Vinte."

"Pensei que tivesse acabado."

"Ainda anda por aí. Define tudo o que fazemos e nosso modo de pensar. Mas duvido que haja algo de bom a se dizer a respeito dele. Guerras genocidas, metade do mundo na miséria, outra metade andando como sonâmbulos, com morte cerebral. Compramos esses sonhos podres e agora não podemos acordar. Tantos supermercados e condomínios cercados por grades. Quando fechamos as portas nunca mais podemos sair. Você já sabe de tudo isso, David. Garante seus clientes corporativos."

"Certo. Mas há um problema com essa sociedade do inútil. As classes médias adoram."

"Claro que sim", palpitou Joan. "Foram escravizados por ela. As classes médias são o novo proletariado, igual aos trabalhadores das fábricas há um século."

"E como vamos libertá-los? Soltar bombas nos parques temáticos?"

"Bombas?" Dexter ergueu a mão para interromper Joan. "Como assim?"

"Ação violenta. Ataque direto."

"Não." O clérigo baixou os olhos para o tapete. "Nada de bombas. Eu acho..."

O silêncio tomou conta da sala, dava para ouvir o zumbido da geladeira na cozinha, como um ronco metálico gelado. Dexter soltou a mão de Joan e virou-se para apagar a luz da mesa, sua performance estava encerrada. Algo o subjugara e ele passou o dedo na cicatriz da testa, tentando arrancá-la e ao mesmo tempo torná-la mais proeminente, num alerta indireto a si mesmo. Sua namorada chinesa o observava com uma mistura de irritação e receio, consciente de que ele pisava em terreno perigoso, que jamais sustentaria seu peso. Eu me perguntei se ele permitira que os militares filipinos o usassem em ataques aéreos contra as forças da guerrilha. Sentado ao meu lado naquela sala desarrumada ele exibia uma certa dignidade desolada, mas quase suspeitei que fosse um impostor.

Parei na janela, vacilante, enquanto eles montavam na Harley-Davidson. Kay havia retornado com o Polo e acenou para eles do portão, para se despedir. De capacete preto, sentados naquela máquina americana corpulenta, eles pareciam extremamente mundanos, um religioso agnóstico com ares modernos e sua namorada hiperobservadora, batedores a desafiar as plácidas ruas por onde andavam.

Na verdade viviam completamente alheios à realidade, em seu projeto ingênuo de extirpar um século inteiro. Em busca do novo milênio eles haviam rasgado um pôster de turismo no shopping center e a sociedade estabelecera o valor de vinte e sete libras para esse estrago.

Apesar de meus machucados, eu me sentia mais próximo da meta. A maioria dos manifestantes que eu havia conhecido, como Angela, na exposição de gatos do Olympia, eram sadios e disciplinados, mas havia um grupo mais radical de fanáticos pelos direitos dos animais que punham bombas debaixo dos carros dos cientistas e estavam dispostos a matar. Teria um dos loucos, obcecado por turismo e Terceiro Mundo, cruzado o caminho de Kay, Stephen e Joan Chang? Eu precisava desembrulhar suas obsessões e estendê-las à luz do dia, como um tapete barato.

Sentei-me ao lado de Kay, que me levou até um ponto de táxi na King's Road. Ela parecia contente com as atividades daquele dia e eu me sentia grato por sua gentileza para com um companheiro de manifestação. Eu a admirava pelo modo como exibia abertamente sua insegurança, como se fosse a coleção de bijuterias favoritas.

Ao sair da Marina Chelsea vimos um grupo de moradores reunido no escritório da administração. Confiantes e decididos, eles calaram com seus gritos o jovem administrador que tentava dialogar. As vozes, aprimoradas numa centena de reuniões de pais e mestres e reuniões de negócios, abafaram os esforços do rapaz para ser ouvido.

"O que foi?", perguntei a Kay, enquanto ela dirigia o carro no meio da multidão. "Parece sério."

"É sério."

"Algum pedófilo solto na vizinhança?"

"Tarifa de estacionamento." Kay olhou com severidade para o administrador desafortunado que se refugiara atrás da porta de vidro. "Acredite em mim, a próxima revolução será por causa do estacionamento."

Na época, achei que era brincadeira dela.

9. O apocalipse acolchoado

"São todos meio loucos", falei a Sally, apontando para as bolhas que giravam excitadas na banheira de hidromassagem. "Um grupo limítrofe, estranho. Obsessões enormes a flutuar numa sala aconchegante. É útil ver como as pessoas aparentemente sãs podem ser esquisitas."

"Seriam, portanto, malucos inofensivos?"

"Não sei ao certo se são inofensivos. Aceitam algumas idéias bizarras. Abolir o Século Vinte. Proibir o turismo. Política, comércio, educação — tudo corrompido."

"Trata-se de um ponto de vista. Têm certa razão."

"Sally..." Sorri para ela, deitada confortavelmente na banheira de hidromassagem com uma pilha de revistas de moda, o retrato do conforto e da segurança. "Veja isso no contexto. Temos aqui Kropotkin de moletom rosa e Axminster de parede a parede. Essa gente quer mudar o mundo, recorrer à violência se preciso for, mas nunca desligaram o aquecimento central na vida."

"Eles o cativaram, porém. Não o vejo tão animado há anos."

"Isso é verdade. Eu me pergunto o motivo..." Olhei para

meu reflexo no espelho do banheiro, cabelo caindo na testa, rosto tenso como o do reverendo Dexter. Parecia vinte anos mais jovem, o recém-formado homem de ciência com laço de gravata torto e um desejo ardente de endireitar o mundo. "Acho que vou escrever um ensaio sobre o fenômeno. 'O Apocalipse Acolchoado'. As classes médias passaram da caridade e responsabilidade social para fantasias de transformações cataclísmicas. Uísque *sour* e Armagedom."

"Pelo menos eles cuidaram de você. E o tal médico, Richard Gould... fiz uma pesquisa sobre ele na net. Ajudou a inventar um novo tipo de tratamento para crianças com hidrocefalia."

"Que ótimo. Falo sério. Nem permitiu que eu visse seu rosto. O motivo, desconheço."

"Talvez fosse tudo brincadeira, um teste." Sally pegou minha mão quando olhei para a banheira. "Encare os fatos, meu bem. Você queria ficar chocado."

"Já andei pensando nisso." Sentei na beira da banheira, inalando os aromas do corpo de Sally. "Fui empurrado pela polícia, e eles sabiam que eu era amador. Manifestantes tarimbados nunca são derrubados no chão — perigoso demais. Eles agitam bastante e fogem antes que a parte mais pesada comece. Como Angela, a dona de casa de Kingston que encontrei no Olympia. Pés extremamente ligeiros, e mais do que tranqüila em me deixar segurar as pontas."

"A professora de cinema o ajudou. Ela parece ser gentil."

"Kay Churchill. Ela foi demais. Completamente maluca, mas me salvou, na porta do fórum. Eu estava em péssimas condições."

Esperei que Sally se compadecesse, mas ela continuou passiva, tomando banho, brincando com as bolhas nos seios. Os raios X no Royal Free Hospital não indicaram fraturas nas costelas, mas as botas dos donos dos gatos machucaram meu baço, como Joan Chang previra. Ao me buscar no hospital, Sally olhou para as chapas com indiferença. Ela vivia mergulhada em sua própria convalescença perpétua, e não pretendia dividir seu monopólio da dúvida e do desconforto com ninguém, nem mesmo com o marido. Para ela, meus machucados foram provocados por mim mesmo, de propósito, algo muito distante dos ferimentos sem sentido que pairavam sobre sua vida como um mistério insolúvel.

"David, a toalha... Quando voltará à Marina Chelsea?"

"Vou deixá-los de lado. Não são do tipo de pessoa que joga bombas."

"Mas eles mencionaram Heathrow. Você ouviu, quando pensavam que estava dormindo. Foi a primeira coisa que disse quando o motorista do táxi o ajudava a subir a escada."

"Estavam tentando me impressionar. Ou uns aos outros. Alimentam-se de conspirações. O reverendo motoqueiro tem medo da violência. Aconteceu alguma coisa nas Filipinas, muito tempo antes de Heathrow."

"E quanto ao doutor Gould? Quando tinha catorze anos ele foi levado a um tribunal juvenil, acusado de incêndio criminoso numa loja de departamentos de Kilburn."

"Sally, estou impressionado." Observei-a prender a toalha debaixo do braço. "Você deveria trabalhar para o Esquadrão Antiterrorista."

"Está tudo na rede, o doutor Gould tem uma página lá. Ele divulgou seu depoimento ao juiz — obviamente, orgulha-se disso."

"Ser preso pela polícia faz parte da emoção. O professor o espera na saída, você se sente amado."

"A loja de departamentos de Kilburn foi construída pelo pai de Gould." Sally examinou os dentes no espelho. "Ele era arquiteto e construtor de prédios comerciais. Quando morreu, a firma foi comprada pela McAlpine."

"Sally... vamos com calma."

Ela ficou de costas para o espelho, o corpo e o cabelo envolvidos em toalhas brancas, a me encarar através do vapor, como uma sacerdotisa num templo marítimo antigo. Olhando nos olhos dela percebi que podia ver meu futuro todo.

"David, ouça o que estou dizendo."

"Pelo amor de Deus..." Abri a janela para o vapor sair. "Sally, você está obcecada com tudo isso."

"Sim, estou." Ela segurou meu ombro e me fez sentar na beirada do bidê. "Precisamos descobrir a verdade a respeito da bomba de Heathrow. Ou a morte de Laura pairará sobre sua cabeça para sempre. Seria melhor ter uma múmia sentada na sua cadeira, no consultório."

"Concordo. Estou tentando achar uma pista."

"Ótimo. Não desista. Quero trancar o passado e jogar fora a chave."

Sally se afastou quando seu celular tocou. Ela cumprimentou uma amiga e foi para o quarto, atenta à conversa. Tapando o bocal do telefone, falou: "David, tem uma foto sua no *Kensington News*." Ela sentou na cama e se aconchegou num travesseiro. "Ele foi multado. Cem libras. Isso mesmo, estou casada com um criminoso..."

Fiquei contente por ver que Sally se divertia com minha fama recém-adquirida. Eu havia tirado uma semana de licença médica no Instituto, mas Henry Kendall telefonou para dizer que o professor Arnold ficou contrariado com minha condenação. Os clientes corporativos talvez preferissem evitar a consultoria de um psicólogo com ficha criminal. Meu status caíra, sem dúvida, junto com minha pretensão de ocupar o lugar do diretor.

Felizmente temos uma longa tradição de psicólogos dissidentes com tendências a comportamentos excêntricos. Minha mãe fora psicanalista nos anos 1960, amiga de R. D. Laing e figura conhecida nas marchas da Campanha pelo Desarmamento Nuclear, participante com Bertrand Russell dos *sit-ins* antinucleares, de onde costumava sair com glamour, carregada pela polícia. Programas de debates na televisão, tarde da noite, eram seu ambiente natural, tanto quanto o consultório.

Quando era criança eu a via na televisão de minha avó, profundamente impressionado pelos casacos de couro de carneiro, cabelo preto até a cintura e paixão expressa com furor. Amor livre e legalização das drogas pouco significavam para mim, embora adivinhasse que tinha algo a ver com os homens simpáticos mas desconhecidos que a acompanhavam em suas visitas de fim de semana, e aos cigarros toscos que me ensinou a enrolar para ela e que fumava apesar das cansativas queixas de minha avó tolerante.

Apesar de todo o reconhecimento, dos perfis em revistas e conferências sobre Piaget e Melanie Klein, seu conhecimento sobre a maternidade era praticamente todo teórico. Até os três anos fui criado por uma série de *au-pairs* recrutadas na sala de espera de seu atendimento semanal gratuito — rabugentas fugitivas de faculdades francesas interioranas, universitárias norte-americanas incapazes de entender o conceito de infância, japonesas maníacas por terapia do sono que me trancavam no quarto e insistiam em que eu dormisse vinte e quatro horas por dia. No final fui salvo por minha avó e seu segundo marido, um juiz aposentado. Precisei de alguns anos para notar que os outros meninos na escola desfrutavam de um fenômeno social conhecido como pais.

Quando entrei para o University College London a fase hippie de minha mãe ficara havia muito para trás e ela se tornara uma psicanalista séria e discreta na clínica Tavistock. Eu achava que seu instinto maternal, sufocado durante a maior parte de minha infância, poderia desabrochar, tardio. Mas nunca fomos mais que amigos, e ela não foi à minha formatura.

"Para mim ela não passa de uma vaca", declarou Laura, solidária a mim, ao me convidar para almoçar com sua família após a cerimônia. Respondi, dizendo a verdade: "Ela é um espírito livre. Amou-me profundamente — por dez minutos. Acabou e pronto."

No Adler, lidando com famílias disfuncionais, descobri que muitos pais são indiferentes aos filhos. O mito popular reza que o relacionamento entre pais e filhos é rico e proveitoso, mas em certas famílias ele simplesmente inexiste. Laura ocupou um vazio disponível; com sua emocionalidade agressiva, ferozmente a meu favor ou contra mim, ela era o oposto de minha mãe. Após a convivência com minha delicada avó, que tratava o menor acesso de raiva com a sabedoria de um Salomão, Laura significou um tufão de paixão purificadora.

Agora minha mãe idosa era paciente no hospício de Highgate e estava morrendo de um câncer inoperável no ovário. Sua barriga enorme e inchada fazia com que parecesse grávida, uma mulher de setenta anos ainda ignorando que carregava uma criança. Sentado na beira da cama daquele ser que mal reagia, concluí tristonho que não me interessava muito mais por ela.

"David..." Sally desligou o telefone. "Você é uma celebridade. Os convites para jantar não param..."

"Deus me livre. Teria de ensaiar uma cena."

"Não faça pouco de você mesmo — anda com essa mania, ultimamente." Sally olhou para mim com respeito verdadeiro. "Você enfrentou a polícia. Quantas pessoas podem declarar isso?"

"Quantos querem fazer isso? A polícia está do nosso lado."

"Quase. E quanto a Heathrow? É a única pista real que temos. David, você precisa mudar de idéia."

"Tudo bem. Voltarei à Marina Chelsea para investigar. Esse clérigo e as pessoas próximas a Kay Churchill. Verei se consigo entrar em contato com o doutor Gould."

"Ótimo. Precisamos descobrir o que aconteceu a Laura. Muita coisa depende disso, David..."

Havia mais do que uma sutil ameaça em sua voz. Ela ainda usava a toalha enrolada no corpo e esperava que eu saísse do quarto para desenrolar-se e jogá-la sobre a cama, sinal inequívoco de nosso ligeiro distanciamento. Ela se convencera de que a morte insensata de Laura continha um recado provocador que finalmente poria um ponto final em meu primeiro casamento.

Mas eu já sabia que a busca do assassino de Laura dizia respeito a meu segundo casamento. Evitando o olhar de Sally, lembrei-me de como cerrara o cenho furiosamente quando deu os primeiros passos sem ajuda na ala de ortopedia do St. Mary's. Molhada de suor, com a camisola grudada na pele, ela emitia sinais ambivalentes em relação a andar, mas eu vi os músculos ganharem vida em suas pernas. Trocamos confidências durante minhas visitas, brincadeiras amigáveis nas quais havia apenas um leve resquício de flerte. Mas, naquele momento, quando ela cambaleava na minha direção apoiada nas muletas, com os punhos brancos de dor e raiva de si mesma, eu vi que nos tornaríamos amantes.

Como sempre, uma operação perversa renovou e redefiniu o mundo.

10. Encontro com a revolução

Como todo profissional submisso, cheguei pontualmente para o encontro com a revolução. Ao meio-dia, três sábados depois, com o baço em ordem e as contusões curadas, estacionei o Range Rover numa travessa da King's Road. Havia ligado para Kay Churchill logo depois do café, observado por uma Sally relativamente curiosa. Falando em voz alta para superar o alarido das vozes classe média furiosas, Kay respondeu, aos gritos, que me encontraria na entrada da Marina Chelsea.

"Vamos fazer um passeio. Você será o David Attenborough dos subúrbios..."

Contente por ela me ter reconhecido, segui pela King's Road e entrei à esquerda numa pequena confusão. Um carro de polícia parara no portão, com as luzes piscando e o rádio falando sozinho. Uma turba de mais de cem moradores cercava o prédio da administração. Em sua maioria, mulheres em trajes esportivos, livres, no fim de semana, dos conjuntos formais que usavam nos consultórios e salas de executivos. Levavam os filhos consigo, rostos animados pela visão das mães furiosas com algo que não eles mesmos. Alguns maridos cautelosos perambulavam pelas bordas, participando timidamente da agitação ruidosa.

Dois policiais forçaram caminho na multidão, tentando acalmar os manifestantes, e se dirigiram à líder que insuflava as vizinhas. Mas suas vozes se perderam entre as vaias e insultos. Um menino de cinco anos, encarapitado no ombro do pai, tentou derrubar o capacete de um dos guardas.

Cabelos acinzentados furiosamente desgrenhados, ossos da face dispostos de forma a renderem o máximo na televisão, decote fundo o suficiente para atrair todos os olhares masculinos num raio de vários quilômetros, Kay Churchill estava em seu elemento. Subiu numa cadeira giratória retirada da administração, mostrando as coxas ao oscilar deliberadamente, alheia a tudo exceto seu feroz engajamento. Era um prazer vê-la em ação plena. Os estudantes que acompanhavam seu curso sobre Godard e a Nouvelle Vague provavelmente haviam preparado os roteiros dos filmes pornográficos muito antes de ela sugerir o projeto.

"O que está havendo?", perguntei a uma senhora ao meu lado, que se esquecera do filho e do carrinho de bebê aos seus pés. "Parquímetros? Lombadas?"

"Taxa de manutenção. Elas subiram uma barbaridade." A mulher balançou a cabeça, em sinal de aprovação. "Kay trancou o administrador no escritório. O pobre coitado teve de chamar a polícia."

Um rosto masculino ansioso espiou pela porta de vidro. Estava obviamente chocado com as ofensas das mulheres hostis, um sinal terrível que abalava todas as certezas da administração dos condomínios. Kay exibiu um molho de chaves, que agitou para ele e depois na frente dos policiais. Quando eles avançaram, ameaçando detê-la, ela atirou as chaves por cima da cabeça deles. Com as mãos nos quadris, riu bem-humorada quando as chaves foram apanhadas no ar e atiradas mais adiante, pela multidão.

Aplaudi também e dei meia-volta para ir embora, conformado por Kay estar muito ocupada com sua revolução particular para dar atenção a mim. Uma segunda viatura policial chegou, o sargento de ar mais rígido no banco do passageiro falava pelo rádio. Em poucos minutos aquela farra da classe média acabaria e todos voltariam a brincar de casinha.

"Senhor Markham! Espere...!"

Uma mulher esbelta de casaco de linho e cabelo preso a mostrar a testa alta parou na minha frente antes que eu chegasse à entrada. Ela conseguia sorrir e franzir as sobrancelhas ao mesmo tempo, e me lembrava as guias oficiais nas conferências científicas da Europa Oriental. Olhou-me de cima a baixo, sem se impressionar com minha aparência ou meu tweed.

"Senhor Markham? Sou Vera Blackburn, amiga de Kay. Ela disse que viria se encontrar com a gente."

"Ainda não tenho certeza." Estudei a multidão que vaiava a polícia. O sargento saíra do carro e observava a cena friamente, como um diretor de matadouro durante a separação dos animais com aftosa. "Isso não é meu tipo de..."

"Excessivamente infantil?" Ela me deteve, levando a mão firme à minha lapela. Era magra, porém forte, seu corpo musculoso fora esculpido nessas máquinas de exercícios. Os lábios se mexiam como se ela estivesse sempre revidando um comentário ferino. "Ou burguesa demais?"

"Algo nessa linha." Apontei para a King's Road. "Tenho meus próprios problemas com os parquímetros..."

"Parece infantilidade, talvez seja mesmo." Ela semicerrou os olhos ao olhar para os outros residentes. "Precisamos de sua colaboração, senhor Markham. As coisas estão ficando complicadas."

"É mesmo? Não sei se posso ajudar."

Vi, ao me virar, que reforços policiais chegavam ao condomínio, sujeitos corpulentos como os guardas do Olympia. Um deles me encarou, como se me reconhecesse de manifestações anteriores.

"Senhor Markham, hora de partir. A não ser que queira ser espancado outra vez. Aguardaremos Kay em meu apartamento."

Vera segurou meu braço e me conduziu através da multidão, sua mão ossuda era firme como a de um lavrador. Kay Churchill desceu da cadeira giratória e caiu nos braços dos admiradores. Os dois policiais postados na frente da administração conseguiram recuperar as chaves e soltaram o administrador desolado escondido atrás da porta de vidro. Sensatos, os manifestantes começaram a se dispersar.

Seguimos pela Beaufort Avenue até o centro do condomínio. Os canteiros de ervas, os quartos das crianças cheios de brinquedos educativos, o som dos adolescentes ensaiando com seus violinos se transformaram de maneira inusitada pela noção de revolta iminente. Muitos revolucionários do século passado aspiravam exatamente a esse nível de fartura e lazer, e ocorreu-me que eu testemunhava o surgimento de uma forma mais sofisticada de tédio.

Chegamos ao Cadogan Circle, onde havia um prédio de apartamentos, ao lado da rotatória. Vera avançava na minha frente, num passo ríspido oscilante, como puta com um cliente prestes a ser tosquiado, ou monitora emburrada de colégio feminino em missão furtiva por conta própria. Afugentando um pardal com o cartaz da passeata, ela me conduziu através do saguão.

"Kay virá nos encontrar quando tiver trocado de roupa. Aquela indignação toda faz a gente suar..."

"Meia hora — depois preciso ir, com ou sem revolução."

"Não tem problema. Vamos adiá-la por sua causa." Ela me brindou com um esgar fugaz. "Pense nisso como a sua Estação Finlândia, senhor Markham."

Pegamos um elevador pequeno até o terceiro andar. Da bolsa a tiracolo ela tirou um molho de chaves e abriu as fechaduras triplas da porta da frente como se entrasse numa cripta. Seu apartamento era esparsamente mobiliado, com cadeiras pretas sem braço, escrivaninha de tampo de vidro que mais parecia mesa de autópsia e lâmpadas fracas que mal iluminavam o local. Parecia uma boate, ao meio-dia. Não vi livros, intuí que aquela jovem rígida pretendia extinguir o planeta. Uma foto em moldura cromada enfeitava a cornija da lareira, um instantâneo dela em pose do tipo Helmut Newton, toda a emoção eliminada da face. Mas a sala era um santuário ao narcisismo desesperado.

Ela andou até a janela e levantou a persiana para ter vista completa da Beaufort Avenue. A manifestação de protesto acabara e as famílias caminhavam de volta para casa.

"Terminou. Pelo menos demos ao administrador algo em que pensar."

"Ao trancá-lo no escritório?"

"Muito anos sessenta? Sei disso. Mas as pessoas precisam trabalhar com as convenções às quais se acostumaram. Farra no alojamento, trotes atrás do campo de críquete, pregar peças..."

"Do jeito que fala, parece um novo tipo de privação."

"De certa forma, é mesmo." Vera sentou-se numa réplica da cadeira Eames que lhe dava vista permanente de seu retrato. Sem me convidar para sentar, ela disse: "Pode não ser óbvio, mas o pessoal da Marina Chelsea está muito inquieto. Há algo fermentando, aqui."

"Será? Difícil de acreditar." Sentei-me no sofá de couro preto. "Tudo aqui me parece muito satisfatório. Nem sinal de plantas mirradas, escorbuto ou vazamento no telhado."

"Só na superfície." Vera olhou de relance para seu espelho de mão. "Meus vizinhos são os novos-pobres. Não são figurões da City, cirurgiões donos de clínicas ou pacientes árabes milionários chegados do Golfo. Poucos trabalham por conta própria. São gerentes, jornalistas, professores como Kay, arquitetos de grandes escritórios. Os pobres coitados da infantaria do exército profissional."

"Bastante prósperos?"

"Isso não. Os salários foram achatados. Paira a ameaça da aposentadoria antecipada. Se você tem quarenta anos pode perder o lugar para uma recém-formada genial, com seu diplominha debaixo do braço. É mais barato."

"Portanto, há um sentimento de revolta. Mas por que aqui, logo na Marina Chelsea? Trata-se de uma área valorizada, perto da King's Road..."

Vera se virou para me encarar. "Você virou corretor imobiliário? Este lugar é um lixo. A manutenção praticamente inexiste, mas as taxas não param de subir. Este apartamento custou mais do que tudo que meu pai ganhou durante a vida."

"Vista maravilhosa. Não se sente feliz aqui?"

"Andei pensando muito nisso." Ela cheirou o esmalte preto da unha. "Felicidade? Gosto da idéia, mas não me parece que o esforço valha a pena. Além do mais..."

"Não é intelectualmente respeitável?"

"Exato." Ela balançou a cabeça em sinal de aprovação. "Precisamos de alguns princípios. Um dos elevadores está quebrado faz um mês. A água não sai da torneira por duas horas, diariamente. A gente precisa programar a hora de cagar."

"Fale com a empresa administradora. A convenção do condomínio deve garantir consertos imediatos."

"Fizemos isso. Eles fingem que não ouvem. Estão mancomunados com um incorporador imobiliário que pretende nos expulsar daqui. Eles querem tomar conta do lugar, comprar todos os imóveis e demolir. Depois chamarão Foster e Richard Rogers para projetar prédios altos com apartamentos luxuosos."

"Mas estarão tranqüilos enquanto morarem aqui. Por que se preocupar com algo que talvez nem aconteça?"

"Já está acontecendo. Temos sido pressionados, e não há nada de sutil num chute no saco. A prefeitura acabou de pintar faixas amarelas no condomínio inteiro."

"Eles podem fazer isso?"

"Podem fazer tudo. As ruas são públicas. Por isso, nos forneceram parquímetros, amavelmente. Kay paga para estacionar na porta de casa."

"Por que não se mudam?"

"Não podemos." Cada vez mais furiosa, Vera ergueu os punhos cerrados e olhou para o teto, em busca de solidariedade. "Pelo amor de Deus, enfiamos tudo na Marina Chelsea. Temos hipotecas enormes para pagar. As pessoas gastam fortunas com escola e os bancos não saem do pé delas. Além disso, para onde iríamos? Surrey é sombrio demais. Para Reading ou Guildford, a duas horas de trem?"

"Nem pensar. Portanto, estão presos aqui?"

"Isso. Como a antiga classe operária em suas vilas. As profissões intelectuais não passam de mais um ramo da indústria extrativista. Quando a mina secar eles vão nos deixar para trás, na miséria, com um monte de softwares desatualizados. Creia em mim, agora sei por que os mineiros entraram em greve."

"Impressionante." Com ar compenetrado, falei: "Marina Chelsea, de braços dados com a classe operária tradicional..."

"Isso não é brincadeira." Vera me encarou, sombria, os ossos da testa a pressionar a pele clara. "Estamos ficando indóceis. As classes médias deveriam servir como principal âncora social, com seus deveres e responsabilidades. Mas estamos na corda bamba. As qualificações profissionais não valem mais nada — uma pós-graduação em arte equivale a um diploma em origami. Quanto à segurança, deixou de existir. Um computador no Banco Central decide que a taxa de juros deve subir um ponto e eu fico devendo ao gerente do banco mais um ano de trabalho."

"Lamento." Consternado por ela, observei seus dedos a manusear o estojo de maquiagem, a testa franzida furiosamente. Embora sua raiva surda me incomodasse, percebi que quase simpatizava com ela. "E onde é seu trabalho? No Congresso dos Sindicatos do Comércio? Na sede do Partido Trabalhista?"

"Sou... uma espécie de consultora." Ela fez um gesto leve, mas seu rosto seguia sério. "Trabalhava no Ministério da Defesa, como cientista sênior. Analisava resíduos de urânio retirados das montanhas de Kosovo."

"Trabalho interessante. E importante."

"Nem um pouco interessante, nem importante. Agora tenho outro serviço. Bem mais valioso."

"E qual é?"

"Fazer as bombas para Richard Gould."

Esperei que prosseguisse, consciente de que ela tentava simultaneamente me provocar e contar algo. Mas ela sentou e calou-se, erguendo as sobrancelhas como se saboreasse sua frase favorita. Falei: "Perigoso para você e outras pessoas. Que tipo de bomba faz?"

"Bombas de fumaça, artefatos ruidosos, bombas incendiárias de efeito retardado. Ninguém se machuca, assim."

"Ótimo. Nada a ver com a bomba de Heathrow, certo?"

"Heathrow?" Surpresa, ela se lembrou de fechar a boca e acrescentou, apressadamente: "É lógico que não! Aquela foi feita para matar. Só Deus sabe o motivo. Richard diz que as pessoas que consideram o mundo sem sentido encontram sentido na violência gratuita."

"Richard? O doutor Richard Gould?"

"Você o encontrará de novo, quando ele estiver preparado. É o líder de nossa rebelião classe média. Sua mente é maravilhosamente clara, como a das crianças deficientes de que ele trata. De certo modo, ele é uma delas."

Ela sorriu para si, como quem pensa no amante, mas eu percebi claramente que o suor formado no lábio superior reluzia como o espectro de uma segunda presença, de um ser secreto. Minha menção à atrocidade de Heathrow a abalara.

"Essas bombas", perguntei, "a que alvo se destinam?"

"Estamos nos primórdios. Shopping centers, cinemas multiplex, lojas faça-você-mesmo. O lixo do século XX. O vômito regurgitado a que chamam de sociedade de consumo." De um jeito quase pedante, ela acrescentou: "Não são bombas para valer — apenas provocações acústicas. Como os fogos de artifício que seus amigos soltaram no Olympia. Mas certa vez fiz uma bomba de verdade. Faz muitos anos..."

"O que aconteceu?"

"Matou uma pessoa. O alvo pretendido."

"Para o Ministério da Defesa? SAS? Serviço Secreto?"

"Defesa, de certo modo. Eu estava defendendo meu pai. Depois que minha mãe morreu ele conheceu uma mulher horrível. Ele a odiava, mas vivia sob seu domínio. Uma alcoólatra que queria me ver pelas costas. Eu tinha doze anos, mas era esperta."

"Você preparou uma bomba caseira?"

"Usei ingredientes domésticos, comprados no supermercado. Ela e meu pai foram ao pub na hora do almoço, no domingo. Ela sempre voltava entupida de bebida, a bexiga enorme quase a explodir. Enquanto eles estavam fora eu tirei a tampa da caixa-d'água da privada, prendi a bóia e puxei a descarga para eliminar a água. Depois enchi a caixa com água sanitária, soltei a bóia e recoloquei a tampa. Em seguida, despejei cristais de soda cáustica no vaso e mexi até obter uma solução concentrada. Desci e esperei, em seguida."

"A bomba estava pronta?"

"Tudo no ponto para explodir. Eles voltaram do pub e ela foi direto para o banheiro. Trancou a porta e esvaziou a bexiga. Depois puxou a descarga."

"E isso detonou a bomba?"

"O hidróxido de sódio e o hipoclorito de sódio formam uma mistura explosiva, principalmente quando são agitados juntos." Vera sorriu para si, de novo uma colegial implacável. "A reação libera grande quantidade de gás cloro. Substância letal para uma alcoólatra de coração fraco. Pus meu vestido de sair. Meu pai dormira na frente da tevê. Duas horas depois, ele arrombou a porta do banheiro."

"Ela estava morta?"

"Durinha. Mas naquela altura o gás havia dispersado e a caixa-d'água se enchera de água. Minha bomba doméstica se fora com a descarga. Veredicto: causas naturais."

"Uma estréia impressionante. E isso a levou a...?

"Um diploma em química e Ministério da Defesa." Ela estreitou os olhos para me encarar. "Uma escolha sensata de carreira, não concorda?"

Um sorriso satisfeito perpassou seus lábios. As gotículas de suor haviam desaparecido e presumi que ela inventara a história para ganhar tempo e se recuperar. Mas acabei concluindo que o relato letal poderia, sim, ser verdadeiro. A conversa a respeito da fabricação de bombas fora esfregada em minha cara, parte de uma provocação ampla que começara quando eu estava meio zonzo na poltrona de Kay Churchill. Outra porta se abria no corredor que poderia levar ao Terminal 2 de Heathrow.

O interfone tocou duas vezes, e após uma pausa, uma terceira. Vera levantou-se, falou algo no bocal e abotoou o casaco.

"David, você vem conosco? Kay está lá embaixo. Vamos fazer um passeio no campo..."

11. O coração das trevas

"David, pense em Joseph Conrad e no Mr. Kurtz", disse Kay quando cruzamos a ponte de Richmond. "Você está entrando numa área de privação quase total."

"Twickenham? O coração das trevas?"

"Ficará chocado."

"Clubes de tênis, gerentes de banco, a meca do rúgbi?"

"Twickenham. Uma zona de intensa penúria espiritual."

"Sei... duro de acreditar." Enquanto Kay dirigia o Polo em baixa velocidade, com as duas mãos no volante, eu apontava para a calçada. Por ela circulavam nativos prósperos que saíam de delicatéssens e rotisserias ou espiavam pelas janelas das imobiliárias apinhadas. "Nada de mendigos pedindo esmola, nada de desnutrição."

"Fisicamente, pode ser", disse Kay, balançando a cabeça, confiante. "Está tudo na mente deles, em seus costumes e valores. Concorda, Vera?"

"É claro." Vera Blackburn, sentada atrás de mim, segurava com força uma sacola grande de material esportivo. Examinava os dentes atentamente, fazia parte da contínua inspeção corporal que tomava a maior parte de seus momentos conscientes. Ela olhou de relance para os carros reluzentes e canteiros aparados. "Espiritualmente, é um vasto povoado Potemkin..."

Saímos da avenida principal e entramos no setor residencial de Twickenham, com alamedas arborizadas, casas amplas no centro do terreno, jardins grandes o suficiente para abrigar uma quadra de tênis ou tenda de casamento. Notei o Bentley num acesso, pneus de faixa branca sobre o cascalho recém-lavado.

"Podemos parar aqui", sugeri. "Sinto uma inconfundível atmosfera de Terceiro Mundo."

"David, isso não é brincadeira." Enrugando a testa, Kay olhou para mim, impaciente. "Pelo menos uma vez, tire os antolhos..."

O confronto matinal na frente da administração do condomínio despertara seu apetite para outras brigas. Lembrei-me de como ela dominara o tribunal em Hammersmith, usando sua personalidade exótica como uma atriz tarimbada. Admirava seu espírito e a mente poderosa que se envolvera profundamente numa única obsessão. Nem eu nem os estudantes de seu curso de cinema tivemos a mínima chance. Ao mesmo tempo, pensei nos desenhos infantis pendurados ao lado dos cartazes de Bresson e Kurosawa, e na foto da filha que vivia do outro lado do mundo. Só uma obsessão muito intensa poderia aliviar uma tristeza daquelas.

Vera Blackburn, sentada atrás de nós, olhava com desaprovação para as folhas que caíam. Ela lembrava uma experiente acompanhante de senhoras, daquelas que sabiam seu lugar, sempre prontas a concordar. Mas eu intuía que ela só aceitava as ordens de Kay enquanto lhe convinham, pois tinha seus próprios planos. Sempre que eu olhava para ela, Vera fechava os joelhos, um gesto que servia tanto como aviso à distância quanto como oferta oblíqua.

"David..." Kay apontou pelo pára-brisa para as fileiras de casarões com estrutura de madeira. "Olhe bem para isso. Twickenham é a Linha Maginot do sistema de classes inglês. Se conseguirmos rompê-la, todo o resto desabará."

"Então os sistemas de classes são o alvo. Não são universais — Estados Unidos, Rússia..."

"Claro que sim. Mas só aqui o sistema de classe é um instrumento de controle político. Sua verdadeira função não é sufocar os proletários, mas manter as classes médias sob controle, garantindo sua docilidade e subserviência."

"E Twickenham é um dos modos de fazer isso?"

"Sem dúvida. As pessoas aqui vivem presas a uma ilusão poderosa, o sonho da classe média em sua plenitude. Aqui há tudo por que vivem — educação liberal, responsabilidade cívica, respeito à lei. Podem pensar que são livres, mas estão acuadas e empobrecidas."

"Como os pobres num conjunto habitacional em Glasgow?"

"Exato." Kay balançou a cabeça em sinal de aprovação e estendeu a mão para acariciar meu pulso. "More aqui e você será surpreendentemente recalcado. Isso não é a boa vida cheia de possibilidades. Em pouco tempo a pessoa se choca com as barreiras erguidas pelo sistema. Imagine embebedar-se em dia de festa escolar ou contar uma piada levemente racista num jantar de caridade. Tente morar com uma adolescente ou fazer sexo com o enteado. Tente dizer que acredita em Deus e na Santíssima Trindade, ou hospedar uma família de refugiados da África Negra. Experimente tirar férias em Benidorm ou comprar um Cadillac novo com estofamento de zebra. Tente o mau gosto."

"E qual é a alternativa? O que acontece depois que a Linha Maginot desabar?"

"Isso veremos."

"Vamos queimar todos os livros, todos os tacos de croqué

e doações para instituições de caridade? O que vamos pôr no lugar?"

"Decidiremos quando chegar o momento. Agora, estamos aqui. Vai servir muito bem."

Kay entrou numa avenida com casas de três andares e vastos jardins, labradores e Land Cruisers. Ouvi o baque de bolas de tênis e os ferozes grunhidos de mães decididas a derrotar as filhas de quinze anos. Cavalos passaram por nós a trotar, quando paramos no meio-fio, montados por adolescentes protegidos em seu santuário de classe média. Sem dúvida aquele era o mundo de minha avó, idêntico ao subúrbio de Guilford onde passei a infância. O desdém dos intelectuais impregnava aquelas pilhas de tijolos, mas o estilo de vida fora copiado pelo mundo afora. Nem toda a indignação de Kay seria capaz de afetar uma única espora-dos-jardins.

Ela desceu, tirando uma prancheta da maleta. Deixou Vera tomando conta do carro e prendeu o crachá de um instituto de pesquisa no casaco. E pôs outra, com a foto do reverendo Dexter, na minha lapela.

"Ótimo. Tente passar por Stephen. São parecidos. Encovados, meio perdidos. E meio descrentes..."

"Vai ser fácil."

Aproximamo-nos da primeira casa, uma mansão confortável no estilo Tudor, saltando por cima de uma bicicleta de criança que bloqueava a porta da frente. Uma van Mercedes estava parada na área externa da garagem, com um adesivo de médico no vidro.

Uma quarentona cordial nos recebeu, enxugando a mão num pano de prato. Kay exibiu a prancheta e nos apresentou.

"Podemos contar com um minuto de sua atenção? Estamos realizando uma pesquisa sobre hábitos sociais."

"Será um prazer. Mas os nossos são deploráveis. Não sei se serviremos."

"Estou certa de que sim. Nosso interesse específico é por famílias de alta renda."

"Sinto-me lisonjeada." A mulher dobrou o pano de prato. "Preciso contar ao meu marido. Ele vai ficar muito surpreso."

Kay sorriu, condescendente. "Sem dúvida tem uma casa imaculada. Tudo está limpo e brilhante. Pode avaliar quantas horas por dia dedica ao serviço doméstico?"

"Nenhuma." A mulher fingiu morder o lábio. "Temos uma empregada residente e outra que não dorme. Sou médica, ocupada demais com o centro de saúde para ficar tirando pó. Lamento, não posso ajudá-la."

"É..." Certa de que identificara uma simpatizante, Kay aproximou-se mais, baixando a voz. "Falando como médica, considera que haja uma ênfase exagerada na higiene doméstica?"

"Sim e não. As pessoas vivem obcecadas com germes. Mas eles são inofensivos, em sua maior parte." Ela parou de falar quando um menino passou correndo, chamado pela irmã que estava na cozinha. "Olhe, estou ocupada."

"Só mais uma pergunta." Kay estudou a prancheta, aprontando o lápis. "Com que freqüência diria que seus banheiros são limpos?"

"Não faço a menor idéia. Todos os dias, espero."

"E o que acha de uma limpeza a cada três dias?"

"Três? Seria meio arriscado, aqui."

"E uma vez por semana?"

"Não." A mulher fixou os olhos no crachá de Kay. "Não me parece uma boa idéia."

"Tem certeza? Um vaso sanitário que não fosse mais branco que a Branca de Neve a incomodaria? Como se sente a respeito do predomínio dos tabus sanitários na classe média alta?"

"Tabus sanitários? Você trabalha para um fabricante de papel higiênico?"

"Estamos mapeando mudanças sociais." Kay falou com doçura. "Os cuidados com a aparência ocupam posição central no senso de identidade das pessoas. Sua família estaria disposta a tomar banho com menos freqüência?"

"Menos?" A médica estendeu a mão para pegar a maçaneta da porta, balançando a cabeça. "Impossível imaginar isso. Sabe..."

"E a senhora, pessoalmente?", insistiu Kay. "Tomaria banho com menos freqüência? Os odores naturais do corpo são importantes meios de comunicação, sobretudo nas famílias. Teria mais tempo para relaxar, brincar com os filhos, adotar um modo de vida mais livre..."

A porta se fechou na nossa cara. Kay fitou as almofadas de carvalho, intrépida. Enquanto percorríamos o caminho até a rua, afundando os pés no cascalho grosso, ela marcava as respostas na prancheta.

"Foi interessante." Kay gesticulou para Vera, que ligou o Polo e nos seguiu rua abaixo. "Considero que tivemos um início promissor."

"Talvez. Não creio que ela tenha compreendido seu objetivo."

"Ela vai pensar no assunto, quando mandar o filho tomar banho e trocar de meia. Pode ter certeza."

"Eu tenho. É sua primeira vez, aqui?"

"Venho há meses." Kay chegou à calçada, andava depressa e esperava que eu acompanhasse seu ritmo. "Lembre-se, David, a classe média precisa ser mantida sob controle. Seus membros sabem disso, e a polícia também. Nada de armas e gulags, bastam as regras de conduta social. O jeito certo de fazer sexo e tratar a mulher, flertar em festas ou iniciar um caso. Todos precisamos aprender essas regras subliminares."

"E você não as aprendeu?"

"Estou desaprendendo. Não se preocupe, ainda tomo banho todos os dias..."

Cem metros adiante, na avenida, entramos em outro casarão, uma vivenda georgiana com piscina nos fundos. O reflexo da luz na sua superfície dançava nas folhas do carvalho alto que sombreava o acesso. Uma menina de seis anos, de maiô, abriu a porta, segurando a coleira de um terrier encantado por nos ver ali nos degraus.

Uma mulher sorridente com cerca de quarenta anos veio à porta, arrumada para sair, de vestido preto de cetim e maquiagem carregada.

"Boa noite — você não tem jeito de baby-sitter."

Kay explicou o motivo de nossa visita. "Estamos realizando uma pesquisa sobre hábitos de lazer. Quanto tempo as pessoas gastam em viagens ao exterior, cinema, festas..."

"Muito pouco."

"Sério?" Kay registrou isso na prancheta. "Quantas vezes por ano tira férias no exterior?"

"Cinco ou seis, fora a temporada de verão. Meu marido é piloto da BA — passará o final de semana na Cidade do Cabo."

"Então consegue passagens promocionais? Acha que viagens aéreas são vigarice?"

"Reanimam a gente." A mulher pegou um gim-tônica atrás da porta e bebericou pensativa, olhando para a foto de Stephen Dexter em minha lapela. "As esposas ficam inquietas se apenas os maridos se divertem."

Kay balançou a cabeça, solene. "Refiro-me a viagens em geral. Seria uma espécie de picaretagem? Os mesmos hotéis, as mesmas marinas e locadoras de autos. Poderia muito bem ficar em casa e assistir tudo pela televisão."

"As pessoas gostam de ir ao aeroporto." A mulher olhou para o céu, como se pensasse que o marido poderia voltar antes da hora. "Gostam de estacionamentos de longa permanência, check-ins, free-shops, passaportes carimbados. Podem fingir que são outra pessoa."

"Não acha que seja uma espécie de lavagem cerebral?"

"Bem que eu queria ganhar uma lavagem cerebral." A mulher virou a cabeça ao ouvir latidos na área da piscina. "Preciso ir. As crianças estão tentando afogar o cachorro. Fale com o vizinho. Ele usa cadeira de rodas..."

"Meio fraco", admitiu Kay quando chegamos à calçada. E bateu com o lápis no dente. "Ninguém pode ser tão passivo."

"Há um problema", falei enquanto caminhávamos. "O que vai acontecer se as pessoas gostarem de tudo como está? Talvez vivam felizes, enganadas."

"O prisioneiro que lustra as correntes? Isso não posso aceitar."

Vera nos seguia no Polo, avançamos pela rua sossegada, prontos a deflagrar a revolução. Mas faltavam os catalisadores que radicalizaram a Marina Chelsea. Não havia desemprego, dívidas impossíveis de pagar ou hipotecas absurdas. Nem faixas amarelas. O subúrbio próspero era um dos pontos finais da história. Quando se chegava lá, só praga, enchente ou guerra nuclear poderia ameaçar sua solidez. Mesmo assim Kay seguia adiante, audaz, caminhando na minha frente pelas fortificações Maginot de Arcadia Drive, em busca de uma trincheira onde enterrar suas minas.

* * *

Na terceira casa fomos recebidos por uma mulher magra e grisalha com os olhos claros e a boca fina dos funcionários públicos do alto escalão. Ela me fazia lembrar os três meritíssimos que me olhavam condescendentes no tribunal. Para lá do vestíbulo vi um senhor idoso, sentado na sala, com um uísque ao lado, forçando a vista para fazer palavras cruzadas.

Kay nos apresentou, omitindo minha condição clerical. "Algumas perguntas? Estamos fazendo uma enquete sobre estilo de vida."

"Não sei se temos um estilo de vida. Será que alguém ainda tem, hoje em dia?" A mulher parou quando ouviu o grito do marido, e gritou de volta: "Estilo de vida, amor."

"Não quero nenhum", gritou o marido. "Passamos muito bem sem isso há trinta anos."

"Bom, então é isso." Os olhos da mulher examinavam a maquiagem de Kay, as unhas lascadas e os fios soltos no casaco. "Pelo jeito, não precisamos de um estilo de vida."

Kay abriu um sorriso zombeteiro. Um spaniel aproximou-se e começou a cheirar seu joelho. "Não acha que há excesso de ênfase no lazer, atualmente? Viagens ao exterior, festas...?"

"Sim, acho. Há excesso de festas e jantares. Não sei como as pessoas arranjam assunto." Por cima do ombro, ela respondeu ao marido: "Festas e jantares, amor."

"Não suporto isso. Judith?"

"Foi o que eu disse."

"Como é?"

Kay tamborilava na prancheta. "E apoiaria uma lei que proibisse festas e jantares?"

"Difícil de aprovar, impossível de impor. Mas que idéia estranha!"

"E os bailes nos clubes?", perguntou Kay. "Troca de casais? Deveria ser proibida? Ou são o ópio da classe média, o meio de manter o controle?"

"Judith?"

"Troca de casais, querido." A mulher me olhou com ar amedrontado. "Não sou contra a troca de casais."

Kay registrou a resposta na prancheta. "Você é liberal, em assuntos sexuais?"

"Sim. Creio que sempre fui, sem me dar conta. Agora..."

Kay empurrou o spaniel. "E qual sua posição a respeito do sexo consensual?"

"Com o marido? Em tese, é uma excelente idéia. Diga-me, quem encomendou esta pesquisa?"

"E animais?"

"Gosto muito deles, claro."

"Eles precisam de seu afeto?"

"Sem dúvida."

"E você assinaria uma petição para revogar as leis que proíbem relações sexuais com animais?"

"Como assim?"

Kay abriu um sorriso largo e olhou para o spaniel. "Você poderia transar com o Bonzo..."

Chegamos à segurança da calçada e voltamos para o Polo. Kay deixou de lado a prancheta e sentou atrás, ao meu lado, exausta, pegando minha mão. Ela acenou para a casa, quando passamos. O spaniel latia, enquanto marido e mulher, parados à porta, observavam o cascalho do caminho.

"Que pena", comentou Kay, pensativa. "Ela não quer foder com o Bonzo. Mesmo assim, pode acabar pensando no assunto."

"Como foi?", perguntou Vera. "Algum problema?"

"Foi tudo bem, não acha, David?"

"Surpreendentemente. Sem dúvida você lhe deu muito material para pensar."

"A idéia é essa. Agitar tudo. Fazer as pessoas perceberem que são vítimas." Ela se debruçou para tocar o ombro de Vera. "Pare aqui. Só preciso de um minuto."

Ela notara um morador lavando o Rolls Royce na porta de casa, para tirar o barro grudado durante o fim de semana. Pegou a prancheta e saltou do carro assim que ele parou. Segui-a enquanto ajeitava a saia e se aproximava do homem, que estava de camiseta e tinha a corpulência de um empreiteiro bem-sucedido.

"Boa tarde, senhor. Quanto barro no Roller — parece mais serviço para mulher. Estamos pesquisando um novo produto para os motoristas discriminados."

"Você e o reverendo?" O sujeito leu meu nome no crachá. "Vocês mudaram. Viver ajoelhado deve ser duro."

"O reverendo Dexter é um amigo da família. Diga, senhor, o que acha de um spray de barro?"

"Spray?"

"De barro. Lama sintética líquida, convenientemente embalada numa lata de aerossol." Kay adotou o tom jovial cantarolado de uma demonstradora de loja de departamento. "Uma maneira eficaz de impressionar as pessoas no estacionamento do escritório, na segunda-feira. Um jato de spray nos pneus e seus colegas pensarão em pérgolas com roseiras e chalés com telhado de palha."

"Meus colegas pensarão que eu devia ser mandado para um hospício." O sujeito voltou a se concentrar na mangueira. "Maluquice. Não tem a menor chance. Vai precisar de um milagre, peça um ao reverendo."

"Kay, pelo amor de Deus..." Puxei-a pelo braço e a obriguei a voltar para o carro. Fiz com que sentasse no banco traseiro, trêmula de exaustão e excitação. Quando partimos ela recostou, pondo a cabeça em meu ombro, rolando de rir.

"Lama em spray. Desculpe-me, David, não resisti. Pense bem. Poderíamos faturar um milhão. É o produto perfeito para a nossa era."

12. A videolocadora

Avaliamos os resultados tomando gim num pub perto do campo dos Harlequins. Sentada numa banqueta no balcão, saia puxada para trás, Kay penteava o cabelo, consciente de ser a presença dominante num salão lotado de fãs de rúgbi, sujeitos de meia-idade que a espiavam por trás das canecas de cerveja. Nossa expedição ao coração da classe média teve seus aspectos absurdos, mas ela nem se deu conta. Vivia entretida com o inimigo — não os residentes, mas as prisões culturais em que definhavam.

Observei-a com admiração sincera, sabendo que nada no Adler me preparara para ela. Psiquiatria funcionava melhor quando lidava com o fracasso, mas nunca soubera enfrentar o sucesso. Uma verdadeira dedicação fanática impulsionava Kay, um sistema de crenças que se satisfazia com apenas um convertido, ela mesma. Em vários aspectos ela tinha razão. As convenções sociais que atavam as pessoas a sua vida cautelosa e sensata precisavam ser abolidas.

"Hoje, Twickenham, amanhã o mundo", anunciou Kay, após pedir outra rodada. "Vera?"

"Você foi ótima." Vera cheirou o gim, afastou a mecha de cabelo que lhe caía na testa e se recusou a trocar olhares com os fãs de rúgbi. "Por que as mulheres sempre atendem a porta? Onde os homens se enfiam, afinal?"

"Eles estão em extinção. Escondidos em salas à prova de som, pensando no que pode ter acontecido." Kay passou a mão no meu queixo. "Sem dúvida, há cada vez menos de vocês, David."

"Falarei com meus amigos ambientalistas. Precisamos de um santuário."

Vera terminou o drinque, trocou um olhar com Kay e saiu, dizendo que ia nos esperar no carro. Observei sua passagem com ar impassível pela porta aberta num galanteio zombeteiro por um cordial apreciador de cerveja dotado de ombros de jogador de rúgbi.

"Uma alma inquieta", comentei. "Ela deve sentir falta do Ministério da Defesa. Tantas armas horríveis para se entreter."

"Gosto dela." Kay arrancou a primeira folha da prancheta. "Ela é um doce. Uma sociopata de primeira, com formação doméstica. Ela já contou a história do assassinato?"

"A madrasta malvada e a bomba química doméstica? Fez questão de se exibir com isso."

"Vamos ver se é um bom psicólogo. Ela falou a verdade?"

Hesitei, lembrando o sorriso maroto de Vera. "Sim."

"Acertou. Saiu nos jornais por uns dois dias. Preferiram não processá-la. Qualquer criança perigosa como ela seria muito útil à sociedade." Relaxando finalmente, Kay pegou minha mão. "Fiquei contente por você voltar. Precisamos de pessoas que não estejam enroladas demais em seus ódios pessoais ridículos."

"Foi arriscado. Mas algo acontece na Marina Chelsea. E eu quero ficar lá."

"Não se esqueça disso; esta tarde foi uma espécie de farsa; sei que a desaprova. Mesmo assim, está mais envolvido do que percebe." Ela se levantou da banqueta e abaixou a saia, sorrindo para os homens que bebiam cerveja. "Bom, vamos tomar a saideira e voltar direto para um banho quente — você pode esfregar minhas costas, David..."

Partimos; Vera, ao volante, cruzava as ruas ao entardecer. Twickenham se tornara um subúrbio televisivo, onde as telas azuladas brilhavam nas salas de estar e nos quartos das meninas adolescentes que se arrumavam para ir ao clube. Passamos por um supermercado pequeno que atendia a uma área residencial e estacionamos numa rua estreita, a trinta metros da videolocadora.

O supermercado estava fechado, os derradeiros fregueses partiam em seus carros. Kay aguardou até que estivéssemos sozinhos na ruazinha, abriu o zíper da sacola esportiva e tirou três fitas de vídeo.

"David, me faça um favor. Estou completamente exausta. Devolva os vídeos para mim."

"Sem problemas." Abri a porta e examinei as fitas à luz da rua. "*Independence Day*, *Diva*, *Armageddon*... Não me parece que tenham a ver com você. Além disso, são fitas virgens."

"Aluguei na semana passada — estou escrevendo um artigo sobre arte em vídeo para a *Sight and Sound*. Ponha as fitas de volta na estante, só isso."

"E o atendente — e se ele me vir?"

"Diga que encontrou as fitas no supermercado." Kay me empurrou para fora do carro. "Os moleques vivem pegando fitas. Não olhe para a câmera de vigilância."

A locadora de vídeo estava calma. Um rapaz de vinte anos, atrás do balcão, mantinha os olhos fixos num monitor de computador. De costas para a câmera da vigilância, coloquei as fitas de ficção científica na prateleira principal e segui para o canto modesto dos filmes estrangeiros, com *Diva* escondida no paletó.

Observei a fileira de fitas de Truffaut, Herzog e Fellini, pensando no profundo interesse pelo cinema que uniu Laura e eu. Vasculhávamos a programação do National Film Theatre, em busca de diretores portugueses ou coreanos obscuros. Tragicamente, Laura vivera seus últimos momentos no vídeo de um amador, e me ocorreu que eu poderia tentar localizar o sujeito, dono da câmera.

"Ei, o que foi...?" Senti uma pontada dolorida nas costelas ainda sensíveis, debaixo do braço. Um calor insuportável queimava meu peito, saía fumaça de meu paletó, uma nuvem sufocante de hidrocarbonetos. A três metros de distância um rolo de fumaça preta saía da prateleira onde eu havia deixado a fita do *Armageddon*. Vi a explosão luminosa de magnésio, seguida pelo luzir branco-azulado do calor intenso.

A fita escondida no meu paletó continuava fumegando. Atirei-a no chão e recuei quando soltou um clarão cegante e começou a pegar fogo. Quando tentava achar a saída houve uma segunda explosão nas prateleiras. Uma fumaça acre invadiu a loja e a escureceu, as lâmpadas do teto mal reluziam nas trevas. O jovem atendente passou por mim correndo, com a mão em concha na boca, abriu a porta e saiu cambaleando pela noite afora.

Um sujeito alto, usando capacete de motociclista, avançou no meio da fumaça, protegendo os olhos contra a luz cegante. Ao me avistar, segurou meus ombros com suas mãos fortes.

"Markham! Saia daqui!"

Tentei proteger o rosto e senti que o sujeito me empurrava para fora. Na luz da rua reconheci a mancha branca do colarinho eclesiástico. "Dexter? Pegue o extintor... ligue para os bombeiros!"

"Vamos embora!"

A fumaça preta formava uma nuvem densa que se projetava na rua. O clérigo soltou meu paletó e correu para a ruazinha, enquanto a fumaça aprisionada nos sapatos saía. Ele gesticulou com os braços abertos quando o Polo de Kay passou por nós rapidamente, com Vera ao volante. Esperei que parasse, mas o carro acelerou, deixando Dexter de joelhos.

Ajudei-o a se levantar e o segui, correndo um pouco. As lanternas traseiras do Polo, duas manchas de sangue, sumiram na escuridão, em direção à ponte de Richmond. O clérigo apoiou-se em mim, engasgado com o muco que lhe tomara a boca. Ele ergueu o visor e aspirou o ar noturno. Sob o brilho agressivo da lâmpada de magnésio vi seu rosto atormentado e o esgar de ódio que revelou a falta de um dente. Ele observou o Polo até que desaparecesse, e me dei conta de que Kay Churchill sempre tivera a intenção de me abandonar.

13. Um neurocientista olha para Deus

A Marina Chelsea estava calma quando voltamos na Harley de Stephen Dexter. Um policial, junto à guarita, orientava o trânsito na King's Road e vigiava atentamente os residentes que seguiam a pé para restaurantes das proximidades. Eu esperava encontrar alguns piqueteiros radicais, um braseiro com carvão ardendo e uma lata para donativos natalinos. Mas a revolução fora transferida para um dia mais conveniente. Os rebeldes da classe média valorizavam seu lazer e o ataque às barricadas ficaria espremido entre as idas a concertos ou teatros e os prazeres dos frutos do mar frescos.

Dexter cumprimentou o policial, que acenou para liberar nossa entrada. Ia me censurar por andar sem capacete, obviamente presumindo que eu fosse um novo recruta do rebanho do reverendo, resgatado da rua para ser conduzido a uma vida mais valiosa pelo sagrado piloto da moto.

Sacudi o restante da fuligem fedorenta e me dei conta de que a presença do guarda me agradara. O esforço de sabotagem cultural de Kay poderia facilmente ter terminado em desastre.

Stephen Dexter e eu escapamos por pouco. A Harley estava parada numa ruela residencial sem saída a cem metros da videolocadora. Sofrendo ânsia de vômito, Dexter acionou o motor americano macio. Observamos a chegada dos carros de bombeiros, que voltaram as mangueiras para o formidável fogo de magnésio. Milhares de fitas de vídeo jaziam na rua, fumegando sob o luminoso de néon, desenroladas em meio aos cacos de vidro.

Partimos no rumo da ponte de Richmond antes que a polícia pudesse notar nossa presença. Recuei um pouco no banco do carona para o ar noturno passar por mim e levar embora toda a raiva e o pânico. Nunca confiara em Vera, mas Kay se mostrara muito mais implacável do que eu esperava. Em vez de sair imediatamente, eu me demorei na videolocadora, pensando em Laura e nas nossas noitadas no NFT. Quando percebeu que eu não voltava logo para o carro, Kay ordenou a Vera que seguisse adiante e me deixasse para trás.

Cruzamos a Marina Chelsea e paramos em Nelson Lane, uma fileira de casas que dava para a pequena baía formada pela maré alta. Dois iates estavam ancorados juntos no píer, como amantes abrigados. Ao lado da última casa do declive havia uma pequena capela, e suas dimensões modestas espelhavam as necessidades espirituais da Marina Chelsea.

Havia um New Beetle branco estacionado do outro lado da rua, com o pisca-pisca ligado, e Joan Chang acenou, pela janela do motorista. Ela tirou o Walkman e sorriu para Dexter, contente por vê-lo em casa, depois ligou o motor e partiu com seu ronco refrigerado a ar.

O reverendo acompanhou sua partida, sorrindo debilmente em meio à fumaça do escapamento, as mãos confusas nos comandos da Harley.

"Markham? Vai entrar?"

"Obrigado. Aceito um drinque."

"Um bem grande. Você merece, pode-se dizer."

Ele esperou que eu desmontasse, mas não se mostrou muito animado em me convidar para entrar em sua casa. Enquanto travava a Harley, me deixou ali olhando para a marina. Deduzi que ele era o olheiro mandado por Kay para a videolocadora, e que sua tarefa agora era chamar a atenção para minha atitude atrapalhada.

Carregando o capacete, ele me levou para dentro de casa. No corredor estreito senti o cheiro acre de fumaça nas minhas roupas.

"Material terrível", comentei. "O tipo de artefato que os demolidores usam."

"Exatamente. Vera Blackburn trabalhou para o Ministério da Defesa. Se dependesse dela, minaria a rua inteira com cargas potentes."

A sala era uma cela esparsamente mobiliada. A escrivaninha e uma poltrona de couro haviam sido empurradas até encostarem na parede, e uma cama de armar ocupava o centro da sala. Uma barraca de lona baixa fora erguida em volta da cama. Havia um fogão de acampamento e um pequeno sortimento de latarias e cereais em cima do tapete. Vi ainda a vestimenta sacerdotal numa arara de metal e uma mesinha baixa dobrável com alguns hinários, missais, um modesto calendário infantil do advento e um exemplar da publicação da BBC, *Um neurocientista olha para Deus*, o livro da série de televisão da qual eu participava. Sobre o travesseiro cáqui da cama de armar havia uma foto emoldurada do reverendo Dexter de batina preta e óculos de aviador, em pé ao lado de um biplano Steerman pousado perto de um campo na mata. Com ele estava um chefe de aldeia, sua esposa filipina e quatro filhas sorridentes.

Os outros aposentos da casa — o vestíbulo, a sala de jantar minúscula e o que pude avistar da cozinha — estavam intocados e aparentemente desabitados. Concluí que o clérigo vivia acampado em sua própria casa, como se o conforto das espreguiçadeiras, colchões de mola e fogões elétricos fossem hábitos que ele decidira abandonar, em sinal de desistência parcial do mundo. Com sua cama de armar, fogão de acampamento e barraca infantil ele enfatizava o caráter temporário de sua missão na Marina Chelsea.

Ele esperou até que eu me ajustasse à cena incomum. Usando bota de couro com detalhes de metal e traje de motociclista também de couro, à primeira vista ele parecia agradavelmente confiante. Mas seu rosto era doentio e ausente, e ele olhava para a rua com o ar desconfortável de um fugitivo esperando que a polícia aparecesse a qualquer momento, derrubando a porta. Eu me perguntava como ele se envolvera com Kay Churchill, a mulher que era garantia de colapso nervoso.

Eu me preparava para questioná-lo a respeito dos eventos daquela tarde, e perguntar por que destruíra a videolocadora. Nossa missão à classe média terminara em vandalismo despropositado. Mas ele enfiou a cabeça na abertura da barraca e emergiu com uma garrafa de vinho espanhol e duas taças.

"Pronto." Ele encheu meu copo, observando o líquido subir até a borda. "Eu deveria ter deixado você no portão de entrada. Precisa descansar antes de pegar seu carro."

"Tomarei um táxi. Ainda me sinto um pouco tonto."

"Claro. Vai passar na casa de Kay?"

"Ela está me esperando?"

"Calculo que sim. Um pouco de raiva estimula as glândulas. Dizem que ela é uma amante e tanto."

"Então vou deixar passar. Uma traição por tarde já basta."

"Você é quem sabe."

Tentei firmar o copo na mão. Ainda tremia de tensão e medo, consciente de que extrapolara meu próprio personagem para me tornar terrorista amador.

"Então...", bebericando o vinho, esperava que meu coração disparado sossegasse. "Foi uma missão bem-sucedida?"

"Tenho certeza de que Kay pensa assim."

"Ótimo. Eu poderia pegar um ano de cadeia. Você também."

"Mais." Dexter olhou para o pó acumulado nas prateleiras vazias. "Todos nós temos detenções anteriores."

"E causamos danos no valor de milhares de libras." Ergui a voz, incomodado pela passividade daquele clérigo musculoso. "As mangueiras dos bombeiros devem ter destruído o estoque inteiro."

"E as câmeras de vigilância. Pelo menos ninguém saberá que estávamos lá. As fitas não valem nada, mas entendo seu ponto de vista."

"Diga uma coisa, como explica tudo isso ao bispo?"

"Não explico. Um pároco deve ser extremamente discreto."

"Discreto? Conceito interessante. Consegue resolver tudo isso com sua... consciência?"

"Não é uma palavra usada com freqüência em sua profissão." Dexter sorriu pela primeira vez. "Já notou como o vocabulário oscila para atender nossa necessidade de justificação?"

"Dexter..." Irritado com a atitude, bati com o copo na cornija da lareira. "Vocês me usaram para cometer um crime."

"Não foi bem assim..." Dexter tentava me acalmar, olhando pela janela para ver se meus gritos eram ouvidos na rua. "Calculei que fossem artefatos de fumaça, não incendiários. Além disso, eu nem sabia se você ia aparecer."

"Era o vigia?"

"Não. Agi por conta própria. Kay ainda não sabe que eu estava lá. Ela me disse que haveria uma ação programada para a videolocadora. Deduzi que você estaria envolvido e precisaria de uma mãozinha."

"E precisei." Controlei-me e disse: "Foi bom você estar lá. Mesmo assim, por que correr riscos por minha causa? Sou um amador total. Poderia ter sido preso."

"Kay desejava que você fosse preso." Dexter terminou de beber o vinho e olhou para a garrafa que estava no chão, entre nós dois. "Ela ainda não tem certeza de quem é você. Ir para a cama não revelaria muita coisa. Se você fosse condenado a um ano de cadeia provaria a quem é realmente leal."

"Um pouco drástico, não acha?"

"Ela o teria visitado em Wandsworth." Ele ergueu a mão antes que eu pudesse responder. "Há coisas acontecendo aqui que precisavam ser acompanhadas. Em certa medida, tudo é absurdo, mas há um lado sombrio. Kay é uma mulher notável, mas vive prisioneira de um acúmulo de expectativas. Outras pessoas exploram isso. Gente potencialmente perigosa."

"Como Vera Blackburn? E o doutor Gould? Usaram detonadores de magnésio. Eles derretem ferro. Você teria um trabalhão para justificar para si mesmo uma criança cega."

"Não conseguiria. Isso é indesculpável."

"Preciso ir à polícia. Na verdade, estou pensando seriamente nisso."

"Tem razão. Eu não o impediria. E serviria de testemunha da acusação de bom grado."

"Se é assim, por que participar? Você se envolveu em crimes graves."

Dexter baixou a cabeça e olhou para a cama de armar e a barraca, seu refúgio naquela casa paroquial desoladora. "A Marina Chelsea é a minha paróquia. Se eu fosse pastor na Cornualha, no século XVI, e descobrisse que todos no vilarejo provocavam naufrágios, seria errado manter distância. Eu teria de participar."

"E você ficaria no alto dos rochedos, agitando uma lanterna?"

"Tomara que não. Mas pelo menos poderia lutar para que os sobreviventes não fossem assassinados nem jogados de volta ao mar."

"E é isso que vem fazendo na Marina Chelsea? Trancando o administrador do condomínio no escritório dele? O pobre coitado ficou em estado de choque."

"Não precisa sentir pena dele. As pessoas aqui podem ser de classe média, mas vivem praticamente em regime de servidão."

"O novo proletariado? Que freqüenta escolas particulares e anda de BMW?"

"Há uma inquietação genuína. Muitas famílias passam por dificuldades. Ouvem Kay e Richard Gould e começam a questionar sua vida. Percebem que as escolas particulares fazem lavagem cerebral em seus filhos para torná-los socialmente dóceis, preparando-os para se tornarem a classe profissional que garantirá o espetáculo do consumo capitalista."

"Os chefões sinistros?"

"Não há chefões. O sistema é auto-regulatório. Baseia-se em nosso senso de responsabilidade cívica. Sem isso, a sociedade entraria em colapso. Na verdade, talvez o colapso já tenha começado."

"Aqui, na Marina Chelsea?"

"Não, começou faz alguns anos." O clérigo parou na janela, em pé, observando o helicóptero da polícia que patrulhava o rio, com o holofote a percorrer os prédios de escritórios silenciosos. "Todos esses movimentos de protesto — 'Recuperar as Ruas', 'Salvar o Campo' — e demonstrações contra o cultivo de transgênicos ou a Organização Mundial do Comércio. Causas válidas, mas parte da revolta das classes médias que se iniciou há mais de quarenta anos, com a ascensão da Campanha pelo Desarmamento Nuclear. O que está acontecendo agora é o início do desfecho — abdicar da responsabilidade civil. Mas você já sabe disso — é o motivo para estar aqui."

"Não só isso. Estou investigando a bomba de Heathrow. Minha mulher morreu lá."

"Sua esposa? Compreendo. Uma tragédia pavorosa. Absolutamente insana."

"Minha primeira mulher." Irritado comigo pelo ato falho, falei: "Eu me casei novamente e sou feliz. Mas preciso saber quem colocou a bomba na esteira de bagagem. Sinto que tenho este dever, uma obrigação moral, um envolvimento, como se parte de mim estivesse no Terminal 2. Reverendo...?"

O clérigo dera as costas para mim e fitava a escuridão para lá da marina, um poço de nada. Rosto pálido quase exangue, olhos fixos como os de quem acompanha um enterro e tenta não olhar para a cova aberta a seus pés. Ele passou o dedo pela cicatriz na testa, como se tentasse desligar uma luz de alerta.

"Lamento." Ele se recompôs, tocando o colarinho eclesiástico. "Eu estava pensando em Heathrow. Difícil entender. Tenho certeza de que a polícia encontrará os autores."

"Ninguém assumiu a responsabilidade. Havia um material de protesto no banheiro masculino — uma faixa contra viagens."

"Sei. Você está pensando em Kay e Joan, no tribunal de Hammersmith. Não há ligação nenhuma, pode ter certeza."

"Eu entendo", falei. "Mesmo assim, há um indício de violência no ar. Não é só conversa fiada."

Dexter balançou a cabeça, os dedos contavam as latas espalhadas em volta do fogão de acampamento. "O ataque à videolocadora, esta tarde — não foi apropriado. A violência foi expulsa da classe média há anos."

"Isso inclui Richard Gould? Ele esteve envolvido num incêndio criminoso, pôs fogo numa loja de departamentos construída pelo pai."

"Viu isso no site dele? A internet tornou-se nosso confessionário. Ele era criança, um adolescente problemático." Ainda de cabeça baixa para evitar meu olhar, o clérigo pegou meu braço e me levou até a porta. "David, precisamos dormir e pensar nessas coisas. Precisamos de muito tempo. Não comente com ninguém o caso da videolocadora. Não quero expulsá-lo, mas preciso preparar o sermão."

"Fico contente em saber disso." Quando saímos parei e apontei a capela, já no escuro. As portas estavam trancadas com cadeados e havia uma pilha de panfletos abandonada nos degraus de acesso. "Você não realiza o serviço na Marina Chelsea?"

"Tivemos problemas no telhado." Ele fez um gesto vago. "E outros problemas. Costumo transferir para St. James's, em Piccadilly."

"Kay Churchill acha que você perdeu a fé."

Dexter levou o braço forte ao meu ombro. Mais à vontade no escuro, ergueu o queixo para fitar a rua deserta. Sabia que eu tentava provocá-lo, mas recuperou a confiança. "Minha fé? Eu diria que ela foi arrancada a tapa. Os agnósticos dão importância excessiva à fé. Não é aquilo em que você acredita — quem realmente sabe? Muito mais importante é o projeto que cria para si. Meu projeto era censurável, em todos os sentidos. Um acidente pavoroso me desaprumou por um tempo..."

"Nas Filipinas?"

"Mindanao. Perdi o rumo e aterrissei numa pista controlada pela guerrilha local. Por duas semanas, fui barbaramente espancado todos os dias. Eles disseram que estavam me convertendo ao islamismo."

"Você resistiu?"

"Não por muito tempo." Ele tocou a cicatriz na testa. "Pensei em voltar a dar aulas, mas meu dever está aqui. A inquietação social sempre dá origem a alguns tipos realmente perigosos. Gente que usa a violência extrema para se investigar, como alguns usam o sexo extremo."

"Kay Churchill?"

"Kay? Não. Ela é muito generosa consigo mesma."

"E quanto a Vera Blackburn?"

"Um problema. Ando de olho nela."

"E o doutor Gould?"

Dexter virou de costas e olhou para a água escura da marina. "Richard? Difícil dizer. Ele enfrenta um perigo imenso — ele mesmo."

Antes de nos despedirmos, falei: "Uma última pergunta. Por que os juízes não nos condenaram a penas pesadas? Kay, Vera, você e eu, assim como todos os outros. O Ministério do Interior deve saber o que está acontecendo."

"Lá, eles sabem. Estão deixando a bola no nosso campo. Nada os apavora mais do que a idéia de uma revolução de verdade na classe média..."

Ele ficou olhando enquanto eu me afastava, com o rosto perturbado escondido da luz, e depois retornou ao abrigo de seu teto desabrigado.

14. De Guildford ao Terminal 2

Sally atirou as muletas no chão e atravessou o salão, chocada com minha aparente despreocupação.

"David! Você poderia ter ido para a cadeia..."

"É bem provável. Mas não se preocupe. Acho que estou acima de qualquer suspeita."

"Essa gente é completamente maluca. Fique longe deles."

"Amor, pretendo fazer isso mesmo. Só passei uma tarde com eles."

"Uma tarde? Vocês botaram fogo em Twickenham."

"Parece nome de quadro de John Martin. *Twickenham em chamas*. O estádio incendiado, as quadras de tênis pegando fogo, as piscinas a ferver — realmente, soa como se fosse o fim do mundo."

"David..." Tentando uma abordagem diferente, Sally sentou-se no braço da minha poltrona. Ela já tinha ido dormir quando cheguei em casa, mas durante o café-da-manhã descrevi meu batismo como terrorista de Chelsea. Ela não disse nada, franzindo a testa com força ao fixar os olhos na torrada. Pensou no assunto durante uma hora e depois fez um enorme esforço para me trazer de volta à sensatez. A raiva, desperdiçada no marido pateta, deu lugar à adulação. Ela segurou meu rosto entre as mãos. "David, você se envolveu demais. Pergunte a si mesmo o motivo. Essa gente o impressionou, por alguma razão. Incêndio criminoso, vandalismo, bombas incendiárias? Nos subúrbios, os vídeos são objetos sagrados, praticamente. Provocar explosões é algo inacreditável."

"Bombas de fumaça. O fogo foi acidental. Os detonadores eram poderosos demais — não sei o porquê."

"Quer saber? Porque quem os preparou usa drogas." Sally riu, irônica, lembrando-se de sua própria dependência de anestésicos, no hospital. "Chelsea para você é isso. Como a turma da minha mãe nos anos setenta. Lésbicas, heroína, butiques malucas abrindo todo dia, gente esquisita fingindo ser astros da música pop. Evite Chelsea, sempre."

"Fulham, a bem da verdade. Nada de drogas pesadas, ética protestante do trabalho a todo o vapor. Gerentes, contadores, funcionários públicos. As perspectivas de promoção foram para o espaço e os oficiais de justiça revoam em bandos."

"Eles deveriam estar em Milton Keynes." Sally alisou meu cabelo, tentando desencantar os contornos da respeitabilidade. A excitação do dia anterior deixara meu cabelo espetado como o de um moicano. "Chelsea, Fulham... você é do norte de Londres, David. De Hampstead."

"Socialismo da velha guarda? Psicanálise e bolsa de estudo judaica? Nada a ver comigo. Você adoraria o pessoal da Marina Chelsea. Eles têm paixão. Odeiam sua vida e tomaram uma atitude a respeito. A Revolução Francesa foi iniciada pela classe média."

"Revolução? Atacar uma locadora de vídeo?"

Segurei a mão dela e estudei as linhas da vida, os caminhos

que se estendiam para sempre, ainda cheias de calos de segurar as muletas. "Esqueça a videolocadora. A coisa mais interessante é que eles estão protestando contra si mesmos. Não há inimigo lá fora. Eles sabem que são o inimigo. Kay Churchill pensa que a Marina Chelsea é um campo de concentração educativo, do tipo existente na Coréia do Norte, atualizado para incluir BMWs e planos de saúde da BUPA."

"Para mim, ela é louca."

"Um pouco, admito. Mas é de propósito. Ela testa limites, como uma criança faz com seu brinquedo, curiosa para ver até onde ele vai. As mansões de Twickenham serviram para abrir os olhos. Pessoas civilizadas, *golden retrievers*, mas as casas não passam de palcos. Eles apenas habitam um cenário. Fizeram com que eu me lembrasse da casa da minha avó em Guildford."

"Você era feliz lá." Sally beliscou minha orelha, tentando me acordar. "Pense em qual era a alternativa — perambular por aí com sua mãe, dormindo em camas de desconhecidos, no norte de Oxford, fumar maconha aos oito anos de idade, beber uísque com R. D. Laing. Você nunca teria se formado em psicologia."

"Não seria preciso."

"Exatamente. Teria sido arquiteto na Marina Chelsea. Freqüentaria jantarezinhos medíocres e se preocuparia com o Volvo e as mensalidades escolares. Pelo menos, ganha bem."

"Graças a seu pai."

"Isso não é verdade. Você nunca gostou dele."

"Encare os fatos, Sally. Eu odiaria se tivéssemos de viver com meu salário no Adler. O contrato com a empresa dele garante metade de nossa renda. É um modo gentil de dar uma bela mesada a você sem que eu perca o amor-próprio."

"Você faz coisas úteis para ele. O problema do estacionamento na fábrica de Luton, por exemplo. Obrigou os executivos a andar mais que os outros."

"Bom senso. O trabalho mais útil que faço para seu pai é manter você feliz. É para isso que sou pago. Aos olhos dele, não passo de um consultor sofisticado e um enfermeiro."

"David!" Sally ficou mais confusa que espantada. Ela me olhava como uma menina de dez anos que achou uma aranha na gaveta das meias. "É assim que vê nosso casamento? Não admira que se interesse tanto pela Marina Chelsea."

"Sally..."

Tentei pegar na mão dela, mas a campainha nos distraiu. Praguejando em voz baixa, Sally foi até o hall de entrada. Sentei na poltrona, olhando para a casa que me rodeava, presente da mãe de Sally que não me deixava esquecer o papel do dinheiro na minha vida, do dinheiro alheio. Como Sally notara, eu sentia uma afinidade crescente com os moradores da Marina Chelsea, com a fútil professora de cinema, com o pároco evasivo de Harley e sua amiga chinesa. Gostava do modo franco com que se olhavam e do jeito como atiravam a bagagem inútil pela janela.

Muitos elementos de minha vida eram bagagem alheia que eu me oferecera para carregar — as exigências aviltantes dos gerentes das empresas do sogro, as reuniões anuais como administrador de uma escola em Hendon, as responsabilidades perante minha mãe idosa de quem eu gostava cada vez menos, a cansativa captação de recursos para o Adler, o que na prática significava conquistar clientes corporativos.

Ouvi vozes na rua. Levantei-me da poltrona e fui até a janela. Henry Kendall estava parado ao lado de seu carro, com uma maleta na mão. Ao seu lado havia um policial uniformizado que olhava para a casa enquanto conversava com Sally. Sem pensar, concluí que tinha vindo para me prender e convidara Henry, um colega próximo, para servir de companheiro ao prisioneiro. A maleta deveria conter alguns pertences que eu poderia levar para a delegacia.

Escondido atrás da cortina, com o coração pulando no peito como um animal preso que se atirasse contra as barras da jaula, eu sentia a tentação de fugir correndo, atravessar o portão do jardim e seguir direto para o santuário da Marina Chelsea. Acalmei-me e fui para a porta, tenso.

Henry me cumprimentou, afável. Freqüentemente almoçávamos juntos no refeitório do Instituto, mas eu me impressionei com sua boa aparência. A figura alvoroçada na porta do hospital Ashford dera lugar a um psicanalista confiante e carreirista impetuoso com os dois olhos fixos no lugar do professor Arnold. Ele se tornara mais condescendente em relação a mim, e ao mesmo tempo mais desconfiado, convencido de que meu interesse pela Marina Chelsea ocultava um plano secreto.

O policial voltara para o carro, estudava uma pasta branca com o logotipo do Adler no banco do passageiro. Henry e eu passeamos juntos pela calçada.

"É o superintendente Michaels", explicou Henry. "Vou lhe dar uma carona até o Ministério do Interior. Ele trabalha no caso Heathrow."

"Pensei que tinha vindo me prender", sorri, um pouco facilmente. "Alguma novidade?"

"Extra-oficialmente? Não. Um crime quase sem sentido. Ninguém assumiu a responsabilidade, não há motivo aparente. Lamento, David. Nós dois devemos a Laura o esclarecimento do crime."

"E quanto aos fragmentos da bomba? Eles devem revelar algo."

"Um enigma. Detonadores do exército britânico, de um tipo supercontrolado. Usado pelos SAS e pelo pessoal de operações secretas. Ninguém consegue explicar como o autor os obteve."

Acenei para Sally, que estava em pé nos degraus da frente da casa, sorrindo para Henry sempre que ele olhava para seu lado. Como quem não quer nada, disse: "Soube de um atentado à bomba em Twickenham, ontem à noite."

"Soube como? Não foi divulgado no noticiário matinal." Henry olhou fixo para mim, como um cão de caça que descobre um pássaro escondido. "Uma brincadeira pesada, é o que dizem. Curioso como têm ocorrido tantos pequenos incidentes similares. A maioria dos 'incêndios' noticiados são na verdade resultado das bombas. Escolhem alvos muito interessantes."

"Cinemas de subúrbio, McDonalds, agências de viagem, colégios particulares..."

"Boas deduções", disse Henry, erguendo o queixo mais ainda para me olhar da ponta do nariz. "Mantém contato com alguém da Scotland Yard?"

"Não. Está... no ar que respiramos."

"Você obviamente tem faro para a subversão." Henry me entregou a maleta. "Coisas de Laura. Retirei tudo da casa, com ajuda da irmã dela. Ensaios que vocês escreveram juntos, livros que lhe deu de presente, fotos de congressos. Imaginei que ia gostar de guardá-los."

"Bem..." Peguei a maleta, impressionado com sua leveza, documentos de um relacionamento de dez anos, últimos registros do casamento e lembranças. Enquanto Henry me observava, eles pareciam aumentar de peso na minha mão.

Sally desceu os degraus, usando as muletas para complicar a descida, sinal seguro de que refletia a respeito de uma decisão importante a tomar. Henry e eu esperávamos que se aproximasse de nós, mas ela nos deixou plantados na calçada e desceu à rua, contornando o carro com afetação. O superintendente Michaels a notou, no retrovisor externo, e estendeu o braço para parar um táxi que passava. Tentou descer do carro, mas Sally se apoiou na porta do passageiro, com os cotovelos no teto.

"Sally?" Henry esperou por ela, esquecido de nossa conversa, tirando a chave do bolso. "Quer uma carona?"

Ela o ignorou e olhou por cima do teto do carro, fixando os olhos em mim, parado com a maleta na mão, cheia de lembranças da minha primeira mulher. Percebi que estava a ponto de me denunciar ao superintendente Michaels, revelando meu envolvimento com o incêndio da videolocadora. Ela me observou sem sorrir, como se repassasse nossa vida inteira juntos no verniz brilhante do carro de Henry, uma faixa mais larga que o Helesponto.

Intrigado com a presença de Sally no seu cotovelo, o superintendente deu um jeito de abrir a porta e falar com ela. Sally notou seu sorriso preocupado e a ouvi pedir desculpas por não convidá-lo para entrar e tomar um drinque. Acenaram um para o outro quando o carro partiu.

Mais tarde, na cozinha, vi que Sally bebia um cálice de sherry, seu nariz se contraindo com o álcool evaporado. O rosto parecia mais firme, e pela primeira vez vi a mulher idosa em seus ossos, menos mimada e menos segura tanto em relação ao marido quanto ao mundo.

"Sally..." Falei pausadamente. "O superintendente... você ia..."

"Sim." Ela mexeu o cálice com o dedo. "Pensei nisso."

"Por quê? Eu teria sido detido na mesma hora. Se me levassem ao tribunal, as chances de eu acabar na penitenciária seriam grandes."

"Exato." Sally balançou a cabeça, sabiamente, como se

aquela fosse a primeira coisa sensata que eu havia dito. "E, se continuar com esse absurdo da Marina Chelsea, com certeza acabará na cadeia. Por muito tempo, se alguém morrer. Não quero que isso aconteça, e talvez o momento de impedir seja agora."

"Não vai acontecer nada disso." Atravessei a cozinha com a intenção de abraçá-la e me dei conta de que ainda carregava a maleta de Laura. "Pode estar certa, acabou."

"Não acabou." Desolada, Sally empurrou o cálice. "Olhe para você. Cabelo desgrenhado, rosto arranhado, mala velha na mão. Parece um imigrante ilegal."

"De certo modo, é o que sou. Idéia estranha." Deixei a maleta numa cadeira e virei-me para Sally, confiante. "Já vi tudo o que era preciso. A Marina Chelsea provavelmente não está vinculada ao ataque a Heathrow. Não são da mesma turma."

"Tem certeza? Essas pessoas são amadoras, não têm a menor idéia do que estão fazendo. De qualquer maneira, a bomba em Heathrow não é a razão de sua volta a Chelsea."

"Não? E por que eu quero voltar lá?"

"Você achou uma pista qualquer no local. Acredita que o levará à nova personalidade que procura. Talvez precise encontrá-la. Por isso não contei nada ao superintendente."

Tirei o cálice de sherry da frente e segurei as mãos dela contra a mesa. "Sally, não há pista, nem nada a descobrir. Estou feliz aqui, comigo mesmo e com você. As pessoas na Marina Chelsea não suportam mais o saldo negativo no banco. Estão cheios deles mesmos e resolveram descontar tudo em algumas faixas amarelas."

"Descubra o motivo. Este é o mundo em que vivemos — as pessoas jogam bombas na luta pelo estacionamento gratuito. Ou sem razão nenhuma. Estamos entediados, David, desesperadamente entediados. Somos como crianças largadas tempo demais num quarto de brincar. Depois de um tempo, começamos a quebrar os brinquedos, mesmo aqueles dos quais gostamos. Não há nada em que acreditar. Mesmo o vigário voador parece ter dado as costas a Deus."

"O reverendo Dexter? Ele não deu as costas, mas mantém distância. Difícil saber exatamente o porquê, mas tem a ver com sua mente."

"E com a sua." Sally colocou o cálice de sherry na pia. E sorriu zombeteira, o mesmo sorriso confiante que eu vira na enfermaria da ortopedia, para me estimular, assim como ela se estimulara para andar. "Descubra o que é, David. Siga a pista. De Guildford ao Terminal 2. Em algum ponto do caminho você encontrará a si mesmo..."

15. O depósito de sonhos

A rebelião do novo proletariado começara, mas seria eu amigo ou inimigo? Surpreso comigo mesmo, ajudei a arrastar os guardas de segurança algemados para o escritório do gerente, tentando protegê-los das botinadas desferidas contra seus rostos. Kay Churchill me segurou quando tropecei nas pernas estendidas. Ela me guiou para o outro lado da mesa e me fez sentar na poltrona do administrador.

"David, decida-se."

"Já me decidi, Kay. Estou do seu lado."

"Envolva-se pelo menos uma vez." Seus olhos grandes e pupilas dilatadas fixaram-se em mim pelos orifícios da máscara de esquiar. "Tem noção do que está fazendo?"

"Ficarei na bilheteria até que todos saiam. Verificarei se as portas estão trancadas e não permitirei a entrada de ninguém. Kay, ensaiei tudo."

"Ótimo. Agora pare de ensaiar. Isso é para valer."

Vera Blackburn, fria e desconfiada, de macacão azul, estava parada no corredor, esperando que os grupos de ataque chegassem aos pontos de demolição. Ela ergueu a mão enluvada para mim, com a palma para cima, e a fechou com força, como se esmagasse meus testículos.

"Certo..." Kay hesitou, depois se reanimou. Ajustou a máscara de esquiar, fornecida juntamente com os capotes e o gás lacrimogêneo por um ex-amante de Vera, da polícia de Surrey. Planejado na sala de Kay, discutido entre incontáveis garrafas de vinho búlgaro, a ação contra o National Film Theatre prometia ser muito mais que uma travessura estudantil. Eu estava despreparado para a violência implacável daqueles sabotadores de classe média. Tentado a chamar a polícia, eu havia ficado para trás quando lançaram o gás e atordoaram os três guardas de segurança.

Dois deles eram estudantes de cinema da City University que faziam um bico. Deitados com o rosto no chão, cuspiam um catarro esverdeado pelo gás no tapete da sala do gerente. Os dois choravam, como se estivessem chocados por participar de um drama brutal saído diretamente dos filmes de gângsteres que eles tanto veneravam.

O terceiro guarda era empregado da empresa de vigilância, um senhor de cinqüenta anos de ombros largos e cabelo cortado rente, feito leão-de-chácara de boate aposentado. Estava sentado na frente do console da sala ao lado, observando os monitores das câmeras de vigilância, quando Vera Blackburn se aproximou por trás, silenciosamente. Ele levou um jato de spray no rosto, mas reagiu, tirando a lata da mão de Vera. Ela recuou, surpresa com a demonstração de ingratidão, sacou o porrete e o agrediu até que caísse no chão. Ele estava agora a meus pés, na sala da gerência, sangrando na cabeça, olhando para o teto com olhos embaçados.

"Kay..." Ajoelhei-me ao lado do guarda e senti seu pulso, no meio do sangue e do vômito. "Este homem precisa de ajuda. Deve haver um estojo de primeiros socorros."

"Mais tarde! Agora precisamos avançar."

Ela jogou a jaqueta do segurança em meu ombro e enfim meus braços nas mangas, depois me empurrou para o corredor. Na sala de monitoramento Joan Chang removia as fitas dos aparelhos de vídeo da vigilância e as atirava numa sacola de lona. Seu rosto pálido de medo não impediu que se voltasse para mim e fizesse o sinal de positivo.

As portas de vaivém se abriram no corredor e dois membros da equipe, usando macacões, entraram no NFT1. Jovens advogados, vizinhos de Kay, portavam valises com as cargas incendiárias e timers. Andavam no mesmo passo, entrando no auditório silencioso como capangas da máfia.

Kay parou para se orientar quando chegamos ao saguão do NFT. As portas altas de vidro expunham a bilheteria à noite de concreto do South Bank. Uma ruazinha ligava o NFT com o estacionamento da Hayward Gallery, sob os pilotis e escadas daquele bunker cultural. Vi uma van da segurança estacionada perto da entrada dos artistas do Queen Elizabeth Hall, mas seus ocupantes tomavam café ao lado da máquina, no andar superior, olhando para o outro lado do rio, onde o Big Ben se encontrava, contando as longas horas que faltavam para o final de seu turno.

"Kay..." Segurei seu braço antes que ela pudesse se afastar. "Não estamos correndo riscos demais? Qualquer um pode me ver."

"Você é um guarda de segurança. Aja de acordo." Ela arrancou a máscara de esquiar da cabeça. "Vera precisa de mais tempo."

"Cinqüenta minutos? Para que tanto?"

"Precisa desativar o alarme contra incêndio. Há dúzias deles." Ela beliscou meu queixo em fugaz sinal de afeição. "Faça o melhor possível, David."

"E se alguém quiser entrar?"

"Ninguém vai querer. Se quiser, cumprimente e se afaste. Você não passa de um segurança entediado."

"Entediado?" Apontei para os cartazes de filmes emoldurados. "Este lugar evoca muitas lembranças."

"Comece a esquecer. Em uma hora, estará reduzido a cinzas."

"Precisamos ir tão longe? Burt Lancaster, Bogart, Lauren Bacall... são apenas atores do cinema."

"Apenas? Eles envenenaram um século inteiro. Estragaram sua mente, David. Precisamos tomar uma atitude, formar uma Inglaterra mais sadia..."

Ela desapareceu nas sombras, uma assassina sem rosto dos rostos mais famosos que o mundo conhecera. Nós seis havíamos chegado aos pares ao South Bank, fingindo ser entusiastas do *film noir*, tarefa fácil para mim mas difícil para Kay, que considerava a indústria cinematográfica de Hollywood um inimigo mortal. Ocupamos nossos lugares no NFT2 para uma sessão noturna de *Fuga ao passado*. Sentados entre os fãs de Mitchum, era difícil crer que o teatro no qual eu passara tantas horas de minha formação logo seria reduzido a cinzas. Inquieto demais para me concentrar num único fotograma que fosse, vi que Kay prestava atenção na história brutal de paixão passageira e traição. A certa altura do drama, quando a heroína fingia um ataque de desespero, cheguei a sentir a pressão de sua mão em meu pulso.

Trinta minutos antes do final saímos discretamente do cinema e seguimos para o extinto Museu da Imagem em Movimento, hoje um mero depósito cheio de caixotes. Ali encontramos os outros membros da equipe e vestimos os capotes da polícia e máscaras de esquiar. Vera Blackburn vigiava as portas trancadas, cujas chaves copiara enquanto trabalhava como voluntária na catalogação de filmes religiosos.

Agachados no escuro, esperávamos que as sessões terminassem e as salas de exibição esvaziassem. Nos caixotes abertos em volta de onde eu estava tateei câmeras antigas e refletores desmontados em embalagens à prova de umidade, os trajes usados por Margaret Lockwood e Anna Neagle, o roteiro de *Sem barreira no céu* e *Um caso de honra*, a inesquecível mobília do maior sonho do século XX, pronta para sair pela chaminé de sua própria criação.

Sonhos morriam mortes diferentes, usando portas inesperadas para abandonar nossa vida. Tentando me comportar como um guarda de segurança entediado, eu andava de um lado para outro, em cima do carpete da sala da bilheteria, pensando nas inúmeras horas passadas ali com Laura. Eu havia argumentado com Kay e Vera, implorando que poupássemos o NFT e atacássemos um cinema multiplex do subúrbio. Kay, contudo, fixara-se na destruição do NFT.

Apesar de sua traição fortuita na videolocadora de Twickenham, Kay me recebera de braços abertos novamente, na Marina Chelsea. No embate por um mundo melhor, ela me disse, sem o menor constrangimento, que ninguém era mais descartável que um amigo. A não ser que os amigos estivessem dispostos a trair uns aos outros, nenhuma revolução jamais triunfaria.

Quando visitei a Marina Chelsea, na semana seguinte à expedição de Twickenham, compareci a reuniões na porta das casas, tentando obter pistas de algum envolvimento na bomba de Heathrow. Surpreendi-me com o número crescente de grupos de protesto. Sem liderança nem coordenação, eles surgiam em festas e jantares ou em reuniões de pais e mestres. Um comitê organizava a ocupação do escritório administrativo da companhia responsável pelos deploráveis serviços da Marina Chelsea, mas a maior parte dos residentes pregava atualmente uma resposta bem mais radical aos males sociais que transcendiam os problemas do condomínio. Visavam alvos maiores — um Pret a Manger da King's Road, a Tate Modern, o restaurante Conran a inaugurar no Museu Britânico, os Promenade Concerts, livrarias Waterstone's, todos eles exploradores da credulidade da classe média. Suas fantasias corruptas iludiram toda uma casta instruída, fornecendo um cardápio nefasto que envenenara a intelligentsia mais paparicada. Dos sanduíches aos acampamentos de verão, eles eram símbolos da subserviência e inimigos da liberdade.

O NFT estava silencioso, uma luz azul fraca iluminava os corredores neutros. Ajeitei a jaqueta no espelho, atrás da bilheteria. Uma mancha de vômito e sangue havia secado no crachá de identificação pregado no bolso do peito. Ou eu passei mal de pânico ou um dos guardas de segurança se ferira mais do que eu imaginava.

Baixei a máscara de esquiar e segui para a sala da gerência. Os prisioneiros estavam deitados no chão, ao lado da escrivaninha. Os dois estudantes, acordados, jaziam um de costas para o outro, para disfarçar a tentativa de soltar as algemas. O guarda mais velho mal respirava, e sua cabeça pendia no tapete sujo de vômito. Parecia estar totalmente inconsciente, mas uma débil respiração saía por entre os dentes ensangüentados.

Havia fumaça no corredor que conduzia à sala, pairando sob as luzes do teto. Concluí que Vera resolvera fumar um cigarro rapidamente, pois os alarmes contra incêndio haviam sido desligados. Uma janela fora aberta em algum ponto, e o ar fresco da noite passava por mim, trazendo odores urbanos de óleo diesel, chuva e óleo para fritura dos cafés 24 horas nas redondezas da estação Waterloo.

Saí da sala do gerente e atravessei o corredor para o NFT1. Quando puxei a cortina uma nuvem de fumaça química se erguia do palco, um vapor acre que avançava pelas poltronas vazias como uma alma penada fugida de um filme de terror. O vapor se acumulou sob as lâmpadas do teto, encontrou uma saída e começou a fluir em redemoinhos.

Esforcei-me para não vomitar por causa do fedor de plástico queimado, fechei as portas e corri para o NFT2. Procurei Kay ou Vera na platéia. A tela se erguia alta à minha frente, um espelho embaçado exaurido de lembranças. Em sua pele metálica flutuava uma sombra fraca de meu próprio reflexo, um espectro aprisionado. O vapor ácido enchia o auditório, e vi um relâmpago luminoso no palco. As paredes brilhavam com a luz branca de um arco voltaico, e centenas de sombras tremelicavam entre as cadeiras.

No saguão da entrada as portas estavam abertas para a noite. A fumaça passava por cima de minha cabeça e se espalhava no ar, subindo na direção da pérgula da Hayward Gallery. Os dois estudantes cambaleavam pelo corredor enfumaçado, com as mãos algemadas nas costas.

"Saiam daqui! Corram!" Um deles parou para mostrar as algemas, e eu o peguei pelo ombro. "Corra!"

No escritório do gerente ajoelhei-me ao lado do guarda mais velho e tentei levantar seu corpo pesado. Os olhos estavam abertos, mas ele continuava desmaiado. O sangue secara na camisa e no queixo. Agarrei-o pelos tornozelos e o arrastei pelo carpete, com as pernas enormes apoiadas nas minhas coxas.

Quando parei na porta, tentando proteger o rosto da fumaça, seus pés escorregaram das minhas mãos. Abaixei-me para pegá-los, mas ele puxou as botas de couro, encolheu as pernas e chutou meu peito.

Abalado pelo golpe, caí, tonto demais para respirar. O

guarda, totalmente desperto, mantinha os olhos fixos em meu rosto. Com as mãos algemadas nas costas, ele se arrastou pelo carpete e encolheu as pernas para chutar minha cabeça.

A bota resvalou na minha orelha esquerda e eu rolei pelo corredor para fugir dele. O guarda se apoiou na porta, virou de lado e se levantou.

"Saia daqui!" Gritei através da fumaça que tomava a sala. "Corra para o saguão..."

Ele se firmou nos dois pés, baixou o ombro e avançou para mim, emergindo da nuvem como um jogador de rúgbi numa tentativa de interceptação. Bateu com a cabeça num cartaz de filme emoldurado, com Robert Taylor e Greer Garson, e o derrubou no chão. Pisou no vidro, chutou os fragmentos para o lado e avançou contra mim, no meio da fumaça.

Ele me seguiu até sairmos, passando pelas portas de entrada e pela ruazinha que dava na Hayward Gallery, com as mãos presas às costas e fumaça a sair da farda. A uns seis metros dele, corri para dar a volta na van da segurança estacionada ali. Eu procurava a escada para o Purcell Room. Os estudantes continuavam um de costas para o outro, ainda tentando soltar as algemas. O guarda avançou de cabeça baixa contra eles, separando-os com o impacto dos ombros fortes.

As botas ecoavam nos degraus de concreto quando cheguei à pérgula da Hayward Gallery. Atrás das portas de vidro, dois seguranças me viram passar, aparentemente seguido por um colega ferido. Seus olhos se voltaram para a coluna de fumaça que saía do teto do NFT. Os dois começaram a falar pelo rádio e ouvi a primeira sirene da polícia soar na margem do rio, perto da ponte de Westminster.

Cruzei o terraço superior, ao lado do Festival Hall, sorvendo o ar úmido do rio. Mal conseguia avançar, cambaleava, mas meu perseguidor desistira da caçada. Recurvado, apoiou-se exausto numa escultura cromada, babando, com os olhos ainda fixos em mim.

Segui na direção da Roda-gigante do Milênio. Lançadas contra o céu noturno, as cabines giravam no braço em cantiléver, uma treliça branca cortada no gelo, a silhueta de um cisne a singrar o ar escuro. Uma festa de empresa acontecia em três cabines, com os participantes apertados contra o vidro curvo, olhando as primeiras labaredas que irrompiam no telhado do NFT.

Alisei a jaqueta do segurança, tirando as cinzas escuras, e andei até passar pelos trailers de alimentação estacionados debaixo da roda-gigante. As garçonetes removiam bandejas de canapés mordiscados. Peguei uma coxinha de frango e tomei água Perrier da garrafa. Vimos juntos um carro de bombeiros entrar na Belvedere Road, tocando a sineta. Uma viatura policial parou na frente do Festival Hall, e seu farol iluminou a Hayward Gallery. Bombeiros e policiais a pé aproximavam-se do NFT, e logo encontrariam os guardas algemados.

Uma cabine vazia passou por mim, com as portas abertas. A festa da empresa terminaria em uma hora e quando os convidados cruzassem o gramado para chegar a seus carros eu me misturaria a eles.

Entrei na cabine e me apoiei na grade que dava vista para o rio, tão exausto que mal conseguia respirar. Enquanto passávamos pela plataforma de embarque um garçom de folga entrou na cabine com uma bandeja onde havia duas taças de champanhe. Colocou a bandeja num banco e sentou-se ao lado dela, tateando os bolsos em busca do cigarro.

Quando subimos acima do County Hall o fogo iluminou a noite e parecia queimar as águas escuras do Tâmisa. Uma enorme cratera se abriu ao lado da ponte de Waterloo e devorava o South Bank Centre. Rolos de fumaça avançavam pelo rio, e era possível avistar as chamas refletidas nas janelas distantes do Parlamento, como se o palácio de Westminster inteiro estivesse a ponto de queimar por dentro.

O garçom apontou para a taça de champanhe na bandeja. Sem agradecer, provei o espumante sem gelo. As bolhas aguilhoaram meus lábios partidos pelo calor brutal do auditório. Pensei nos corredores enfumaçados, cheios de retratos dos maiores astros do cinema mundial. Os incêndios provocados por Vera Blackburn se espalharam, queimando furiosamente o NFT inteiro, engolfando os sorrisos de James Stewart e Orson Welles, Chaplin e Joan Crawford. Minhas lembranças deles pareciam subir com a roda-gigante, escapando do depósito de sonhos que estava cedendo seus espectros para a noite.

Cruzei a cabine, de costas para o garçom que fumava e para o Tâmisa, para observar as ruas em torno do County Hall. Quase esperava ver Kay e Joan Chang a correrem de uma porta para outra, enquanto os carros de polícia passavam à toda, sirenes a uivar na noite. Desnecessário dizer, elas haviam fugido sem me avisar, pela entrada do café do teatro na margem do rio, que haviam deixado aberta para criar uma espécie de chaminé que avivaria o fogo.

A primeira golfada de fumaça atingiu as janelas da cabine, escurecendo os vidros curvos. Comecei a tossir, sentindo o mesmo cheiro ácido que tomara conta do corredor da sala da gerência. Vomitei na barra de apoio e derrubei a taça de champanhe no chão, a meus pés.

Preocupado, o garçom postou-se atrás de mim e balançou a cabeça quando limpei a garganta, sorrindo de um modo curiosamente cúmplice. Estava tão perto que pensei na possibilidade de uma cantada, e me ocorreu que a Roda-gigante do Milênio talvez fosse um local para encontros gays.

Tentei afastá-lo com um gesto, mas ele pegou o copo vazio da minha mão. Era um sujeito esguio, ágil, de fronte forte e rosto ossudo, quase emaciado, além de uma palidez tuberculosa que deveria prejudicá-lo como garçom. Eu o imaginava circulando à margem do mundo das festas de firmas obscuras. Como muitos garçons que eu conhecia, ele era cordial mas ligeiramente agressivo, a fina camada de simpatia mal ocultava o desinteresse.

Quando ele parou atrás de mim senti algo de evasivo que me fez lembrar outra figura sombria que ocultava a face. Pairava o mesmo odor de enfermarias de hospitais negligenciados e crianças a definhar. Mas seus movimentos eram ágeis e resolutos, eu podia imaginá-lo entre um de seus pacientes infantis e a enfermeira desajeitada, com a seringa numa das mãos e um brinquedo na outra, como distração.

"Doutor Gould?" Virei-me para ele, tentando enxergar além do sorriso apaziguador. "Já nos vimos antes."

"Na casa de Kay Churchill, isso mesmo." Ele me ajudou a manter o equilíbrio quando a cabine balançou por causa dos rolos de fumaça e ar aquecido. "Você foi bem esta noite, David."

"Lembra-se de mim?"

"Claro. Eu queria que nos encontrássemos no momento e no local adequados. Preciso lhe mostrar muitas coisas." Ele segurou meu braço com força quando a cabine iniciou a descida final. "Mas vamos sair daqui antes que mais alguém se lembre de você..."

Os prédios iluminados pelas chamas, na margem do Tâmisa, lançavam uma luz em seus olhos inquietos. Tentei me livrar, mas ele me segurou com mão firme.

Um fogo mais sombrio aproximava-se.

16. O santuário das crianças

Uma alegre fileira de desenhos infantis olhava para mim quando acordei, uma colorida colcha de retalhos de homens sem braço, tigres de duas pernas e casas em forma de caixa que se soltavam das paredes da enfermaria deserta como esboços de sonhos desfeitos.

Deitado no colchão surrado cheio de antigas manchas de urina e desinfetante, gostei de saber que a simpática galeria velara por meu sono. Uma camada grossa de poeira cobria os vidros das janelas vitorianas, tremendo sob a vibração incessante dos aviões que pousavam em Heathrow. As crianças deficientes em suas camas, nos dormitórios, devem ter sentido que o mundo inteiro a sua volta sofria de dor de cabeça perpétua.

Sentei-me e firmei o pé no chão. Dormira por quatro profundas horas, mas minhas pernas pularam quando me recordei da noite violenta no National Film Theatre. Uma cascata de imagens passava por minha mente como uma fita em velocidade rápida — a fumaça espectral que inundou corredores, o punho cerrado de Vera Blackburn, as sombras dançando nos auditórios, a corrida desesperada até a Roda-gigante do Milênio e Richard Gould vestido de garçom, a me oferecer uma taça de champanhe enquanto punha fogo no Tâmisa.

Levantei-me, cambaleando um pouco no chão oscilante, e esperei que meus ossos se entendessem uns com os outros. Pensando em Sally e num banho quente em St. John's Wood, andei entre os colchões gastos. Poucos pais, calculo, visitavam as crianças retardadas que moravam ali. Contudo, os desenhos eram comoventes, alegres, o eco otimista de um mundo que aquelas crianças deficientes jamais conheceriam. Um professor paciente e gentil as orientara no rumo dos lápis e de um caminho colorido até suas próprias mentes.

Para lá da porta havia uma área de pedra que conduzia ao dormitório seguinte, outro espaço de teto alto empoeirado. Um homem de cabelo preto e casaco branco, de cabeça baixa, pensativo, surgiu por um instante e acenou para mim, depois subiu correndo a escada para o próximo pavimento.

"Doutor Gould! Precisamos..." Chamei-o, minha voz se perdeu no espaço infinito do hospital desativado, ouvi os passos de Gould a caminho do telhado. A arquitetura antiga mas imponente, os julgamentos morais embutidos em cada modilhão amedrontador, me fizeram lembrar outros salões nos quais a justiça era ministrada. Eu queria alertar Gould, aquele escorregadio autor da rebelião da Marina Chelsea, que em breve seríamos caçados pela polícia e trancafiados pelos próximos cinco anos.

Estapeei as pernas, tentando acalmar os nervos agitados. Participara de um crime sério contra um museu do cinema e as lembranças de minha primeira mulher, mas me sentia curiosamente distanciado. Era um ator a desempenhar o papel do sujeito real que dormia ao lado de Sally em St. John's Wood. Um sonho de violência escapara de minha cabeça para as ruas vizinhas, estimulado pela promessa de mudança.

Eu me lembrava de nossa fuga por Londres, havia poucas horas. O carro de Gould estava estacionado na frente do hotel Marriott no antigo County Hall, uma van Citröen com adesivos do Hospice de Beaune no vidro traseiro. Pelo modo como Gould se atrapalhava com os controles, calculei que ele nunca havia dirigido um veículo tão complexo, dádiva de um francófilo residente da Marina Chelsea. Preocupado com as sirenes e os carros de polícia que bloqueavam a ponte de Westminster, ofereci-me para dirigir; Gould recusou com um gesto e me tranqüilizou com seu sorriso distante mas sempre cordial. Procurando no painel e na coluna de direção onde inserir a chave, ele me fez lembrar Sally quando se acomodou pela primeira vez no banco do motorista do Saab adaptado, confrontando-se com o modelo geométrico de sua própria deficiência.

Partimos com um tranco e seguimos saltitando perto do meio-fio, raramente passando da segunda marcha ao acelerar pelas ruas escuras ao sul do rio. Vi o medo nos olhos de Gould, e pensei nele a servir bebidas aos funcionários da empresa, na Roda-gigante do Milênio. Ao fugir do fogo e da fumaça eu havia inadvertidamente invadido seu posto de vigia, mas ele demonstrou alívio ao me ver. Quando viramos na rotatória de Lambeth Palace minha cabeça bateu contra a coluna da janela, e ele segurou meu braço com surpreendente cuidado, como se eu fosse uma criança amedrontada no parquinho.

Atravessamos a ponte de Chelsea e pegamos as ruas escuras que conduziam à King's Road. Os faróis abriam caminho no labirinto de esquinas e nos conduziam pelas ruas ladeadas de vitrines de lojas que exibiam cozinhas planejadas, quartos mobiliados, móveis de escritório e peças para banheiro, uma imitação da cidade pronta a substituir a Londres que queimava atrás de nós. Gould recolheu-se, escondeu-se atrás dos ossos do rosto. Olhando pelo retrovisor, ele mais parecia um universitário de terno puído, cansado, subnutrido e desleixado.

Cruzamos os silêncios rebocados de South Kensington, onde avultavam tantos museus, múltiplos depósitos do tempo, e seguimos para o oeste pela Cromwell Road. Deixamos para trás a parte central de Londres ao sair da via elevada de Hammersmith e Hogarth House para pegar a via expressa de Heathrow. Vinte minutos depois entramos na área operacional do aeroporto, cheia de escritórios de empresas de carga aérea e estacionamentos das locadoras de veículos, rodeada de fileiras de luzes de aterrissagem, como campos magnéticos, fantasmas de estacionamentos de firmas e indústrias, um mundo noturno assombrado por seguranças uniformizados e cães de guarda.

Num ponto próximo da pista passamos ao lado de um conjunto de prédios vitorianos altos, vizinho de um canteiro de obras enorme. Gould conduziu o Citroën por entre tratores e motoniveladoras, estacionando num pátio repleto de cabines e guaritas pré-fabricadas e fardos de blocos de concreto sobre paletas de madeira.

Descemos do carro, Gould seguiu na frente até um prédio abandonado, passando por um salão degradado cheio de placas indicando departamentos transferidos de um hospital. Subimos a escada de metal até o quarto andar. Exausto, segui Gould até uma enfermaria repleta de camas empoeiradas por fazer. Cansado demais para resistir, permiti que aquele sujeito estranho, o fanático atencioso de mãos suaves, pegasse um colchão para mim. Dormi profundamente entre os desenhos das crianças deficientes.

Gould estava no telhado quando fui ter com ele, o rosto voltado para o sol, protegido do vento pela muralha de chaminés vitorianas. Mantinha o celular perto do ouvido, pelo jeito recebia notícias recentes da ação contra o NFT na noite anterior, embora parecesse mais interessado nos guindastes da obra, no solo.

Olhando seu rosto emaciado, vi anos de almoços apressados em refeitórios, noites mal dormidas em plantões hospitalares. Usava um crachá de médico na lapela do casaco, como se ainda fosse o pediatra responsável pelas crianças transferidas dali.

Observei o helicóptero da polícia que sobrevoava a rodovia, tentando pensar num jeito de fugir daquele hospital abandonado. Estudei os prédios enormes, pilhas imensas de alvenaria com espigão parecido com as estruturas superiores dos navios de guerra. Aquela era a arquitetura das prisões, fábricas de algodão e fundições de aço, monumentos à durabilidade do tijolo e das certezas vitorianas. Os três prédios resistiam ao lado de um parque abandonado onde antigamente os pacientes eram empurrados nas cadeiras de rodas por enfermeiros engomados em seu formalismo obsessivo.

"David?" Gould desligou o telefone no meio da conversa e se virou para me encarar, como um médico ocupado olha para um paciente inesperado. "Você está bem melhor, dá para notar."

"Acha mesmo? Ótimo..."

Suponho que para Gould eu parecia exausto e irascível, precisava urgentemente de café e estava sem dúvida fora do meu território, bancando o revolucionário de fim de semana. Em contraste, ele se mostrava surpreendentemente calmo, como se tivesse se injetado um sedativo poderoso antes de ir dormir e um estimulante forte ao acordar. Os músculos da face relaxaram a pressão contra os ossos subjacentes e ele se movia leve naquele domingo calmo. Estava em casa naquele asilo abandonado, e me ocorreu que ele poderia ter sido paciente ali, e não médico. Lançado na sociedade quando fecharam o hospital, criara uma nova identidade que convenceu facilmente os moradores da Marina Chelsea. O site na internet e a história do incêndio na loja de departamentos seriam o toque de mestre. Ele era um pouco cordial demais, mantinha uma vigilância constante sobre mim, com o canto do olho, mas sua franqueza beirava o agradável e ele possuía uma autoridade nervosa que todos na Marina Chelsea respeitavam.

Ele esperou até que o helicóptero da polícia sumisse, por segurança, e estendeu a mão para tocar meu braço.

"Você está perturbado, David. Operações como a da noite passada deixam o coração disparado por vários dias. Vai se recuperar, e graças a tudo isso se fortalecerá."

"Ainda bem. Odiaria passar o resto da vida assim."

"Não tem perigo. Não há nada melhor para alguém do que agir conforme suas verdadeiras convicções."

"Isso eu não posso garantir." Olhei para minhas mãos esfoladas. "Quase me entreguei à polícia."

"Os outros não esperaram você? Não..." Gould balançou a cabeça, numa demonstração de solidariedade. "Esses revolucionários de classe média — sofreram anos de repressão. Agora experimentam a crueldade e a traição, e gostam do sabor."

"Uma pena. Eles vão experimentar a comida da cadeia, em breve."

"Existe o risco. Estamos seguros enquanto formos capazes de manter o elemento surpresa." Gould franziu a testa para o sol, sentindo de novo seu eficiente controle dos eventos, depois passou o dedo no crachá para se lembrar da própria identidade. "Não se preocupe com a cadeia. Pelo menos por enquanto."

"Então todos conseguiram escapar. Como ficou o NFT?"

"Todo arruinado. Infelizmente, alguns dos primeiros filmes de Fritz Lang se perderam. Mas Vera Blackburn conhece seu ofício."

"Ela é desequilibrada. Precisa ficar de olho."

"Vera?" Gould voltou-se para mim e balançou a cabeça, concordando plenamente. "Ela é uma criança traumatizada que tenta compreender o mundo. Faço o máximo para ajudá-la."

"Provocando? Estimulando o desenvolvimento de seus talentos naturais?"

"Coisas do gênero." Deleitando-se com o sarcasmo em minha voz, Gould acenou com a mão branca para os prédios dilapidados que nos cercavam. "David, o que interessa o NFT? Veja o que fizeram aqui. Para trezentas crianças, este era o único lar que conheceram."

Seus dedos pálidos apontaram para as alas isoladas. Muros altos disfarçados com rododendros rodeavam cada prédio. Havia pátios dentro de pátios, e janelas com barras nos andares superiores.

"Muros e barras", comentei. "Mais parece uma prisão. Onde estamos?"

"Hospital de Bedfont. Um quilômetro e meio ao sul de Heathrow. Bom lugar para um hospício — os gritos não são ouvidos." Gould fez uma mesura irônica. "O último dos grandes asilos vitorianos."

"Um hospital para doentes mentais? Então as crianças...?"

"Sofriam de distúrbios cerebrais. Encefalite, sarampo mal curado, tumores inoperáveis, hidrocefalia. Todas elas gravemente deficientes e abandonadas pelos pais. O serviço social não queria mesmo saber de nada."

"Trágico."

"Não." Gould mostrou surpresa com minha resposta automática. "Algumas eram muito felizes."

"Você trabalhou aqui?"

"Durante dois anos." Gould olhou para o outro lado do telhado, sorrindo, como se pudesse ver as crianças brincando entre as chaminés. "Espero que lhes tenham dado uma vida decente."

"Por que foi embora?"

"Fui suspenso." Gould pegou uma mosca com a mão, depois a soltou no ar e observou-a enquanto fugia. "O Conselho

Superior de Medicina tem espiões por toda parte. São como a Gestapo. Eu costumava levar algumas crianças ao parque temático de Thorpe. Elas adoravam, iam amontoadas num microônibus velho. Sem supervisão, eu as deixava soltas. Por alguns minutos elas se sentiam maravilhosas."

"E o que aconteceu?"

"Algumas se perderam. A polícia deu a dica para o serviço social."

"Que chato. Mesmo assim, não me parece muito sério."

"Engano seu. Nos dias de hoje?" Ele ergueu a cabeça, fechando os olhos por causa das loucuras da burocracia. "Houve um outro caso. Um tabu enorme."

"Sexual?"

"Bom palpite, David. Manipulação genital, eles disseram. Você parece chocado."

"Estou. Não me parece ser..."

"Meu estilo? Não era. Mas eu percebi que estava acontecendo alguma coisa."

"Outro médico?"

"Uma das enfermeiras. Uma jovem jamaicana muito meiga. Ela era a verdadeira mãe deles. Algumas das crianças tinham tumores cerebrais e poucas semanas de vida. Ela sabia que um pouco de estímulo sexual não faria mal algum. Seria o único lampejo de felicidade que conheceriam. Por isso, depois que as luzes apagavam fazia um pouco de masturbação, suavemente. Alguns segundos de prazer estimularam aqueles cérebros doentes antes que morressem."

"Você era o médico responsável?"

"Eu a defendi. Foi demais para os administradores. Seis meses depois o Ministério da Saúde fechou o local. O asilo de Bedfont deveria passar por uma reforma." Gould apontou para o outro lado do parque. "Eles venderam tudo para uma incorporadora imobiliária. Olhe com atenção e verá o futuro vindo ao seu encontro."

Olhei para lá da fileira de álamos que marcava o perímetro oeste do parque. Avançando pela grama vi uma seqüência de casas com vigas de madeira, vanguarda de um condomínio enorme. As primeiras ruas já haviam sido abertas, diagramas de cimento que conduziam a garagens e jardins minúsculos.

"Para novos casais", explicou Gould. "Tocas de coelho para recém-casados ambiciosos. A primeira prova da vida de classe média. Sem entrada, juros baixos, iniciativa da antiga firma do meu pai. Um dia cobrirão toda a Inglaterra."

"Belo lugar para um conjunto habitacional."

"O antigo asilo?"

"Heathrow." Protegendo os olhos da luz eu conseguia ver as caudas dos jatos de passageiros apontarem acima dos telhados do terminal de cargas. "Eles estão morando no subúrbio do aeroporto."

"Gostam disso. Adoram alienação." Gould pegou meu braço, um professor aliviado por encontrar um aluno inteligente. "Não há passado nem futuro. Se pudessem, optariam por zonas sem significado — aeroportos, shopping centers, vias expressas, estacionamentos. Estão fugindo do real. Pense nisso, David, enquanto eu faço café. Depois o levarei de volta para Londres."

"Ótimo." Contente por descer do telhado, apanhei o celular de Gould, que estava entre nós, no parapeito. "Preciso contar a minha mulher onde estou."

"Não se preocupe." Gould guardou o celular no bolso e indicou a porta da escada. "Telefonei para ela a noite passada. Você estava dormindo."

"Sally? Ela estava bem?"

"Muito. Expliquei que você ia dormir na Marina Chelsea. Ela poderia chamar a polícia." Gould bateu nas minhas costas quando abaixei a cabeça para descer a escada baixa. "Curioso, ela me perguntou se você ia dormir na casa de Kay Churchill."

Parei nos degraus, tentando não perder o pé e cair. "O que disse a ela?"

"Bem... nunca fui um exemplo de discrição, David."

Ouvi seu riso generoso ecoar nas paredes de pedra, varar dormitórios silenciosos como se convocasse os espectros das crianças mortas para brincar lá fora.

17. Zero absoluto

"Sally é um doce de pessoa, David."

"Acertou."

"Isso é bom. Os acidentes de trânsito costumam trazer à tona o que as pessoas têm de pior."

"Ela lhe disse que era...?"

"Deficiente?" Gould balançou a cabeça lentamente. "Uma palavra horrível, David. Não pense nela desse jeito."

"Eu não penso. Sua 'deficiência' não é física. Ela pode andar tão bem quanto você ou eu. Foi o modo que encontrou para repreender o mundo, enfatizar o mal que ele é capaz de fazer."

"Acho impressionante. Ela é uma mulher de espírito forte."

Estávamos sentados na mesa do refeitório. Sem se levantar da cadeira, Gould vasculhou os refrigeradores alinhados. A eletricidade havia sido cortada meses antes, e cada geladeira era uma caverna de Aladim de bolos podres e bebidas azedas. Ele encontrou uma garrafa de água mineral com o lacre intacto, e esquentou a água numa panela, em cima de uma lata de álcool em gel.

"Então..." Depois de despejar café solúvel na panela, Gould serviu a bebida escura em copos de papel decorados com personagens Disney. "Gostaria de conhecê-la. Leve-a à Marina Chelsea."

"Melhor não." Observei Gould bebericar sedento o líquido fervente, quase queimando os lábios. "Não é lugar para ela. Além disso, ela tem implicância com..."

"Médicos?" Gould balançou a cabeça, tolerante. Olhando para meu café, ele limpou a boca com as costas da mão, deixando uma mancha marrom na pele branca. "Ela prefere seu diagnóstico por computador e médicos virtuais. Se estiver sofrendo um colapso nervoso, aperte B. Certo?"

"Sim e não. Curiosamente, as pessoas preferem conversar com uma tela de computador. São muito mais francas, assim. Cara a cara com um médico de verdade, nunca admitem ter DST. Se tiverem um botão para apertar, abrem as pernas."

"Ótimo." Gould parecia genuinamente satisfeito. Pegou a xícara de café da minha mão e começou a beber, animado. "Você não se dá conta, David, mas é o apóstolo de um novo tipo de alienação. Deveria se mudar para uma das casas dos pioneiros, aqui. Eu o vi nos programas de televisão, não sei o nome direito, uma espécie de faça você mesmo o contato com o Todo-Poderoso."

"Foi fácil. *Um neurocientista olha para Deus*? Televisão no máximo da superficialidade. Um programa de auditório."

"Sobre Deus?" Gould olhou para o teto. "Uma idéia e tanto. Mas eu me lembro de umas coisas que você disse — a idéia de Deus como um enorme vácuo imaginário, o maior nada que o ser humano pode inventar. Não algo vasto, lá no alto, mas uma imensa ausência. Você disse que apenas um psicopata pode contemplar a idéia de milhões de casas decimais de zeros. O restante de nós trememos com o vácuo e precisamos enchê-lo com qualquer lastro disponível — truques do espaço-tempo, velhos sábios barbudos, universos morais..."

"Você não concorda?"

"De jeito nenhum." Gould terminou meu café e empurrou o copo vazio na minha direção. "Não é apenas o psicopata que pode apreender a noção do nada absoluto. Até um universo sem sentido tem sentido. Aceite isso e tudo passa a fazer sentido, de um jeito novo."

"Difícil de fazer, sem arrastar consigo suas próprias obsessões." Joguei o copo na pia cheia. "Todos levamos bagagem. O psicopata é único por não temer a si mesmo. Inconscientemente, ele já não crê em nada."

"Isso é verdade." Gould estendeu as mãos sobre a mesa, como um jogador de baralho que desiste das cartas por ter jogo baixo. "Você tem razão, David. Estou muito perto do chão. Além disso, há vácuos reais aqui, espaço ilimitado dentro de um pequeno cérebro. Você encontra Deus em merda de criança, no fedor dos corredores imundos, nos pés cansados de uma enfermeira. Os psicopatas não conseguem fazer isso com facilidade. Lugares como o hospital Bedfont são verdadeiros templos, e não St. Paul's ou..."

"O NFT?" Antes que Gould pudesse responder, falei: "Um prédio em chamas é um espetáculo e tanto, principalmente se você está preso lá dentro. Em termos de importância, será que precisávamos queimar tudo?"

"Não." Gould descartou a pergunta com um gesto, remetendo-a para as comadres debaixo da pia. O café colorira debilmente seu rosto, mas a pele continuava pálida como azulejos mal lavados. Subalimentado durante anos, conservava-se a poder de ressentimento profissional e envolvimento com crianças abandonadas. "O NFT? Claro que não. Aquilo foi absurdo, totalmente insensato. E perigoso."

"Por que as bombas incendiárias, então?"

Gould descreveu um arco no ar com as mãos vacilantes.

"É uma questão de circunstância. Preciso manter as engrenagens azeitadas. A ambição se alimenta de si mesma. Kay, Vera Blackburn e os outros da Marina Chelsea querem mudar o mundo. Sempre a opção mais fácil. Gente quase irrelevante já obteve sucesso. Por isso preciso de pessoas como você, David. Você consegue acalmar os mais exaltados. E seus motivos são diferentes."

"Fico contente em ouvir isso. Em termos de importância, quais são meus motivos? Seria interessante saber, caso eu seja interrogado pela polícia."

"Bem..." Gould limpou a superfície da mesa, depositando seu copo de papel na pia antes de guardar a panela e o álcool em gel no armário. "A motivação está bem clara — a morte de sua esposa em Heathrow. Isso o afetou profundamente."

"Isso é tudo?"

"Não subestime isso. A primeira esposa é um rito de passagem para a vida adulta. Em muitos aspectos considero importante que o primeiro casamento dê errado. Assim podemos aprender a verdade a nosso respeito."

"Estávamos divorciados."

"O divórcio da primeira esposa nunca é completo. O processo vai até a morte. A sua, no caso, não a dela. A bomba de Heathrow foi uma tragédia, mas não o trouxe à Marina Chelsea."

"O que me trouxe? Calculo que você saiba."

"Algo muito mais mundano." Gould reclinou o corpo, tentando assumir uma postura cordial, a face descorada foi repuxada em diversas direções por uma série de esgares rápidos. "Olhe atentamente no espelho, David. O que vê? Alguém de quem não gosta muito. Quando tinha vinte anos, aceitava-se com todos os defeitos. Depois veio o desencanto. Quando chegou aos trinta sua tolerância estava no limite. Não era totalmente confiável e sabia de seu pendor para o conchavo. O futuro já lhe fugia, os sonhos brilhantes sumiam no horizonte. Agora você é um cenário, um empurrão, e tudo cairá a seus pés. Por vezes, sente que está vivendo a vida de outra pessoa, numa casa estranha que alugou por acaso. O 'você' que se tornou não é de verdade."

"Mas por que a Marina Chelsea? Um condomínio fechado de classe média a se queixar do espaço para esticar a perna? Kay Churchill tentando chocar a burguesia para subverter o aprendizado de uso do banheiro?"

"Exatamente." Gould debruçou-se para a frente, erguendo os braços para me abrigar. "O protesto inteiro é burlesco — sabia disso quando iniciei o movimento. Faixas amarelas duplas, mensalidades escolares, taxas de condomínio... um boato aqui, um murmúrio ali. Todos reagiram, embora soubessem que não adiantava reagir. Esse é o último lance de dados, quanto menos sentido fizer, melhor. Foi isso que o atraiu à Marina Chelsea. Um lance no escuro, uma aposta improvável, um gesto tresloucado que sinaliza uma mensagem específica. Explodir uma videolocadora, pôr fogo no NFT — completamente absurdo. Mas isso, por si, faz você se sentir livre."

"Kay e os outros têm razão, de qualquer modo. A vida de classe média no nível deles costuma ser muito dura." Levantei-me, tentando evitar as mãos pálidas de Gould, que se aproximavam das minhas. "Férias baratas, habitação caríssima, uma instrução que não garante mais segurança. Qualquer pessoa que ganhe menos de trezentas mil libras anuais praticamente não conta. Você não passa de um proleta de terno."

"E não gostamos de nós, por isso. Eu não gosto, e você também não, David." Gould me observava enquanto eu me virava para abrir a torneira da pia lotada. "As pessoas não gostam mais de si, hoje em dia. Somos uma classe rentista que sobrou do século passado. Toleramos tudo, mas sabemos que os valores liberais se destinam a perpetuar nossa passividade. Achamos que acreditamos em Deus, mas os mistérios da vida e da morte nos aterrorizam. Somos profundamente autocentrados, mas não conseguimos lidar com a idéia de nossas individualidades finitas. Cremos no progresso e no poder da razão, mas vivemos assombrados pelos lados mais obscuros da natureza humana. Estamos obcecados pelo sexo, mas tememos a imaginação sexual e precisamos de tabus aos montes para nos proteger. Acreditamos na igualdade mas odiamos as classes inferiores. Tememos nossos corpos e, acima de tudo, temos medo da morte. Somos um acidente da natureza, mas acreditamos ocupar o centro do universo. Estamos a poucos passos do esquecimento, mas esperamos ser de algum modo imortais..."

"E isso tudo é culpa... do século XX?"

"Em parte — ajudou a trancar as portas das nossas celas. Vivemos numa prisão de regime brando, construída pelas gerações anteriores de presidiários. Precisamos nos libertar de algum jeito. O ataque ao World Trade Center em 2001 foi uma tentativa corajosa de libertar os Estados Unidos do século XX. As mortes foram trágicas, mas de resto foi um ato sem sentido. E esse era o ponto. Como o ataque contra o NFT."

"Ou Heathrow."

"Heathrow... claro." Gould baixou os olhos, cuidadoso, para evitar os meus. Mirou as mãos, postas à frente dele como um par de luvas brancas de cirurgião, e notou a mancha de café. Chupou o polegar e tentou esfregá-lo para remover a nódoa, tão entretido que parecia nem me notar. "Heathrow? É difícil para você pensar nisso. Compreendo, David, mas a morte de sua esposa não foi necessariamente absurda."

Observei-o sentar outra vez, olhando para o relógio como se pensasse que era hora de ir embora. Teria ele tomado parte no atentado a bomba em Heathrow? Vivia tão confinado em seu universo maltrapilho, aquele hospital abandonado e as lembranças das crianças, que eu duvidava. Eu quase poderia acreditar que ele criou todo o movimento de protesto da Marina Chelsea como um ato de desafio ao exercício da medicina tradicional. Ao mesmo tempo, quando dava por mim estava gostando dele e de suas idéias amalucadas. Seu terno surrado e corpo desleixado transmitiam uma integridade rara no mundo corporativo da política de corredor que tomara conta de nossa vida.

Ele parecia perceber meus pensamentos, e quando descíamos a escada de ferro parou subitamente e apertou minha mão, sorrindo de modo ávido e quase infantil.

Senti sua mão, e os ossos esperando sua hora.

18. O milênio negro

Cheguei ao meio-dia a St. John's Wood, e as edições mais recentes dos jornais de domingo apresentavam fotos coloridas vívidas do fogo no National Film Theatre. O mesmo inferno brilhava nas bancas de jornais de Hammersmith e Knightsbridge. Nos sinais de trânsito eu espiava de dentro do táxi, via as chamas alaranjadas assustadoras e mal entendia que eu fora parcialmente responsável por elas. Ao mesmo tempo, sentia um estranho orgulho pelo que fizera.

Num capricho, quando chegamos ao Hyde Park Corner pedi ao motorista que seguisse até a Trafalgar Square e o Embankment. Os derradeiros rolos de fumaça saíam das ruínas do NFT, um amontoado de cinzas que desistira de seu sonho. Uma mangueira fazia o rescaldo das vigas de madeira queimadas, lançando uma nuvem de vapor pela Hayward Gallery. Engenheiros num andaime sob a ponte de Waterloo examinavam os danos aos arcos. A Roda-gigante do Milênio jazia imóvel ao lado do County Hall, as cabines enegrecidas pela fumaça, um cisne que trocava a plumagem. Uma multidão silenciosa, enfileirada no Embankment, olhava para o outro lado da água calma, como se esperasse que a roda-gigante se mexesse, uma máquina de um quadro de Bosch, a moer a vida e a morte.

Seguimos para St. John's Wood, passando pelas mesmas imagens do desastre penduradas nas bancas de Charing Cross Road. A zona central de Londres adornava-se para o dia do Juízo Final. Incêndio criminoso numa cinemateca certamente tocava camadas profundas de desconforto, como se os medos inconscientes projetados por milhares de filmes de Hollywood afinal se tornassem realidade. Pensei em Kay Churchill de robe, levando bocados de ovos mexidos à boca enquanto via o noticiário na televisão. Vera Blackburn estaria em seu apartamento, emburrada, lidando com temporizadores e detonadores, pronta para derrubar mais um baluarte da servidão da classe média, Hatchards, Fortnums ou o Museu Victoria & Albert. O Dia do Juízo Final vinha sendo planejado por jovens neuróticas de unhas roídas até a carne e psicólogos sem fôlego com complexo de culpa e mãe moribunda.

O táxi chegou a nossa casa e parou ao lado do carro de Sally. Resolvi não dizer nada a respeito de minha participação no ataque ao NFT, Sally não entenderia e logo contaria tudo às amigas — quando eu chegasse ao Instituto na segunda-feira de manhã o professor Arnold estaria esperando por mim, com o superintendente Michaels ao seu lado.

Entrei em casa, recolhendo antes os jornais na porta. Esperei que Sally me chamasse, mas a atmosfera inalterada não guardava traço nenhum de banho matinal, aroma de toalhas e café quente, do suave e feminino reino no qual eu me sentia agora como um intruso. Na cozinha intocada havia pratos de um jantar solitário, um omelete e uma taça de vinho, ao lado da pia.

Subi a escada, sentindo todo o meu cansaço, abatido e machucado como se tivesse passado a noite com uma policial violenta. Ninguém dormira em nossa cama, mas a marca do corpo de Sally era visível na colcha de seda. O telefone em cima do meu travesseiro praticamente reduzia meu papel de marido a uma série de números e recados sem resposta. Deduzi que Sally me esperara, assistira ao noticiário noturno sobre o NFT e nem desconfiara que seu marido era um dos incendiários. Mas a ligação de Richard Gould provavelmente a perturbara. Assustada com o médico inconformado, preferira passar a noite na casa de alguma amiga.

Enquanto esperava seu telefonema, passei uma hora na banheira e depois do banho fui ver o noticiário da hora do almoço. O ataque ao NFT ainda ocupava as manchetes. Nenhum motivo aceitável surgira, mas aventava-se a possibilidade de um grupo islâmico ter protestado contra a difamação dos povos árabes nos filmes de Hollywood. Mais uma vez, graças à sorte e à incompetência, conseguimos nos safar.

Peguei um par de sapatos limpos e notei a valise de viagem de Sally na parte de baixo do armário. Seu robe continuava ao lado do meu, mas ela levara os sedativos da mesinha-de-cabeceira, e a cartela de pílula anticoncepcional.

Sentado na cama, olhando para a gaveta aberta, levantei o fone do gancho e apertei o botão de rediscagem, anotando o número no bloco de rascunho de Sally.

Os algarismos eram dolorosamente familiares, eu telefonara com freqüência para aquele número, como código privado para sentimentos de perda e remorso. Era o número que eu digitava sempre que telefonava para Laura e discutia o progresso lento de nosso divórcio, no ano em que ela foi morar com Henry Kendall.

Estacionei o Saab após uma série de manobras complexas e exaustivas, e recostei satisfeito, escondendo o rosto atrás de um jornal aberto sobre o volante. A cinqüenta metros estava a casinha com terraço de Henry, em Swiss Cottage, uma espécie de chalé de tijolo vermelho que eu sempre detestara. O curto trajeto de St. John's Wood até lá servira para testar o limite de tolerância em relação ao sistema de trânsito no norte de Londres e minha própria paciência. Mas dominar o carro difícil e obstinado servia para manter meu domínio simbólico sobre a dona errante.

Ao cruzar Maida Vale tentei mudar a marcha mas puxei o freio, deixando o motor morrer sob os olhos de um policial. Ele se aproximou, olhando sério para meu rosto, e então reconheceu os controles adaptados. Concluiu que eu era um motorista deficiente e parou o tráfego até eu ligar o carro, depois acenou para eu seguir adiante.

Quando parei em Swiss Cottage eu quase sentia que me transformara num aleijado. Mais do que Sally, que deixava a muleta de lado quando sentia vontade e poderia dirigir meu Range Rover facilmente. Eu mais parecia um dançarino de salão experiente obrigado a dançar tango plantando bananeira. Sentado feito um marido atormentado no carro da esposa infiel, cujos controles arranhavam meus joelhos e cotovelos, eu era uma versão distorcida de mim mesmo, reconfigurada por minha esposa meiga, afetuosa e promíscua.

Esperei durante uma hora, olhando para o amarelo intenso das flores ao lado das latas de lixo de Henry, enquanto o tráfego domingueiro transportava famílias na direção de Hampstead Heath. Calculei que Sally passara a noite com ele, embora seu telefonema também pudesse ter sido uma tentativa de me localizar. As bombas terroristas lhe davam medo de dormir sozinha. Mas ela não havia pedido um táxi pelo telefone, alguém fora até St. John's Wood buscá-la.

Eu sabia perfeitamente que Sally fazia questão da liberdade de ter seus casos. Apenas uns poucos no decorrer dos anos, nenhum durara mais de uma semana, alguns mais rápidos do que a festa onde ela escolhia um homem desacompanhado e sumia na noite. Com freqüência, ela chegava em casa antes de mim. Sempre pedia desculpas, sorrindo desamparada por sua gafe social, como se tivesse arranhado meu carro ou estragado um barbeador elétrico novo.

Ela considerava incontestável seu direito adquirido a esses gestos impulsivos. Como Frida Kahlo, o acidente de bonde a autorizava a satisfazer caprichos, brincar à vontade com o acaso e o marido tolerante. Ceder a essas infidelidades era uma forma de me retribuir o fato de ser tão gentil e compreensivo. Em sua mente ela continuava a ser a perpétua convalescente, livre para cometer as pequenas crueldades que exibira em St. Mary's. Sabia que os casos ocorreriam até ela encontrar uma explicação convincente para o acidente que quase a matara.

Apertado no banco do motorista, espreguicei segurando o volante, ajeitei os joelhos e cotovelos entre os controles para deficiente, num mundo de contorções que parecia mimetizar um reino de desejos sexuais depravados. Segurei o manete do acelerador, ouvi os acoplamentos estalarem e se distenderem, o som dos relés acionando e interrompendo circuitos.

De várias maneiras minha vida era deformada como aquele carro, cheia de controles remotos, equipada com proteções e freios de emergência ao alcance da mão. Eu me espremia na cabine estreita do trabalho profissional no Adler, com suas rivalidades fúteis e necessidades afetivas exageradas.

Em contraste, as bombas incendiárias no NFT foram um vislumbre do mundo real. Ainda sentia o gosto da fumaça nos auditórios condenados, a rolar sobre minha cabeça como um sonho compulsivo. Podia escutar o hálito quente da figura caprina que me perseguira pelo Festival Hall e ver o sorriso apaziguante do garçom que me ofereceu uma taça de champanhe na cabine da roda-gigante. Minha busca do assassino de Laura era a busca de uma existência mais intensa e ávida. Em algum lugar de minha mente uma parte de mim ajudara a plantar a bomba de Heathrow.

Um táxi parou a seis metros do Saab. Henry Kendall desceu e pagou a corrida. Estava cansado mas animado, seu belo rosto afogueado por algo além de um bom almoço. Ele abriu a porta do passageiro e ajudou uma moça atraente, de cabelo na altura do ombro e uma rosa de cabo longo na mão, a sair. Ao conduzi-la para fora do táxi ele pareceu carregá-la até a calçada, como um marido a levar a noiva casa adentro.

Sally pegou seu braço, sorrindo obliquamente, como se os dois tivessem feito uma travessura esperta. Rindo juntos, pararam para observar a casa de Henry, agradavelmente incertos a respeito de onde na verdade estavam.

Sally atravessava a calçada enquanto Henry procurava as chaves, mas seus olhos foram atraídos pelos títulos da primeira página do jornal que ocultava meu rosto. Ela parou, reconheceu seu carro e apontou para o adesivo de deficiente no pára-brisa.

"David...?" Ela esperou até que eu abaixasse o vidro, depois chamou Henry, que me olhava como se nunca tivesse visto minha cara. "Acabamos de almoçar."

"Que bom." Acenei para Henry, que não se mexeu. "Está tudo bem?"

"E por que não estaria? Obrigada por trazer o carro." Ela se abaixou e me beijou com afeição sincera, nitidamente feliz por me ver. "Como soube que eu estava aqui?"

"Adivinhei. Não foi difícil deduzir. Sou psicólogo."

"Henry também. Eu lhe daria uma carona até em casa, mas..."

"Tomarei um táxi." Desci do carro, livrando-me dos controles, e entreguei-lhe as chaves. "Vejo você depois. Aconteceram muitas coisas. O NFT..."

"Eu sei." Ela examinou meu rosto e tocou o machucado na testa. "Você andou brigando com a polícia outra vez?"

"Nada disso. Ainda estou investigando a bomba de Heathrow. Surgiram novas pistas — creio que são importantes. Pode contar a Henry."

"Contarei." Ela recuou um passo para que eu pudesse ver melhor Henry, esperando uma demonstração marital de ciúmes. Como não reagi, ela disse: "Voltarei para casa mais tarde."

"Ótimo. Quando estiver pronta."

Acompanhei sua retirada apressada, com a cabeça baixa e olhos no chão. Pelo menos uma vez não conseguira me provocar. Henry ficou parado na porta, com a rosa na mão. Acenou para mim, mas eu o ignorei e saí andando.

No rumo de St. John's Wood distendi o passo. Havia feito um pequeno saque no orgulho masculino, mas o investimento valera a pena. O ataque ao NFT destrancara a porta de minha cela. Sentia-me livre novamente, pela primeira vez desde que entrara no Adler e fora iniciado na maçonaria dos profissionais liberais. Suas regalias sufocantes ainda pendiam num guarda-roupa mental, a culpa, os ressentimentos e as dúvidas, exigindo serem vestidas e exibidas no espelho mais próximo, um lembrete da responsabilidade e dever cívico. Mas as regalias estavam a caminho da lata de lixo. Não abrigava mais ressentimento contra minha mãe por seu egoísmo distante, nem contra meus colegas no Instituto pelo tédio insuportável que infligiam ao mundo. E não me ressentia de Sally por suas pequenas infidelidades. Eu a amava, e não me importava em ser o enfermeiro particular do pai dela.

Cruzei Maida Vale e cumprimentei o guarda, que demonstrou surpresa ao me ver passar caminhando com tanta facilidade. Pensava na Marina Chelsea e no fogo no South Bank, e na Roda-gigante do Milênio enegrecida, pronta para girar acima das ruínas. Lembrei-me de Kay Churchill, Vera e Joan Chang, e acima de tudo do dr. Richard Gould, e soube que precisava encontrá-los novamente.

19. O sítio da BBC

Imprevisível como sempre, a polícia decidiu não intervir. Eu estava no meio dos manifestantes, na frente da Broadcasting House, esperando em vão que as sirenes soassem e que as vans da tropa de choque desbaratassem nossa formação. Mas a calma reinava, por ordem do chefe de polícia. Ônibus de dois andares transitavam por Langham Place, os turistas arregalavam os olhos para nós, ansiosos por acompanhar um dos históricos rituais londrinos, erguer os punhos contra o sistema.

Do outro lado da rua, dois policiais patrulhavam a calçada, nas imediações da embaixada da China. Um terceiro guardava a entrada do Langham Hotel, batendo papo com um motorista de limusine. Nenhum deles mostrava interesse pelos cento e tantos manifestantes que no momento bloqueavam a entrada da sede e quartel-general da BBC. Todavia, sem a polícia e o confronto direto, nunca entraríamos em ação. Precisávamos perder a calma, avançar contra os seguranças e tomar o prédio.

"Eles devem pensar que somos fãs", murmurei à senhora cinqüentona ao meu lado, de casaco de camurça. Médica-veterinária e sacristã voluntária na capela de Marina Chelsea, ela era vizinha do reverendo Dexter. "Senhora Templeton — por que a gente nunca encontra um policial quando precisa? Eles devem estar pensando que viemos aqui por causa de algum astro pop..."

"Senhor Markham? Está falando sozinho outra vez..."

Como a maior parte dos manifestantes, a sra. Templeton ouvia um rádio portátil sintonizado na Rádio 4, que no momento transmitia uma matéria sobre a manifestação. O repórter, com o microfone na mão, posicionara-se atrás dos guardas de segurança, na entrada da Broadcasting House. Ouvi uma sonora gargalhada geral por conta dos comentários absurdos a respeito de nossa motivação para fazer piquete na frente da BBC.

Observando as faces atentas que me rodeavam com os ouvidos colados nos rádios, percebi que recebíamos ordens da organização contra a qual protestávamos. Durante os três últimos dias o noticiário da uma hora realizara uma série de reportagens sobre a Marina Chelsea e outras explosões similares de descontentamento da classe média em Bristol e Leeds.

Como era de esperar, os jornalistas não entenderam o problema. Eles atribuíam a revolta à profunda insatisfação da geração *baby-boomer*, um grupo muito instruído e folgado, incapaz de resistir ao avanço dos mais jovens em suas respectivas profissões. Especialistas pedantes, deputados obscuros e até um funcionário do alto escalão do Ministério do Interior ofereceram pérolas similares. Ao escutá-los na cozinha de Kay, enquanto ela fatiava pepino para a salada, percebi que eu seria tão cretino quanto eles se nunca tivesse posto os pés na Marina Chelsea.

Enfurecida pelo tom condescendente da BBC, ela cortou o dedo e decidiu organizar um protesto. Encheríamos Portland Place de manifestantes, atacaríamos o venerável prédio art-déco e assumiríamos o controle dos estúdios do *World Today*, para transmitir um relato verdadeiro da rebelião que ganhava força no mapa da classe média inglesa.

Uma imensa bomba de ressentimento aguardava para ser detonada. Como Kay explicou, usando um megafone para se dirigir à multidão na frente de sua casa, por mais de sessenta anos a BBC desempenhara um papel crucial na lavagem cerebral da classe média. Seu regime de moderação e bom senso, o compromisso com as metas Reithianas de lorde Reith* de educação e conhecimento, não passavam de uma requintada cortina de fumaça por trás da qual se impunha uma ideologia de passividade e auto-repressão. A BBC definira a cultura nacional, um imenso conchavo do qual as classes médias participavam, supondo que a moderação e a responsabilidade cívica trabalhavam em seu próprio interesse.

Firmando Kay quando ela balançou na cadeira da cozinha, acenei com a cabeça em sinal de aprovação de sua tirada. Ela me apresentou dois moradores do condomínio, antigos produtores de arte da BBC, recentemente despedidos num corte de pessoal. Eles conheciam a Broadcasting House por dentro, e nos guiariam no ataque ao *World Today*. Só nos faltava, quando seguíamos por trajetos distintos para cruzar Londres, na manhã seguinte, um inimigo resoluto e impiedoso.

Mas eu ainda estava sob forte impacto emocional dos estímulos da revolução. Depois de deixar Sally e Henry Kendall na porta da casa de Henry, acenei para um minitáxi e fiz com que me esperasse em St. John's Wood enquanto eu fazia uma mala pequena. Não tinha idéia de quanto tempo passaria na Marina Chelsea nem de quanta bagagem Lênin levara da Estação Finlândia, mas calculei que revolucionários não carregam malas pesadas.

* Fundador da BBC. (N.T.)

Senti uma onda de alívio quando chegamos à King's Road, como se fosse uma criança retornando feliz ao lar adotivo. Obtive três semanas de licença, afirmando ao professor Arnold que minha mãe moribunda precisava de mim ao seu lado. Ele a conhecera na juventude e se mostrou compreensivelmente cético. Retornaria contente a Sally depois, assim que ela emasculasse Henry com suas complexas exigências. No momento, o que ocorria no condomínio da zona oeste de Londres era mais significativo, e de algum modo encerrava a chave para meu futuro.

Apesar de tudo isso, o motorista paquistanês recusou-se a entrar no local, parando no portão.

"Muito perigoso. A polícia nos aconselhou a manter distância, senhor. Uma van da Harrods foi apedrejada."

"Apedrejada? O que há por trás de tudo isso?"

"É uma questão de rivalidade étnica. As pessoas aqui também têm seu problema, como na Caxemira. Há uma luta entre os tradicionais leitores do Guardian e a nova classe média do setor de serviços financeiros."

"Interessante." Notei um exemplar de *The Economist* no banco da frente. "E a que lado eu pertenço?"

O motorista virou-se para me examinar. "Não-alinhado, senhor. Sem sombra de dúvida."

Paguei a corrida e saí, passando a pé pelas janelas protegidas por tábuas do escritório da administração. Uma viatura policial fazia a ronda na Beaufort Avenue, seguida por dois moradores num Mini mal conservado, que piscava os faróis para intimidar os guardas. Esperava encontrar a casa de Kay sob forte vigilância, mas a ruela sem saída estava tranqüila, só os estalidos da tesoura de podar de Kay rompiam o silêncio, quando ela podava a cerca viva.

Ela me abraçou com vontade, pegou minhas mãos e as levou até os seios, depois apanhou a mala. Passamos uma tarde agradável com diversas garrafas de vinho, conversando a respeito do ataque ao NFT. Kay já se esquecera de que me havia abandonado lá — na esperança, calculei, de que eu fosse preso e a traísse. O martírio rondava sua ambição de atingir o estrelato. Ela descreveu vividamente os ataques futuros planejados contra o South Bank, um posto avançado da nova tirania, a escravizar quem procurava abrigo cultural em suas muralhas brutais.

"Concreto exposto, David. Alcatraz revivido, tome cuidado, sempre. Feito por gente que gosta de Anna Neagle e Rex Harrison..."

Eu me encantava com Kay e seu entusiasmo caótico. De noite eu dormia profundamente num outro colchão infantil no quarto da filha dela, rodeado de alegres desenhos com giz de cera da guerra de Tróia. Notei que Tróia apresentava uma semelhança notável com a Marina Chelsea, e que o cavalo de madeira era o primeiro que eu via com um pênis de pinho listado. Pouco depois de amanhecer, quando um helicóptero da polícia a despertou, Kay entrou debaixo das cobertas da minha cama. Ficou quietinha, deitada à luz da aurora londrina, a respirar o cheiro do travesseiro da filha, antes de se virar para mim.

Na quinzena que se seguiu, a revolta da Marina Chelsea deu passos significativos. Mais da metade dos moradores participaram dos atos de protesto. Como notou em editorial o *Daily Telegraph*, transformado em porta-voz da revolução, muitos dos ativistas eram profissionais liberais consagrados. Médicos, arquitetos e advogados desempenharam um papel importante na invasão da subprefeitura de Chelsea para protestar contra as novas taxas de estacionamento. Um causídico aposentado comandou a manifestação na frente da sede da administradora, exigindo a entrega das propriedades alodiais.

O primeiro confronto com a polícia deu-se uma semana após meu retorno. Oficiais de justiça tentaram forçar a entrada na casa de um jovem contador que morava com a mulher e quatro filhos pequenos. O casal recusava-se a pagar as contas exorbitantes dos serviços públicos, e vinha sendo ameaçado de despejo.

Mas os oficiais de justiça encontraram um pelotão de mulheres articuladas e indignadas, que atacaram a van na qual vinham antes que pudessem descer com as marretas. Vinte minutos depois a polícia chegou com uma van da televisão francesa a reboque. Caiu uma chuva de mísseis em cima deles, pedras carinhosamente apanhadas nas ilhas Seychelles e Maurício, ou em Yucatán. A polícia se retirou, prudentemente, persuadida por um alto funcionário do Ministério do Interior cuja irmã residia na Marina Chelsea. Mas as cenas foram ao ar, mostrando os filhos do contador aterrorizados, gritando da janela do quarto, e remeteram a lembranças incômodas da violência sectária em Belfast.

Muitos pais tiraram os filhos das escolas particulares, rejeitando em bloco os valores da educação privada, uma ampla conspiração para promover a obediência. Preocupados com a segurança de suas famílias, muitos moradores pediram licença sem remuneração, esperando obter com isso algum tempo para reflexão. Suas mulheres e filhos passaram a se dedicar ao furto nos supermercados e lojas da King's Road. Levados à barra dos tribunais, recusavam-se a pagar multas, e o *Daily Mail* os apelidou de "os primeiros ciganos da classe média".

Quando um escritório da receita federal em Fulham foi obrigado a fechar após o abandono do emprego por parte dos principais responsáveis pelos computadores, as autoridades finalmente acordaram. Um boicote da sociedade de consumo mantido pela classe média teria efeitos desastrosos na arrecadação. Investigadores do Ministério da Saúde invadiram a Marina Chelsea com seus questionários, tentando identificar os motivos do descontentamento.

A existência de uma profusão de alvos dificultou a identificação de traços psicológicos comuns no processo. Os piqueteiros que bloqueavam as entradas da Peter Jones e da Biblioteca de Londres, da Legoland e do Museu Britânico, das agências de viagens e do Museu Victoria & Albert, de um shopping center Hendon e de uma escola particular não tinham nada em comum exceto a rejeição à vida de classe média. As explosões de duas bombas de fumaça, uma na praça de alimentação da Selfridge's e outra no setor de dinossauros do Museu de História Natural, não estavam aparentemente relacionadas, mas obrigaram as duas instituições a fechar as portas por um dia. O grito "Destruam os museus" dos futuristas de Marinetti teve uma repercussão surpreendente.

Durante uma eleição local, quando Kay e Vera foram ao local de votação na esperança de vandalizar as cédulas, descobriram que a rejeição à cooperação cívica se tornara uma séria ameaça ao sistema democrático. As eleições parlamentares havia muito eram administradas por voluntários da classe média. A decisão de ficar em casa, tomada até pelos mesários veteranos, foi aplaudida pelos moradores da Marina Chelsea, que consideravam a democracia parlamentarista um modo nada sutil de neutralizar a classe média.

Satisfeita com tudo aquilo, Kay me mandou comprar os jornais standard, e leu os editoriais tomando vinho. O *Times* e o *Guardian* estavam surpresos ao ver que muitos de seus leitores se afastavam da sociedade. Ambos citaram um diretor de escola substituto e morador da Marina Chelsea entrevistado na televisão:

Cansamos de ser considerados passivos. Cansamos de ser usados. Não gostamos do tipo de gente que nos tornamos...

Na parte externa da Broadcasting House os manifestantes pressionavam para entrar, empurrando as barricadas de madeira erguidas pelos seguranças da BBC para proteger as portas. Uma multidão formada por cerca de duzentos manifestantes se formara, ouvindo pelo rádio o noticiário que discutia os eventos em curso debaixo das janelas da BBC.

Meus olhos percorreram os rostos familiares dos residentes da Marina Chelsea, mas nada de Kay, Vera Blackburn ou Richard Gould. Sabia que haveria um protesto no Museu Victoria & Albert, que Kay chamava de "empório dos embustes culturais". O alvo era a Sala das Esculturas, onde uma cópia do *David* de Michelangelo seria empurrada do pedestal, do mesmo modo como as estátuas de Lênin e Stálin foram derrubadas após a queda do Muro de Berlim. O *David*, Kay alegava, enganava as classes médias, criando a ilusão de que desenvolver uma "sensibilidade cultural" lhes conferia uma superioridade moral negada aos torcedores de futebol ou amantes dos anões de jardim.

"Ai, meu Deus..." A sra. Templeton girou nos calcanhares. Em volta de nós as pessoas riam, incrédulas.

"Senhora Templeton? O que aconteceu?"

"Muita coisa." Ela espantou uma mosca da manga do casaco de pele de carneiro. "A Marina Chelsea foi chamada de 'primeiro cortiço de classe média'. Somos a classe baixa da burguesia. Meu Deus..."

Tentei pensar numa resposta adequada, mas um confronto violento entre os guardas de segurança e os manifestantes começou quando as barricadas de madeira caíram. Um cabo-de-guerra seguiu-se imediatamente, os seguranças insistiam em que as barreiras eram propriedade da BBC e ameaçavam os moradores por falta de pagamento das taxas de licença.

Vi um clarão perto da entrada, uma explosão forte que fez zumbir nossos ouvidos. No silêncio atônito uma nuvem de fumaça azul flutuou acima de nossa cabeça. Pegando a sra. Templeton pelo braço, vi uma van da televisão subir na calçada, em Portland Place. Carros brancos da polícia, sirenes ligadas, costuravam no trânsito para parar na frente da igreja All Souls em Langham Place. Policiais fardados da tropa de choque, com escudos e cassetetes, saltaram das vans e abriram caminho por entre a multidão que aproveitava a hora do almoço para espiar a confusão.

Uma bomba de fumaça lançou uma golfada de vapor preto no ar. Um guarda de segurança assustado tropeçou numa barreira e caiu no chão. Os manifestantes aproveitaram a chance e avançaram pela brecha, passando por ele para forçar as portas. Ainda a segurar a sra. Templeton pelo braço, senti que era empurrado para o saguão pela pressão policial.

Uma centena de nós ocupava a área da recepção, suplantando os guardas de segurança que tentavam proteger os elevadores. Convidados agrupados se encolhiam nas poltronas, figurões finalmente confrontados com a realidade. A fumaça nos acompanhou até o saguão, subindo pelos poços dos elevadores que transportavam as equipes de vanguarda dos manifestantes para os pisos superiores. Guiados por um dos produtores da BBC que passara para o nosso lado, eles pretendiam invadir o estúdio do telejornal e transmitir um manifesto da rebelião da classe média para a nação atenta, de boca aberta na frente da granola.

Outro funcionário da BBC, um anglo-indiano de rosto magro, nos conduziu pela escada até o foyer, à esquerda. Um piso acima entramos pela porta que indicava "Sala de Reuniões do Conselho". O salão de teto alto, com sua parede sul semicircular, era enfeitado com retratos dos diretores-gerais da BBC que haviam presidido a benevolente tirania da corporação.

Como uma turba revolucionária que invade a sala de visitas do *ancien régime* e se depara com as efígies da aristocracia corrupta, olhamos embasbacados os retratos, dominados pela figura do principal criador da BBC, lorde Reith. Notei que a cabeça dos diretores aumentava com o passar dos anos, conforme crescia o poder da BBC, culminando com a sorridente cabeça de balão de um diretor nomeado recentemente, uma imensa bolha intumescida de presunção.

Uma coluna de produtores-assistentes e técnicos de estúdio nos olhava, do outro lado da sala, pouco convencidos de que valia a pena fazer algum sacrifício. Renderam-se facilmente quando avançamos contra eles. A sra. Templeton tirou uma lata de aerossol da bolsa. Enquanto a fumaça enchia a sala, vinda do foyer logo abaixo, ela apontou o spray para os retratos e habilmente os enfeitou com uma série de bigodes e franjas hitlerianos.

Cinco minutos depois estava tudo acabado. Quando a tropa de choque nos forçou a ir para o saguão percebemos que o ataque contra *The World Today* fracassara. Muito antes de nossa entrada a equipe de produção inteira fora transferida para um estúdio seguro, no porão. Os esquadrões de remoção da polícia entraram na Broadcasting House por uma porta lateral de Portland Place. Esperavam por nós com os cassetetes em punho, e deram conta facilmente dos manifestantes perdidos nos labirínticos corredores. Fomos amontoados e expulsos do prédio de forma brutal; a corporação retomou sua histórica tarefa de iludir a classe média.

A violência policial, notei, era diretamente proporcional ao tédio policial, e não à resistência acaso oferecida pelos manifestantes. Fomos salvos da brutalidade real por nossa própria incompetência e pelo final precipitado da manifestação. Estimulados por pontapés e porretadas, fomos reunidos na atmosfera enfumaçada de Portland Place. Em meia hora provavelmente seguiríamos de ônibus para a West End Central, seríamos indiciados e intimados a comparecer perante os magistrados. Réus primários como a sra. Templeton seriam poupados, mas eu com toda a certeza receberia uma sentença de trinta dias.

Empurrado para a porta por um policial suado, tropecei numa barreira de madeira. Um sargento da polícia feminina adiantou-se e segurou meu braço. Quando me ajudava a levantar reconheci o rosto decidido da manifestante do Olympia que enfaixara minha perna machucada.

"Angela...?" Espiei por baixo da aba do quepe. "A exposição de gatos, em Olympia..."

"Exposição de gatos?"

"Kingston, dois filhos..."

"Sei." Ela me reconheceu vagamente, relaxando o aperto. "Já me lembrei."

"Entrou para a polícia?"

"Pelo jeito, sim." Ela me levou na direção da igreja, onde os prisioneiros estavam sendo triados. "Está meio longe do Olympia, senhor...?"

"Markham. David Markham." Mirei seus olhos duros quando uma van da polícia passou por nós. "Uma mudança e tanto de opinião. Quando entrou para a força?"

"Faz uns quatro anos. Nunca me senti melhor."

"Então, trabalhava... infiltrada?"

"Algo no gênero." Ela me conduziu através dos tratadores de cães e motoristas. "Você parece mal. Procure um hobby diferente."

"Infiltrada?" Lembrei-me da multa de cem libras que recebi por ajudá-la. Falei: "Impressionante."

"Alguém precisa manter a segurança das ruas."

"Concordo. Por falar nisso, eu também estava infiltrado."

"Sério mesmo? Onde?"

"Difícil explicar. Tem a ver com a bomba de Heathrow. O Ministério do Interior está interessado no caso."

"Minha vez de ficar impressionada." Ela apontou para os últimos manifestantes que estavam sendo expulsos da Broadcasting House. A sra. Templeton, com o casaco rasgado, queixava-se a um inspetor desanimado. "E quanto a hoje? Faz parte de seu projeto?"

"Não. É mais sério do que parece. Temos de provar um ponto de vista."

"Pode ser que fale sério, mas é um ponto de vista muito restrito. Está desperdiçando o tempo da polícia e dando cobertura a gente que deseja causar danos de verdade."

Ela já havia perdido o interesse em mim. Seus olhos perceberam a mudança de humor entre as unidades da polícia. Os tratadores já conduziam os cães de volta às vans, os motoristas ligavam os motores. Todos, exceto alguns poucos policiais que vigiavam os manifestantes detidos nos degraus da igreja, seguiam para seus veículos. Afastando-se sem dizer mais nada, Angela entrou no carro de polícia que parou ao nosso lado por um momento e sentou-se no banco da frente.

As sirenes soaram na Upper Regent Street quando o comboio partiu. Quase toda a força policial se retirou, um vácuo preenchido por turistas que perambulavam por ali e começaram a nos fotografar. Os manifestantes encurralados na escadaria da igreja estavam ouvindo rádio novamente e começaram a se dispersar quando os guardas os mandaram circular.

A sra. Templeton aproximou-se, com o rádio colado na orelha. Parecia confusa e irritada, alheia ao rasgo no casaco e à maquiagem borrada em seu queixo.

"Senhora Templeton? Vamos dividir um táxi. Acho que nos livramos da cadeia, desta vez."

"Como é?" Ela arregalou os olhos para mim, mas manteve a atenção fixa no rádio. Perdera o salto do pé direito do sapato, e num antigo reflexo de classe média pensei que ela comprometia nosso lado ao se apresentar tão desleixada.

"Estamos salvos, senhora Templeton. A polícia a machucou?"

"Ouça..." Com os olhos quase vesgos ela me passou o rádio. "Uma bomba explodiu na Tate Modern. Três pessoas morreram..."

Ouvi o repórter dar a notícia em tom alarmado, mas em torno de mim todo o som parecia ter fugido da rua. Os turistas passavam na frente da Broadcasting House consultando mapas que não os levavam a lugar nenhum. Motoboys aguardavam a abertura do sinal, acelerando com força, prontos a correr de uma missão inexpressiva a outra. A cidade era um imenso carrossel imóvel, sempre a receber milhões de passageiros que subiam, ocupavam seus lugares, esperavam e depois desciam. Pensei na bomba que explodiu outro templo do iluminismo, silenciando o interminável murmúrio das conversas na lanchonete. Sem querer, senti uma onda de excitação e cumplicidade.

20. Espaço em branco

"Se os meios forem desesperados o bastante, eles justificam os fins."

Kay falava com as mãos nos meus ombros, parada atrás de mim enquanto víamos o noticiário matinal na cozinha da casa dela. Apesar da intimidade e afeição estimulados pela bomba na Tate, sentia seus dedos tremerem como se tentassem se libertar de mim. Pensei na noite intensa que passáramos juntos, nas horas entretidos em conversas no escuro, cada um desenrolando as lembranças de uma vida inteira. Mas a destruição da Tate revigorou nervos que haviam entorpecido por excesso de conversas sobre violência, o cheque em branco dos conspiradores que um dia teria de ser descontado. Protestar ligava todos os sublimes ideais de Kay, mas a violência os desmerecia, tornando-a desconfortavelmente consciente de que a realidade esperava por nós do lado de fora de uma porta já aberta.

Ela apertou meus ombros, olhando através da janela da sala para o comboio de carros dos vizinhos que partiam para apoiar uma greve de aluguéis no norte de Londres.

"Kay?"

"Estou bem. Há muitas coisas acontecendo."

"A manifestação de Mill Hill — você quer ir também?"

"Deveria." Seus dedos cansados sentiram as pontas dos ossos do meu pescoço. "Temos muito sobre o que refletir."

"Nós dois?" Tentei tranqüilizá-la. "Kay?"

"Quem?"

"Você e eu. Acha que precisamos conversar sobre alguma coisa?"

"Outra vez? Reprises em câmera lenta me enervam. O cinema morreu quando inventaram o flashback." Com pena de mim, ela massageou minhas têmporas com os indicadores. "As coisas começam a acontecer. Dá para sentir que estamos na iminência de uma mudança."

"Estamos mesmo. Da mudança para a penitenciária, por dez anos."

"Isso não é piada." Ela apertou minha cabeça contra o seio, protetora, como a mãe faz com o filho. "Você poderia pegar vários anos de cadeia. Sempre pensei que poderia ser espião da polícia. Corria tantos riscos e conseguia voltar, mesmo quando o abandonávamos na pior. Ou você era muito descuidado ou tinha amigos especiais que cuidavam de tudo. Mas não era nada disso — comprovei ontem. Você estava muito envolvido."

"Que bom. Na manifestação da BBC?"

"Não. Aquilo foi brincadeira. Nem Peggy Templeton conseguiu ser presa. Falo da bomba na Tate Modern."

"Kay...?" Eu me virei e apertei seus quadris, fitando seu rosto perturbado. "Tate Modern? Aquilo foi horrível. Não tive nenhum tipo de envolvimento."

"Foi horrível, mas você estava envolvido." Kay sentou-se em ângulo reto em relação a mim, olhando meu rosto de perfil, como um frenologista que tentasse descobrir meu caráter pelos ângulos da testa. "Na noite passada, na cama — você estava tão contaminado pela violência do ataque, pelo horror daquelas mortes todas. Teve o melhor sexo da sua vida."

"Kay..."

"Seja honesto, foi isso mesmo. Quantas vezes gozou? Desisti de contar." Kay segurou meus pulsos. "Você queria me enrabar, me bater. Puxa vida, sei quando um homem está pegando fogo. E você estava. Pensava naquela bomba, que explodiu de repente e arrebentou tudo. A violência gratuita o excita."

"Inconscientemente, talvez. Depois que fomos para a cama não falamos mais no assunto."

"Você não precisava. Levantou-se para mijar e olhou no espelho do banheiro. Viu tudo em seus próprios olhos." Frustrada consigo mesma e pelas respostas excessivamente tolerantes, Kay desligou a tevê e apontou acusadora para a tela escura. "Três pessoas morreram. Pense nisso, David. Um pobre guarda deu a vida por um Damien Hirst..."

Na noite anterior, ainda agitado pela adrenalina do protesto na BBC e notícias da explosão na Tate, bebemos vinho demais. A bomba, feita de Semtex escondido num livro de arte volumoso, explodira perto da livraria às quinze para as duas da tarde, matando o visitante que o carregava, e destruíra grande parte da alvenaria acima da entrada. Um turista francês e um vigilante também foram mortos, e vinte pessoas ficaram feridas. A polícia estendera um cordão de isolamento na área e especialistas forenses reviravam o pó e os fragmentos que cobriam o gramado e os carros estacionados na área.

Ninguém assumiu a responsabilidade, mas a bomba deu um tom mais agressivo à atmosfera cinzenta e amortecida de Londres. Tédio e volatilidade caracterizavam o futuro. O artefato explodira no mesmo dia do protesto na Broadcasting House, e parecia apontar para a Marina Chelsea e sua rebelião de classe média, mas Kay condenou com vigor o ataque à Tate. As pessoas que telefonavam para a emissora durante suas entrevistas aceitaram isso, no mínimo porque a sinistra competência do autor do atentado pertencia indubitavelmente a outro universo. Os arquitetos e advogados da Marina Chelsea, com suas bombas de fumaça e efeito moral, alegavam que nunca tentaram matar ninguém. Pela primeira vez, Kay se viu na condição de porta-voz da moderação.

Talvez para afastar essa nova imagem ela tenha me contado, quando se despia e ia para a cama, que dormira com todos os inquilinos, dos estudantes de cinema de dezoito anos ao cartunista alcóolatra expulso de sua casa, próxima à marina, pela esposa exasperada. "Todas as senhorias com mais de quarenta anos dormem com os inquilinos. É o derradeiro elo matriarcal que sobreviveu..."

Kay tirou uma garrafa de vinho da geladeira e pôs dois copos em cima da mesa. Sentou-se, apoiando o rosto nas mãos, e me encarou.

"Kay? Não é meio cedo?"

"Você vai precisar disso. Eu também, sabe? Vou sentir sua falta."

"Pode dizer."

"Volte para Sally. Entre em seu carro e siga direto para St. John's Wood. Tire o pó da maleta executiva e volte a ser um psicólogo corporativo."

"Kay...?" Sua calma me surpreendia. "Por que, pelo amor de Deus? Por causa de ontem à noite?"

"Em parte." Ela bebericou o vinho, cheirando os dedos

como se o cheiro dos meus testículos ainda permanecesse em suas unhas. "Mas não é a única razão."

"Eu estava muito excitado. Na manifestação na BBC, fui atacado pela polícia. Depois, a bomba na Tate. E se eu tivesse ficado impotente?"

"Eu queria que tivesse ficado impotente. Teria preferido isso. A impotência seria uma reação normal. Em vez disso, você parecia Colombo navegando para o Novo Mundo. Por isso precisa voltar para Sally. Não tem nada a ver com este lugar. É um sujeito doméstico, David. Sente centenas de pequenas afeições o tempo inteiro. Elas se infiltraram em cada travesseiro amigo e poltrona confortável, como deuses domésticos. Juntos eles totalizam um imenso amor, grande o suficiente para ignorar o sujeito ridículo que fica zanzando em volta da saia da sua mulher."

"Doméstico...?" Olhei para meu reflexo trêmulo na superfície do vinho. "Você fala de mim como se eu fosse uma espécie de ruminante a pastar num prado bucólico. Pensei que a Marina Chelsea fosse uma tentativa de mudar tudo isso."

"E é. Mas, para nós, a violência é apenas o meio para atingir um fim. Para você, é um fim. Abriu os olhos, e acha que está vendo um mundo muito mais excitante. Nada de almofadas fofas e sofás aconchegantes onde você e Sally assistem ao jornal da noite. Não foi a bomba da Tate que o excitou tanto na noite passada."

"Kay..." Tentei segurar seu pulso, mas ela o puxou. "É isso que estou tentando explicar."

"Foi a bomba de Heathrow." Kay parou para me observar mordendo uma cicatriz da infância, no lábio. "É isso que o motiva desde o início. Foi por isso que veio à Marina Chelsea."

"Você me trouxe aqui. Lembre-se — encontrou-me na porta do fórum. Nunca tinha estado aqui antes."

"Mas você procurava algo do gênero. Ia sempre às manifestações e passeatas. Mais cedo ou mais tarde você ia nos encontrar. A bomba de Heathrow ainda ecoa dentro da sua cabeça; você a ouvia em St. John's Wood. Um chamado, um apelo que sinaliza o novo mundo."

"Kay... minha mulher morreu." Eu descartei o ato falho com um gesto. "Laura. Queria saber quem foi que colocou aquela bomba."

"Mas por quê? Você é feliz no casamento, embora pelo jeito não o saiba. Laura passou faz muitos anos, e você nem gostava muito dela. Não do jeito como gosta de Sally — ou de mim, se quer saber."

"Gostar de alguém não tem nada a ver com seus sentimentos reais pela pessoa." Tentei sorrir para Kay. "Laura provocava todo mundo. Quase tudo o que ela fazia, qualquer coisa que dizia, fazia com que eu mudasse um pouco. Curiosamente, nunca entendi como. Ela abria as portas."

"E a bomba de Heathrow foi a maior de todas as portas. Não havia nada para ver lá, mas havia aquele espaço vazio imenso. Significava tudo e nada. Aquilo o cativou, David. Você é como alguém que olhou para o sol durante muito tempo. Agora quer transformar tudo em Heathrow."

"Marina Chelsea? Videolocadoras e estátuas de gesso?"

"Isso tudo o aborrece." Kay empurrou para o lado a garrafa e as taças de vinho, limpando a mesa para poder pensar. "Você se entediou, do mesmo jeito que Richard Gould. Procura violência de verdade, e mais cedo ou mais tarde a encontrará. Por isso deve subir no carro e voltar para Sally. Precisa da faixa amarela dupla, dos locais de estacionamento proibido, das reuniões nas empresas, para se acalmar."

"Sally? Quero voltar para ela, mas não agora." Toquei meus lábios e pressionei os dedos contra a testa decidida de Kay, grato a ela. "Sally precisa resolver seus próprios problemas. De certo modo, ela está tão envolvida com a bomba de Heathrow quanto eu. Precisa chegar ao sentido de tudo."

"Sentido? Não faz sentido. Essa é a questão."

"Difícil de atingir, contudo. Só um psicopata conseguiria entender. Richard Gould acha que estou errado quanto a isso."

"Richard?" Agitada, Kay tirou os olhos das unhas roídas. "Fique longe dele. Ele é perigoso, David. Pode ficar aqui mais um tempo, mas não se envolva com ele."

"Perigoso?" Apontei para o computador antiquado em sua mesa, parcialmente enterrado sob uma pilha de roteiros para serem lidos. "Você fazia o site dele."

"Isso foi no começo. Ele já partiu para outra. A Marina Chelsea o decepcionou." Ela tentou tirar a rolha da garrafa de vinho, mas desistiu. "Richard Gould está esperando por você, David. Não sei o motivo, mas ele o espera há tempos. Quando telefonei para ele, do fórum, pediu que eu o trouxesse para cá..."

Pensei nisso enquanto vestia meu terno de tweed que estava no guarda-roupa entre os casacos camuflados e vestidos de noite espalhafatosos. Kay era a fã desapontada, que se agarrava a cada palavra do carismático dr. Gould enquanto ele percorria a Marina Chelsea instigando os moradores a lutar por seus direitos. Mas agora Kay se tornara uma figura política, defendia seus pontos de vista em programas de tevê; seu perfil saía nos suplementos dos jornais domingueiros e jovens advogados ambiciosos com tempo livre a defendiam. Gould era Peter Pan, mentalmente isolado no asilo solitário, em busca dos meninos perdidos, enquanto a realidade se movia em sua direção na forma ameaçadora de um projeto imobiliário de mil casas em condomínio.

Quando saí para o Adler, pela primeira vez em três semanas, Kay ficou olhando, parada na porta da frente. Ela se apoiava num pé só, feito lanterninha assistindo a um filme de enredo inconvincente.

“David? Causará ótima impressão como homem a caminho do trabalho.”

“Eu sei. Preciso animar minha secretária, visitar uns clientes.”

“E as contusões?”

“Não vou tirar a roupa. Direi que andei mergulhando. Bati num peixe esquisito.”

“Exato.” Ela deixou que eu a beijasse e ajeitou minha gravata. “Você parece um impostor.”

“Kay, esta é a sina de quem costuma ser muito sincero. Enquanto eu convencer a mim mesmo. Quando não puder mais fazer isso, saberei que chegou a hora de voltar a St. John’s Wood.”

Parei sob o sol, pensando em Sally, a quem não via desde que a deixara na porta da casa de Henry Kendall, em Swiss Cottage. Sentia sua falta, mas ela já escorregava para o passado, como parte de uma vida que eu queria rejeitar, um monte de obrigações vinculadas pela hera da insegurança da classe média.

21. A gentileza da luz

Acenei para Kay, um marido saindo de casa para trabalhar, observado por vários vizinhos abismados, que me olhavam como se eu fosse um ator ensaiando para uma atividade como a dança das fitas em torno do mastro. Constrangido no terno de tweed bem cortado, atravessei a rua para pegar o Range Rover. Quando abri a porta notei que tinha um passageiro. Um sujeito de terno preto e camisa branca encardida ocupava o banco de couro da frente, cochilando ao sol matinal. Ao acordar ele me cumprimentou com um sorriso generoso, e me ajudou a subir. Estava desleixado como de costume, os ossos do rosto lutando para sair à luz.

"Doutor Gould?"

"Suba." Ele passou a sacola esportiva para o banco traseiro. "Fico contente em vê-lo, David. Importa-se em dirigir?"

"O carro é meu." Hesitei antes de pôr a chave no contato, pensando que a fechadura poderia ter sido preparada, numa brincadeira de mau gosto qualquer. "Como entrou no carro?"

"Estava destrancado."

"Mentira."

"Não. A classe média não furta automóveis. É uma coisa tribal, como jamais usar terno marrom."

"Pensei que tudo isso ia mudar."

"Certo. Após a revolução, a classe média será inepta, relaxada, ladra e suja." Ele me encarou, fingindo perceber alguma coisa. "Falando como médico, devo dizer que está em ótima forma, surpreendentemente."

"Surpreendentemente? Depois da Broadcasting House?"

"Não. Depois de Kay Churchill. Sexo com Kay é como uma ressurreição que deu ligeiramente errado. Você fica satisfeito demais, mas certas partes do corpo jamais serão as mesmas."

Gould seguiu falando para si, deliciando-se com o som de sua voz. Parecia mais à vontade que o pediatra atormentado do asilo de Bedfont. Em seu terno preto gasto ele lembrava um gângster fracassado, desprezado por suas preferências intelectuais. Irritara-me ao arrombar meu carro, mas sabia que eu estava contente por vê-lo.

"Estou indo para o trabalho", falei. "Onde quer ficar? No West End?"

"Tenha dó... muita polícia andando em círculos. Precisamos de um dia no campo."

"Richard, preciso ver meus clientes."

"Seu sogro? Fale com ele amanhã. O lugar que vamos visitar é importante, David. Talvez até lance uma luz sobre a bomba de Heathrow..."

Fomos na direção de Hammersmith, pegamos o elevado até a rotatória da cervejaria, passamos por Hogarth's e seguimos para oeste pela M4. Gould recostou o corpo, observando os galpões das fábricas, os escritórios de empresas que duplicavam vídeos e as formações de holofotes dos estádios desconhecidos. Aquele era um terreno real, uma zona sem passado nem futuro, sem responsabilidade ou deveres cívicos, seus estacionamentos desertos eram cruzados por aeromoças de folga e gerentes de casas de apostas, um reino que jamais se lembrava de si.

"E então, David, como foi ontem, na BBC? Conte tudo."

"Entramos, mas por pouco tempo. Todo mundo se divertiu, tentando ir para a cadeia. A indignação moral incendiou a Regent Street. Pouca gente foi detida."

"Que pena. Uma prisão em massa colocaria a Marina Chelsea no mapa."

"A polícia foi retirada. A bomba na Tate fez com que tudo fosse deixado de lado imediatamente."

"Lamentável. Muito ruim. Vera e eu estávamos em Dunstable, visitando uma escola de vôo com planador." Gould cobriu os olhos, arrepiado. "Voltando à BBC, como se sente a respeito?"

"Chegamos na hora e sabíamos o que estávamos fazendo. Estacionar foi difícil. Quando chegar o Juízo Final, estacionar pode se tornar um problema sério."

"Mas e a ação como um todo — o que achou?"

"Na Broadcasting House? Pueril."

"Prossiga."

"E inútil. Um monte de gente responsável posando de baderneiros. Manifestação estudantil para pessoas de meia-idade. A polícia não a levou a sério nem por um segundo."

"Eles já viram invasões aos montes. E se entediam facilmente — precisamos levar isso em consideração."

"Para preparar outros ataques vistosos? Queimar o NFT foi uma irresponsabilidade. Um ato criminoso. Muita gente poderia ter morrido. Se eu soubesse, nunca teria participado."

"Você não sabia de tudo. Transgredir a lei é um tremendo

desafio para profissionais como você, David. Por isso a classe média nunca será um verdadeiro proletariado." Gould balançou a cabeça para si mesmo, depois apoiou o pé no painel. "A bem da verdade, concordo com você."

"Sobre o NFT?"

"Sobre tudo, Fortnums, BBC, Harrods, Legoland. Bombas de fumaça e piquetes. Uma completa perda de tempo." Ele estendeu a mão para segurar o volante. "Cuidado — não é aqui que queremos morrer."

Alguém tocou a buzina atrás de nós, faróis altos piscaram no espelho retrovisor. Surpreso com os comentários de Gould, eu havia freado quando passamos pelo Heathrow Hilton, na pista expressa dupla que conduzia a Bedfont. Recuperei a velocidade novamente e passei para a pista mais lenta.

"Richard? Pensei que você tivesse planejado a operação inteira."

"Fui eu. Quando começamos. Agora Kay e sua turma escolhem os alvos."

"Então a revolução foi adiada?"

"Continua acontecendo. Algo marcante está ocorrendo. Intuí tudo isso, David. A Marina Chelsea é só o começo. Uma classe social inteira está arrancando o veludo das barras e sentindo o gosto do ferro. As pessoas se demitem de empregos bem remunerados, recusam-se a pagar impostos, tiram os filhos de escolas particulares."

"Então, o que deu errado?"

"Não vai acontecer nada." Gould examinou os dentes no espelho do quebra-sol, um sorriso de gengivas inflamadas que o fez cerrar os olhos. "A tempestade passará, tudo se diluirá num chuvisco de programas de televisão e artigos de fundo. Somos corteses e frívolos demais."

"E se fôssemos sérios?"

"Mataríamos um ministro. Ou plantaríamos uma bomba na Câmara dos Comuns. Atiraríamos num membro menor da realeza."

"Uma bomba?" Mantive os olhos no tráfego, observando as caudas dos jatos parados a algumas centenas de metros, no aeroporto de Heathrow. "Não sei bem se..."

"Trata-se de um passo enorme, mas talvez seja necessário." Gould tocou minha mão com seus dedos exangues. "Faria isso, David?"

"Matar um ministro? Sou cortês demais."

"Dócil demais? Bem-educado demais?"

"Pode estar certo. A raiva foi eliminada de minha pessoa há muito tempo. Estou casado com a filha de um milionário, ela é muito meiga e amorosa e me trata como um dos arrendatários do pai. Se estiver caçando raposa, passa por cima da minha plantação de batata sem pensar duas vezes. E eu só faço sorrir e pagar a conta dela na Harvey Nicks."

"Pelo menos sabe disso."

"Eu não poderia plantar uma bomba na Câmara dos Comuns ou em qualquer outro lugar. Ficaria nervoso demais, temendo ferir alguém."

"Você pode superar isso, David." Gould falava descontraidamente, como um médico fala para descartar preocupações triviais de um paciente. "Se os motivos forem sólidos, tudo é possível. Você espera um grande desafio. Ainda não o encontrou, mas vai encontrar..."

Gould inclinou o corpo para a frente, alisando com as mãos o rosto pálido, tentando trazer um pouco de cor às faces. Passamos pela estrada do aeroporto e entramos em East Bedfont, e após um parque de diversões pequeno chegamos ao hospício infantil que assumira a responsabilidade pelas crianças do hospital de Bedfont.

Gould me orientou a subir pelo acesso de cascalho que dava na mansão georgiana de três andares. Vi sebes cuidadosamente podadas e um gramado imenso sem marcas de pegadas humanas. Havia escorregadores e balanços coloridos na grama, mas as crianças estavam ausentes. Vi folhas mortas e água empoçada da chuva nos assentos diminutos, e deduzi que naquele parquinho as crianças nunca brincavam.

Gould não mostrava desânimo. Quando paramos na entrada dos fundos do hospício ele pegou a sacola esportiva no banco traseiro. Abriu-a no colo e mostrou a coleção de brinquedos plásticos. Agradavelmente surpreso, começou a testá-los, e seu rosto se iluminou quando uma boneca falou com ele em sua voz gravada.

Desceu do carro animado, como um avô dedicado numa festa de aniversário, e pegou um jaleco branco na sacola. Vestiu-o por cima do terno, vasculhou os bolsos e achou um crachá, que prendeu na minha lapela.

"Faça um ar profissional, David. É surpreendentemente fácil bancar o consultor."

"Doutor Livingstone?"

"Sempre funciona. Você é meu colega no hospital de Ashford. Bem... você vai gostar das minhas crianças, David."

"Podemos entrar?"

"Claro. Essas são as minhas crianças. O mundo não faz sentido para elas, por isso precisam de mim, para mostrar-lhes que elas existem. De certo modo, fazem com que eu me lembre de você..."

Entramos por um corredor dos fundos, ao lado da cozinha, onde o almoço estava sendo preparado por uma pequena equipe. Gould beijou a supervisora da enfermagem, uma senhora negra bonita, de modos acolhedores. Gould subiu a escada de braços dados com ela, como se fossem cúmplices numa conspiração.

As três enfermarias bem iluminadas abrigavam trinta crianças, em sua maioria incapazes de sair da cama, pequenos embrulhos passivos postados para a morte ao nascerem. Mas Gould os cumprimentava como se fossem sua família. Passei a hora seguinte observando-o brincar com os bebês, fazendo bonecos com meias velhas e fitas natalinas, correndo pela enfermaria de braços levantados, dando brinquedos tirados de sua mala, com um casaco de Papai Noel emprestado pela enfermeira-chefe. Ela me disse que ele adiantara o Natal por causa das crianças que viviam as últimas semanas.

Segui-a para fora da enfermaria, onde ela deixou Gould entretendo as crianças. Aceitou um cigarro e o acendeu.

"Você faz um trabalho admirável", elogiei. "As crianças parecem muito felizes."

"Obrigada... doutor Livingstone? Fazemos o possível. Muitas dessas crianças em breve não estarão mais conosco."

"Com que freqüência o doutor Gould vem aqui?"

"Toda semana. Ele nunca falha." Seu sorriso passeava pelo rosto largo como uma nuvem no dia ensolarado. "Ele se apega demais às crianças. Por vezes, penso no que ele irá fazer quando a última se for..."

Quando voltei para a enfermaria, Gould estava sentado ao lado do berço de um menino de três anos de cabeça raspada. Uma cicatriz grande percorria seu crânio, com pontos toscos. Seus olhos fundos estavam fixos no visitante, sem piscar. Gould abaixara a grade lateral do berço e estava debruçado para a frente, com o braço sob uma manta de lã. Olhou para mim, esperando que eu fosse embora, deixando bem claro que eu invadia um momento particular.

* * *

Mais tarde, quando Gould chegou ao estacionamento, falei: "Estou impressionado. Nenhum computador poderia ter feito isso. Um ou outro quase chegou a reconhecê-lo."

"Espero que sim. David, eles me conhecem. Sou um deles, na verdade."

Ele jogou a sacola vazia e o jaleco branco no banco de trás do Range Rover, depois fixou a vista no gramado e em seus escorregadores e balanços silenciosos. Parecia um menino, arredio, mais jovem e muito mais enérgico que o terrorista amador que encontrei na cabine acima do National Film Theatre.

Para tentar tranqüilizá-lo, falei: "Você os ajuda, Richard. Isso vale muito."

"Não." Gould aquecia as mãos descarnadas no teto do carro. "Na verdade, eles não notam minha presença. Sou apenas uma mancha indistinta na retina. Os cérebros se fecharam."

"Eles podem ouvi-lo. Alguns, pelo menos."

"Duvido muito. Eles já se foram, David. A natureza cometeu um crime contra eles. Além disso, certas coisas são um despropósito. Após todas as teorias, todas as cadeias de causa e efeito, há um âmago sem o menor sentido. Talvez seja o único ponto que podemos encontrar em qualquer lugar..."

Esperei antes de dar a partida, pois Gould olhava para as janelas das enfermarias do primeiro andar.

"Richard, diga-me uma coisa — você tocou aquele menino?"

Gould virou-se para me encarar, visivelmente desapontado. "David, que diferença isso faz?"

"Talvez nenhuma. É discutível."

"Converse a respeito com Stephen Dexter."

Impaciente para partir, ele estendeu o braço por cima de mim e girou a chave.

* * *

Depois de uma hora de viagem chegamos a uma minúscula escola de vôo em Marlborough Downs. Gould se matriculara por e-mail, para um curso de pilotagem de planador, mas a secretária da escola demonstrou surpresa com a aparência subnutrida e descuidada daquele médico estranho de pele branca e terno surrado. Ofereci-me para avalizar Gould, mas ele me mandou de volta para o carro. Como eu esperava, ele logo convenceu a secretária de sua imensa necessidade de voar.

Permaneci na sede do clube enquanto Gould inspecionava a cabine dupla de um planador de instrução. Pelas janelas abertas eu ouvia o ruído do vento na pista de pouso de grama e o tecido dos planadores pousados a tremer na brisa gelada. Gould balançou a cabeça para a instrutora, com os olhos no céu, como se pretendesse hospedar-se na Estação Espacial.

"Muito bem", disse quando voltou ao carro. "Vôo teste na próxima semana. Você pode vir para ver."

"Talvez venha."

"É um desafio, David." Ele tocou a orelha. "Tenho um probleminha com meu sistema de equilíbrio. Curiosamente, seqüestradores de aviões tendem a sofrer disso. Podemos concluir que o seqüestro é uma tentativa inconsciente de resolver o problema."

"Delirante."

"Por quê?" Ele olhou para trás quando o planador subiu, soltando-se do cabo de tração para deslizar com a graça indiferente de um condor. "Além disso, faz parte da grande busca."

"Do quê?"

"Disso e daquilo. Algum tipo de explicação experimental. O mistério do espaço-tempo, a sabedoria das árvores, a gentileza da luz..."

"Planar? Mais do que voar com motores?"

"Que Deus me livre. O mundo transformado em barulho; vida e morte medidos pelo espaço para as pernas."

"E planar?"

"Você fica acima do céu."

Ele se aconchegou no banco do passageiro enquanto seguíamos para a via expressa, desabotoando a camisa até a cintura, preparando-se para o sol.

Liguei o rádio, na presunção de que a invasão da Broadcasting House estaria nas manchetes. O noticiário seguia dominado pela bomba na Tate Modern, o centro cultural mais popular de Londres, que desempenhava o papel antes destinado ao Dome. Nenhum grupo admitiu a iniciativa do ataque, e a segurança foi reforçada no Museu Britânico e na National Gallery.

"Daqui para a frente será muito mais difícil", comentei. "O Science Museum, a British Library..."

"David, são alvos equivocados." Gould fechou os olhos para o sol, perdido num devaneio de asas e luzes. "Estes são os alvos que as pessoas acreditam que vamos escolher. São protestos nas faixas para pedestres das mães bem-educadas para conseguir a instalação de lombadas na frente das escolas. É assim que a classe média age."

"E há algo de errado nisso?"

"São previsíveis demais, sensatos demais. Precisamos escolher alvos que não façam sentido. Se o seu alvo for o sistema monetário internacional, você não ataca um banco. Ataca a loja da Oxfam vizinha. Viola o memorial da guerra, despeja o agente laranja no Chelsea Physic Garden, incendeia o zoológico de Londres. Nosso negócio é criar inquietação."

"E um alvo sem sentido é o melhor de todos?"

"Parabéns. Você me entende, David." Gould tocou minha

mão, contente em ser compreendido por mim. "Kay e sua turma, eles ainda estão presos à honestidade e aos bons modos. Aqueles arquitetos e advogados todos — a coisa mais radical que podem imaginar é queimar a St. Paul's School for Girls. Não percebem que sua vida é vazia."

"Acha mesmo? A maioria adora os filhos."

"DNA. O primeiro mandamento da biologia. Há tanto mérito em amar os filhos como em fazer ninhos para os filhotes."

"Orgulho cívico?"

"O esquema do vizinho de vigilância do patrimônio genético. Olhe para si, David. Preocupado, pensativo, gentil, mas nada do que faz importa."

"Tem razão. Fé religiosa?"

"Moribunda. Aqui e ali ela se levanta e segura o agente funerário pelos pulsos. Um ato sem sentido tem um sentido próprio especial. Realizado calmamente, distante de qualquer emoção, um ato sem sentido é um espaço vazio maior do que o universo que o rodeia."

"Portanto, evitamos os motivos?"

"É isso. Mate um político, e estará vinculado ao motivo que o levou a puxar o gatilho. Oswald e Kennedy, Princip e o arquiduque. Mate alguém aleatoriamente, porém, dispare um revólver dentro do McDonald's — o universo recua um passo e prende a respiração. Melhor ainda, mate quinze pessoas ao acaso."

"Melhor?"

"É só uma metáfora. Não quero matar ninguém." Ansioso por me tranqüilizar, Gould ensaiou o sorriso de desarme no espelho e depois o abriu inteiro para mim. "Você está vendo tudo isso, David. Já compreendeu qual é o ponto. Por isso confio em você. As pessoas ficam nervosas com a violência. Excitadas, claro, mas isso as perturba."

"E a você, não?"

"Já notou? Suponho que seja verdade. A violência é como fogo no mato, destrói muitas árvores mas renova a floresta, limpa a vegetação rasteira para permitir o crescimento de novas árvores. Precisamos pensar nos alvos certos. Eles precisam ser totalmente sem sentido..."

"A casa de Keats, o Banco da Inglaterra, Heathrow?"

"Não, Heathrow não." Distraído por uma placa na estrada, Gould debruçou-se e segurou a direção. "Diminua, David. Quero ver uma coisa..."

Passávamos por uma agradável cidadezinha do interior, a poucos quilômetros do acesso à via expressa. O trânsito estava surpreendentemente intenso, turistas espiavam pelas janelas dos carros. Na periferia do lugarejo havia caminhos arborizados e plátanos altos, Gould olhou para os ramos distantes como um Samuel Palmer contemporâneo a observar a janela do céu em busca de um lampejo de luz. Sua mão pálida acompanhava o emaranhado dos galhos, como se traçasse o caminho num labirinto.

Mas a cidadezinha em si era comum, chalés com telhado imitando colmo transformados em locadoras de vídeo, lavanderias a seco, comida chinesa para viagem numa casa com estrutura de madeira, lojas de lembranças e cafés. Havia uma floresta de placas para guiar solicitamente os motoristas até os estacionamentos, embora fosse obscuro o motivo para a cidade contar com muitos visitantes, ou a razão para quererem estacionar ali.

Mesmo assim Gould parecia satisfeito, sorrindo por cima do ombro quando nos aproximamos da rodovia principal.

"Lugarzinho encantado, David. Não concorda?"

"Bem... Watford com prados?"

"Não. Há algo muito especial. Você viu quantos turistas. É quase um local de peregrinação."

"Difícil de acreditar." Segui a ruazinha até entrar na rodovia. "Onde fica, exatamente?"

"Perto da A4, no caminho de Newbury." Gould recostou, inspirando profundamente, como se tivesse passado vários minutos prendendo o fôlego. "Hungerford... é onde eu gostaria de passar meus últimos dias."

Hungerford? O nome se debatia em minha mente feito uma mariposa presa enquanto voltávamos para Londres. Espantei-me com a reação de Gould à cidadezinha, e suspeitei que nossa visita à escola de pilotagem fora uma desculpa para passar por suas ruas. Se ele se tornasse piloto de planador poderia voar por cima dos estacionamentos e lojas de suvenires, satisfazendo assim um profundo devaneio de paz rural.

Incendiários infantis carregam suas fantasias apocalípticas para a vida adulta. Fogo e ar pareciam tomar conta da mente de Gould. Eu o observava enquanto cochilava ao meu lado, só ficou agitado quando nos aproximamos de Heathrow. O aeroporto tinha um grande apelo para a sua imaginação, assim como para a minha, e nos unira numa parceria inusitada. Eu havia desperdiçado metade do dia ao levá-lo para passear, esperando que revelasse algo de si. Mas, na verdade, ele me enredara em seu mundo bizarro, me aproximara de sua personalidade fragmentada, praticamente oferecendo-se como um kit a partir do qual eu poderia construir a figura vital que faltava em minha vida. Eu o admirava pelo tratamento carinhoso que dava às crianças doentes, e ele usara isso e minhas fraquezas habilmente. Eu havia sido atraído por ele e pelo modo como sacrificava tudo em sua busca da verdade, um capitão exausto ainda disposto a oferecer seus próprios mastros à fornalha.

Todos esses pensamentos escaparam de minha mente quando deixei Gould na Marina Chelsea e segui para o Instituto. Comprei o jornal vespertino que abrira manchete na primeira página para o atentado à bomba na Tate, li o nome das três vítimas, um guarda, um turista francês e uma jovem chinesa que morava na zona oeste de Londres, Joan Chang, a amiga do reverendo Dexter de casaco Puffa...

22. Uma visita ao bunker

O Tâmisa forçava o caminho pela ponte de Blackfriars, impaciente com os pilares remotos; ali o fluir passivo da Marina Chelsea dava lugar a uma torrente temível que pressentia o mar aberto e se mostrava disposta a avançar contra ele. Sob Westminster o Tâmisa se tornava um rio briguento, como o povo do estuário, impassível perante os planaltos financeiros da City londrina.

As mesas das corretoras de valores eram vigarice, e só o rio era real. O dinheiro estava todo emprestado, num fluxo de impulsos elétricos codificados a escorrer pelos canais ocultos debaixo dos pisos das operadoras de câmbio. De frente para elas, do outro lado do rio, havia mais duas fraudes, a réplica do Globe de Shakespeare e uma antiga usina de eletricidade transformada em discoteca da classe média, a Tate Modern. Ao passar andando pela frente do Globe, ouvi o eco da bomba que matara Joan Chang, o único evento significativo da paisagem inteira.

Eu havia estacionado na Sumner Street, a cem metros dos fundos da Tate. Viaturas policiais cercavam a galeria e cordões de isolamento fechavam a entrada do público. Dei a volta mais longa, descendo Park Street até o Globe, depois segui pela margem do rio. Passei pelos turistas que cruzavam a ponte do Milênio, ansioso para ver os danos àquela estrutura espalhafatosa, mais bunker que museu, cujo projeto Albert Speer teria aprovado sem restrições.

Como todos os nossos amigos, Sally e eu íamos a todas as exposições montadas naquele túmulo pesado. O prédio triunfava graças a um truque visual, uma trapaça psicológica que qualquer ditador fascista compreenderia bem. Externamente, sua simetria déco fazia com que parecesse menor do que era, e as dimensões amplas do salão da turbina intimidavam tanto o olho quanto o cérebro. A rampa de acesso era larga o suficiente para se realizar um desfile de tanques. O poder, dos quilowatts-hora ou do evangelho messiânico, brilhava nas paredes distantes. Aquilo era um show de arte ao gosto do Führer, um indício, talvez, de que as classes médias instruídas se voltavam para o fascismo.

Caminhei com os turistas até a entrada principal, e vi para lá do gramado os estragos da bomba. O artefato fora detonado às 13:45, quando eu estava sendo retirado da Broadcasting House pela sargento Angela. As testemunhas declararam que uma moça chinesa corria pela livraria. Evidentemente perturbada, ela apanhou um livro de arte grande, na estante, e correu para o salão da turbina. Os funcionários a perseguiram, desistindo, porém, quando perceberam que ela gritava para as pessoas se afastarem. No alto da rampa de entrada o livro explodiu em suas mãos, e a força do impacto foi ampliada pelo piso em declive. Vidro e alvenaria se espalharam pela grama, cobrindo os carros estacionados na Holland Street.

Pensei na animada Joan Chang, sentada na garupa da Harley-Davidson de Stephen Dexter. Deduzi que ela, após visitar a exposição, passara alguns minutos na livraria, e por um infortúnio trágico vira o terrorista deixar a bomba, um artefato letal destinado a provocar o maior número possível de vítimas. A polícia identificara os feridos, mas Stephen Dexter não estava entre eles. O clérigo sumira da Marina Chelsea, deixando a Harley na chuva, do lado de fora da capela. Kay telefonara para uma amiga do departamento de cinema da Tate, mas ninguém se lembrava de ter visto Dexter na livraria ou nas galerias. Chorando por causa da morte da jovem chinesa, Kay concluiu que ele havia fugido de Londres para se esconder em algum retiro religioso.

Lembrando a devastação em Heathrow, percebi que Dexter e eu agora tínhamos algo em comum. Uma bomba terrorista não mata apenas suas vítimas, mas provoca uma violenta fissura no tempo e no espaço, rompendo a lógica que mantém o mundo íntegro. Por algumas horas a gravidade se tornou traidora, desconsiderando as leis do movimento de Newton, revertendo o curso dos rios e derrubando edifícios, despertando medos havia muito adormecidos em nossa mente. O horror desafiava a complacência flácida do dia-a-dia, como um desconhecido que sai da multidão para socar um rosto. Sentado no chão, com a boca ensangüentada, a pessoa se dava conta de que o mundo era mais perigoso, mas, compreensivelmente, dotado de mais sentido. Como Richard Gould havia dito, um ato inexplicável de violência tinha uma autenticidade profunda que nenhum comportamento racional poderia igualar.

Uma onda do rio encrespado lançou uma rajada de borrifos na fachada da galeria. A multidão se espalhou para buscar abrigo nas ruas laterais, deixando para trás os grupos da polícia científica que vasculhavam detritos e guardavam os cacos de vidro em sacos plásticos.

Um guarda gritou com duas alemãs que cruzaram o cordão de isolamento e se protegeram atrás de uma van da polícia. Elas se afastaram, abotoando as capas de chuva enquanto corriam, passando por um carro pequeno coberto de pó e fragmentos do prédio.

Segui-as, mas parei ao lado do carro, um New Beetle. Por baixo da sujeira e do pó notei que a pintura branca era idêntica à do carro de Joan Chang. Olhei para o guarda que patrulhava a entrada, batendo os pés no chão e conversando com os técnicos forenses abrigados na entrada.

Eu já havia decidido realizar uma pesquisa forense por minha conta.

Retornei da Sumnner Street dez minutos depois, usando o jaleco branco que Gould deixara enrolado no banco traseiro do Range Rover ao sairmos do hospital infantil. O guarda estava ocupado com os turistas trazidos de volta pelo sol precário, e o pessoal da polícia científica que fincava estacas mal olhou para mim, calculando que eu fosse um investigador do Ministério do Interior, talvez um patologista em busca de restos humanos.

Aproximei-me do New Beetle e segurei a maçaneta, disposto a quebrar o vidro do motorista com o cotovelo. Ao erguer o braço senti o mecanismo ceder facilmente à pressão. Ao sair do carro, Joan se esquecera de travá-lo, provavelmente distraída por um veículo que passava ou algum conhecido com quem combinara de se encontrar.

Fechei a porta e sentei no banco, reconhecendo os perfumes sutis de jasmim e lírio-florentino. As janelas, grossas de pó, formaram uma crosta ocre que me escondia da polícia, a vinte metros dali. Virei-me para examinar o banco traseiro, uma confusão de lenços de papel, amostras de perfume e um guia turístico da China, marcado na página de uma excursão de barco de cinco dias pelas gargantas do Yangtse.

Estendi as pernas e apertei os pedais do freio e da embreagem, quase incapaz de alcançá-los. O banco fora empurrado para trás, dando espaço a pernas mais longas que as de Joan Chang. Quando dirigia o New Beetle, a chinesinha sentava com o queixo quase na altura do volante.

Alguém, muito provavelmente Spethen Dexter, levara Joan até a Tate. Desconfortável, com as pernas estendidas, tateei debaixo do banco para achar a alavanca da trava.

Ouvi um bip baixo de protesto eletrônico. Eu estava segurando um telefone celular. Esperando que tocasse, levei-o ao ouvido, quase a esperar a voz aguda de Joan. O telefone permaneceu silencioso, e ficara sob o banco nos últimos dois dias, sem que os investigadores da polícia percebessem.

Do outro lado do pára-brisa sujo eu via a equipe científica trabalhando, dividindo a área em retângulos estreitos, numa análise meticulosa que poderia fornecer alguns fragmentos do mecanismo da bomba. Liguei para o último número chamado, e ouvi o som de chamada.

"*Você ligou para a Tate Modern*", disse a voz gravada. "*A galeria está fechada até segunda ordem. Você ligou...*"

Desliguei o telefone, presumindo que Joan tivesse ligado para a Tate antes de sair, talvez para reservar mesa no restaurante. Sentado no carro dela, com seu celular na mão, senti que revivia os derradeiros momentos da vida daquela jovem simpática.

Uma mão mexeu na porta do motorista, limpando o pó molhado do vidro da janela. Eu havia travado a porta por dentro, abaixando o pino. Os dedos esfregaram o vidro, como patas de um cão enorme. Vi o rosto borrado e os ombros de um homem de capa de chuva preta, talvez um dos detetives que investigavam o caso.

Abaixei o vidro da janela. Caía um chuvisco fino de novo, mas reconheci o rosto estressado e desleixado do homem que me encarava.

Ele estendeu a mão e me puxou contra a porta. "Markham? O que está fazendo aqui?"

"Stephen... espere um pouco, vou ajudá-lo." Afastei sua mão do meu ombro, mas hesitei antes de abrir a porta. O suor escorria pela testa do clérigo, acumulando-se em gotas em volta dos olhos grandes. Perdera o colarinho eclesiástico, arrancado na hora do pânico, e as faces por barbear estavam afogueadas e inchadas, como se tivesse passado a noite chorando enquanto corria pelas ruas profanas e desertas. Quando olhou para o carro, consciente de seu vácuo impossível de preencher, pensei nele correndo na margem do rio, nas noites futuras, a trilhar para sempre seu caminho no escuro.

Ele olhou para meu rosto, confuso pelo jaleco branco, e claramente esperava que tivesse abordado o veículo errado. "Markham...? Estou procurando Joan. O carro dela está aqui..."

Abri a porta e saí na chuva. Segurei o ombro de Dexter, tentando acalmá-lo.

"Stephen... lamento por Joan. Deve ser horrível para você."

"Para ela." Dexter me empurrou para o lado, olhando fixamente para o acesso da Tate, cheio de entulho. "Eu estava tentando ligar para ela."

"O que aconteceu? Stephen?"

"Tudo. Aconteceu tudo." Ele olhou para mim, reconhecendo por fim meu rosto, e recuou um passo como se eu fosse o responsável pela morte de Joan Chang. Numa torrente de palavras, ele despejou um alerta sobre os perigos que se avizinhavam, aos gritos: "Volte para sua mulher. Fique longe de Richard Gould. Corra, David..."

Ele deu as costas para mim, com uma das mãos ainda a segurar meu ombro, e apontou para o teto do carro. A dez metros de nós uma moça com o cabelo molhado de chuva estava parada na margem do rio. Seu casaco de couro fumegava de umidade, como se ela tivesse acabado de emergir do rio ou descido da chata que cavava as profundezas, sob a superfície. Ela olhava o clérigo com a expressão agressiva de uma paroquiana enganada disposta a se vingar.

Dexter apertou meu braço com mais força. Ele estava claramente intimidado pela jovem, que parecia tê-lo punido uma vez e o puniria de novo em breve. Olhei para a cicatriz inflamada em sua testa e pensei nos guerrilheiros filipinos que alquebraram seu espírito a chicotadas.

"Vocês dois... circulando!" Um policial gritou para nós da entrada da Tate, gesticulando para que nos afastássemos dos carros interceptados. Cumprimentei-o e virei-me para conduzir Dexter ao outro lado do cordão de isolamento. Mas o clérigo já havia partido. Cabeça baixa, mãos enterradas no bolso da capa de chuva, caminhava apressado pela Sumner Street, no sentido da ponte de Blackfriars.

A mulher de cabeça descoberta corria na direção do teatro Globe. Ao vê-la por trás reconheci o passo rápido, em parte colegial intempestiva, em parte guia turística irritada. Ela era elegante, mas estava ensopada, e deduzi que percorria as ruas em torno da Tate havia horas, esperando que Stephen Dexter aparecesse.

Uma sirene de rebocador soou no rio, esvaziando seus pulmões profundos num uivo ameaçador que ecoava nas fachadas dos prédios de escritórios próximos à catedral de St. Paul. Com o susto, Vera Blackburn tropeçou no salto alto. Segurei-a antes que caísse e a levei até a entrada do Globe, para que nos misturássemos ao grupo de turistas norte-americanos que se abrigavam da chuva.

Vera não tentou resistir. Apoiou-se em mim, meiga, sorridente, autocentrada e emocionalmente morta, uma criança depravada e letal. Percebi que me avaliava e vi novamente o prodígio da química no quarto dos fundos suburbano que chegara a destaque no Ministério da Defesa, a dominadora sádica de todos os sonhos dos guerreiros de escrivaninha.

"Vera? Está sem fôlego."

"Doutor Livingstone? Muito convincente. Quem ousaria presumir?"

"Um dos disfarces de Richard Gould. Ele o deixou no meu carro."

"Livre-se dele." Seus dedos abriram o botão de cima. "As pessoas pensarão que fugimos de um hospício."

"Você fugiu."

"Acha mesmo?" Sua mão se deteve no botão. "Isso é um elogio, David?"

"No seu caso, sim. Trágico, o que houve com Joan Chang."

"Pavoroso. Ela era tão meiga. Eu precisava vir até aqui."

"Viu Stephen Dexter?"

Seu rosto permaneceu composto, mas um pingo de chuva caiu de sua sobrancelha esquerda, indicando um sinal dissimulado. Estava mais abalada do que podia perceber, e um tique se manifestou no lábio superior. Daquela vez, o mundo real produzira a explosão mais forte.

"Stephen? Não tenho certeza. Ele estava perto do carro?"

"Você tem certeza." Os turistas molhados entraram no Globe e observavam a galeria sob a chuva. Levantei a voz: "Você o seguia. Por quê?"

"Estamos preocupados com Stephen." Ela pegou o jaleco branco de minhas mãos e o dobrou caprichosamente antes de jogá-lo numa lata de lixo. "Ele está muito abalado."

"Esta não é a razão."

"E qual seria?"

"Estou tentando adivinhar. Ele sabia algo sobre a bomba?"

"Como poderia?" Ela tocou meu queixo. "Ele nunca deixaria Joan chegar perto. As pessoas a viram correr com a bomba na mão."

"Surpreendente que a tenha encontrado. Milhares de livros na loja, e ela conseguiu apanhar a que tinha um quilo de Semtex entre as capas." Observei a chuva se retirar para a outra margem do rio. "Creio que Stephen estava sentado no carro."

"Quando a bomba explodiu? Por quê?"

"O banco estava para trás. Os pés de Joan não alcançariam os pedais. É praticamente certo que ele a tenha levado até a Tate."

"Prossiga. Acredita que Stephen seja o responsável pela bomba?"

"Creio que seja possível. Talvez tenham agido juntos. Ela levou a bomba até a livraria e a deixou na estante. Por algum motivo, depois mudou de idéia."

Vera abriu um estojo e conferiu a maquiagem no espelhinho. Olhou de esguelha para mim, sem saber direito se eu era ingênuo ou tentava fazer com que se comprometesse.

"Mudou de idéia? Difícil de engolir. De todo modo, por que Stephen tentaria explodir a Tate?"

"É um alvo privilegiado, para a classe média. Ele é um religioso que perdeu a fé."

"E detonar uma bomba..."

"...restauraria sua fé. Por vias tortuosas, solitárias."

"Que pena." Vera baixou a testa ossuda quando dois policiais passaram pela margem do rio. "Pelo menos você não pensa que fui eu."

"Não tenho certeza." Segurei o braço de Vera, senti o pulso bater acima do cotovelo. "Pessoas muito perigosas estão tentadas a fazer o jogo da violência. Você pode ter feito a bomba, mas nunca a entregaria a um par de amadores. É profissional demais."

"Treinamento no Ministério da Defesa. Sabia que seria

útil." Satisfeita, ela se animou, sorriu conforme o sol saía de trás das nuvens. "Mesmo assim, coitado do Stephen."

"Por que queria encontrá-lo aqui? Ele tem medo de você."

"Está num estado mental perigoso. Pense na culpa que sente, mesmo que não tenha plantado a bomba. Ele pode falar com a polícia e dizer alguma besteira."

"Isso poderia ser perigoso para vocês?"

"E para você, David." Ela limpou fragmentos de reboco de meu paletó. "E para todos nós da Marina Chelsea..."

Fiquei observando enquanto ela se afastava e erguia o queixo ao passar pela polícia. Admirava seu autocontrole gélido. Como Richard Gould havia dito, a insensatez do ataque à Tate o distinguia dos outros atentados terroristas. Nenhuma das obras de arte da galeria chegava aos pés do potencial ilimitado de uma bomba terrorista. Tentei imaginar como Vera Blackburn fazia amor, mas nenhum amante jamais se equipararia ao apelo e potência sexual do Semtex.

Voltei para a Sumner Street e subi ao volante do Range Rover, observando o talão da multa a esvoaçar no pára-brisa. Sentia que me aproximara mais da verdade a respeito da bomba de Heathrow do que em qualquer outro momento desde que chegara à Marina Chelsea. Kay gostava que eu dormisse em sua cama, mas ainda me instigava a voltar para Sally e St. John's Wood. Mas eu precisava passar mais tempo com Kay e Vera, e acima de tudo com Richard Gould. Uma lógica estranha emergira de Fulham e Chelsea e se espalharia muito além desses bairros, ou mesmo da esteira de bagagem no Terminal 2, onde Laura encontrara a morte.

Peguei o telefone do carro e disquei o número do Instituto Adler. Quando a recepcionista atendeu, pedi para falar com o professor Arnold.

23. O último desconhecido

"Henry está vindo para cá", me disse Sally. "Isso o incomoda, David?"

Sentada na minha poltrona, com as pernas confiantes estendidas, ela havia devolvido as muletas para o porta-guarda-chuvas do hall. Exibia o máximo de sua beleza naquela sala agradável, sorrindo para mim com prazer sincero, como se eu fosse o irmão favorito de licença em casa, vindo do front. Afastar-se de mim, devo admitir, fez com que sua saúde melhorasse admiravelmente.

"Henry? Nenhum problema. Falei com ele ontem."

"Ele me disse. Você telefonou quando estava perto da Tate. Horrível, não acha?"

"Pavoroso. Muito ruim. Impossível de entender."

"A moça chinesa — você a conhecia?"

"Joan Chang. Era encantadora. Uma espécie de hippie de butique — motocicleta, Amex platinum, namorado clérigo."

"Gostaria de tê-la conhecido. A bomba fazia parte da..."

"Da operação da Marina Chelsea? Não. A violência não é nossa praia. Somos muito burgueses."

"Assim como Lênin, Che e Chou En-lai, segundo Henry." Sally inclinou o corpo para a frente, para pegar minha mão por cima da mesa de centro. "Você é diferente, David. Parece um pouco sem rumo. Não sei se combina com você. Quando voltará para casa?"

"Logo." Seus dedos eram quentes, e me dei conta de que todos na Marina Chelsea tinham mãos frias. "Preciso ficar de olho. Há muita coisa acontecendo."

"Sei. Parece um parque de diversões que fugiu ao controle. Contadores e advogados desistindo dos empregos. Em lugares como Guildford, imagine. Realmente, isso significa algo."

"Certo. A revolução bate à sua porta."

"Não em St. John's Wood. Por enquanto, não." Sally estremeceu, seus olhos se voltaram para as trancas nas janelas. "Henry disse que você talvez peça demissão do Instituto."

"Preciso de seis meses de licença. Arnold não gostou nada disso — eu teria de desistir da consultoria a seu pai. Não se preocupe, ele vai dobrar sua renda."

Sally tocou as pontas dos dedos, mais preocupada com outros aspectos do que com a aritmética em jogo. "Vamos dar um jeito. Pelo menos você se sentirá mais digno, assim. Este tem sido o problema, não é? Papai paga tudo."

"Papai paga..." Eu me lembro de ouvir a frase no University College, das calouras de classe média descendo do Jaguar do papai com suas malas caríssimas. "De todo modo, está na hora de eu viver às minhas próprias custas."

"Ninguém faz isso, David. É algo que você nunca entendeu. Henry diz..."

"Sally, por favor... já chega ele dormir com minha mulher. Não quero ouvir as mais recentes opiniões do sujeito a respeito de tudo. Como ele está?"

"Preocupado com você. Todos querem que volte ao Instituto. Sabem que a tal 'revolução' irá por água abaixo, deixando um monte de pessoas sensatas com a vida arruinada."

"Pode ser, mas não agora. Ainda estou trabalhando na bomba de Heathrow. As pistas começam a se encaixar."

"Laura... você realmente fez o máximo por ela." Sally esperou enquanto eu tentava evitar seu olhar. "Nunca a conheci pessoalmente. Henry me contou muitas coisas que eu não sabia."

"Sobre Laura? Que gentileza a dele."

"E sobre você. Os maridos são os últimos desconhecidos. Você está disposto a visitar sua mãe? O diretor da casa de repouso telefonou várias vezes. Ela começou a falar em você."

"Mesmo? Que pena. Não é meu assunto favorito." Levantei-me e dei a volta no sofá, tentando entender as mudanças na posição da mobília. Estava tudo no mesmo lugar, mas as perspectivas haviam mudado. Eu experimentara a liberdade, percebera o quanto a vida em St. John's Wood se tornara irreal, absurdamente distinta. A Sally, falei: "Pode soar insensível, mas deixei de lado a bagagem pesada — culpa, afeição fingida, o Adler..."

"E sua esposa?"

"Espero que não." Parei na lareira e sorri para Sally pelo espelho, comovido por seu reflexo de Alice no meu antigo jeito de marido. "Espere por mim, Sally."

"Vou tentar."

Estacionavam um carro na frente da casa, ocupando a vaga atrás do Range Rover, engatando primeira e ré; o motorista fazendo questão de não tocar meus pára-choques traseiros. Henry Kendall desceu, garboso mas inseguro como um corretor imobiliário num bairro mais exclusivo, onde vigoravam padrões sociais distintos.

Depois de conversar com o professor Arnold eu havia ligado para Henry de fora da Tate e perguntara se ainda tinha contatos no Ministério do Interior. Eu precisava saber se o autor havia telefonado para avisar a respeito da bomba na Tate, vinte minutos antes da explosão. Ansioso por desligar o telefone, Henry prometeu contatar suas fontes.

Agora nos encontrávamos cara a cara no ambiente doméstico, tentando resolver qual dos dois convidaria o outro para sentar. Henry queria muito delegar a tarefa a mim, e ficou surpreso por eu aparentemente preferir que ele assumisse os deveres de homem da casa. Ele já me olhava com o pânico súbito de um amante ao se dar conta de que o marido traído preferia deixá-lo com a posse total da esposa.

Quando o impasse foi resolvido, Sally saiu e nos deixou com o uísque e a soda.

"Você mudou, David. Sally notou."

"Que bom. De que modo, exatamente?"

"Parece mais forte. Menos evasivo e calculista. A revolução fez bem a você."

Brindei ao comentário, concluindo que eu nunca me dera conta do quanto Henry era maçante e de como lamentava os anos passados em sua companhia. "Tem razão, eu era confuso. Mas, a bem da verdade, não estou participando ativamente."

"Você esteve na Broadcasting House."

"Alguém lhe contou isso?"

"O Ministério do Interior se interessa muito pelo caso."

"Eles devem estar preocupados."

"E muito. Altos funcionários de Whitehall pedindo demissão? Chefia, aposentadoria, condecorações e títulos de cavaleiro, tudo atirado pela janela. Isso solapa o moral, rompe as cadeias de inveja e rivalidade que mantêm tudo unido."

"Essa é a idéia. Pode agradecer à revolução."

"Muito tolo, não acha?" Henry brindou-me com um sorriso condescendente. "Boicotar Peter Jones, lançar bombas de fumaça em escolas..."

"Provocação de classe média. Acreditamos que temos sido explorados. Todos os valores liberais e preocupações humanitárias com os menos afortunados. Nosso papel é manter as classes baixas na defensiva, mas na prática estamos nos policiando."

Henry me olhava tolerante, de copo na mão. "Acredita mesmo nisso tudo?"

"Sei lá. O importante é que as pessoas na Marina Chelsea acreditam. É amador e pueril, mas as classes médias são amadoras e nunca deixaram a infância para trás. Mas há algo muito mais importante ocorrendo. E que pode assustar seus amigos no Ministério do Interior."

"E o que seria?"

"Pessoas decentes e sensatas ávidas por violência."

"Terrível, se for verdade." Henry deixou o uísque de lado. "Dirigida contra quem?"

"Não importa. Na verdade, o ato ideal de violência não é dirigido contra ninguém."

"Niilismo puro?"

"O oposto, exatamente. Aqui nos equivocamos, até agora — você, eu, o Adler, a opinião pública liberal. Não se trata de uma busca de nada. É uma busca de sentido. Detone a Bolsa de Valores e estará rejeitando o capitalismo global. Solte uma bomba no Ministério da Defesa e estará protestando contra a guerra. Não precisa nem distribuir panfletos. Mas um ato de violência verdadeiramente gratuito, atirar na multidão ao acaso, prende a atenção por meses. A ausência de uma motivação racional possui significado próprio."

Henry ouviu os passos de Sally no quarto, acima de nossa cabeça. "Pelo que sei, o pessoal do Ministério do Interior anda pensando na mesma linha. A revolta na Marina Chelsea é uma cortina de fumaça. As pessoas perigosas para valer estão esperando em outro canto do parque. Veja a bomba na Tate, é claramente serviço de terroristas tarimbados — renegados do IRA, algum grupo muçulmano demente. Tome cuidado, David..."

Quando saí, meia hora mais tarde, ouvi a água correr na banheira de Sally. Pensei nela saindo envolta numa nuvem de talco e perfume, pronta para Henry e uma tarde longa e agradável.

"Henry, despeça-se de Sally por mim."

"Ela sente sua falta, David."

"Sei disso."

"Nós dois torcemos para que você volte."

"Voltarei. Estou envolvido em um caso que precisa ser resolvido. Todos esses deveres, eles são como tijolos numa mochila."

"Há catedrais feitas de tijolos." Henry ajeitou a gravata quando dois vizinhos passaram. Eternamente condenado a se sentir um intruso, ele ainda não conseguia aceitar que promovera aquele golpe de Estado matrimonial. Debruçou-se sobre a janela do motorista, quando assumi o volante. "Tem razão, sabe? Houve um telefonema de alerta."

"Na Tate?"

"Alguns minutos antes da explosão da bomba. Alguém telefonou para a galeria."

"Alguns minutos?" Pensei em Joan Chang a correr freneticamente pela livraria. "Por que não evacuaram o prédio?"

"O autor da ligação disse que a bomba estava debaixo da ponte do Milênio. A segurança achou que era trote, uma piada sobre a famosa oscilação da ponte."

"Quem telefonou? Eles devem ter localizado a chamada."

"Naturalmente, mas guarde isso para si. Veio de um telefone celular furtado em Lambeth Place há uma semana. Um grupo de estudos da Igreja Anglicana estava reunido lá para debater a inquietação social da classe média. O telefone foi roubado do bispo de Chichester..."

Liguei o motor e vi Henry voltar para dentro de casa. Sally estava à janela, com a toalha presa debaixo do braço. Acenou para mim, como uma criança a observar os pais saírem para uma longa viagem, melancólica apesar da esperança de voltar a me ver, percebendo que uma pequena revolução, por mais equivocada e amadora que fosse, finalmente a alcançava.

Ela me convidara para entrar, mas não fez nenhuma tentativa séria de me persuadir, e me deixou sozinho conversando com Henry. Parada na janela, intuí que ela gostava de relembrar meu comportamento inexplicável, que ia de encontro a minha natureza. O fato de que alguém convencional e previsível como seu marido fosse capaz de agir de modo estranho ajudava a explicar o evento cruel e descabido que ocorrera numa rua de Lisboa. A raiva e o ressentimento estavam passando, relegados ao porta-guarda-chuva como as muletas. Em certo sentido, eu estava ajudando Sally a se libertar de si mesma. O mundo a provocara, e atos irracionais eram a única maneira de desativar a ameaça.

24. A defesa de Grosvenor Place

A Marina Chelsea estava pronta para fazer sua última manifestação. Três semanas depois, pela janela da sala de Kay, acompanhei as ações do comitê dos residentes em defesa de Grosvenor Place. Cinqüenta adultos, quase todos os moradores daquela ruazinha sem saída, reuniram-se na frente do número 27, e todos berravam a plenos pulmões. A indignação fermentava, formando uma massa crítica, e a explosão ameaçava a ordem cívica de Chelsea e Fulham.

Os oficiais de justiça chegariam em alguns minutos, determinados a despejar Alan e Rosemary Turner, ambos entomologistas do Museu de História Natural, e seus três filhos adolescentes. Os Turners eram uma das muitas famílias que se recusavam a pagar as taxas de condomínio, suspenderam os pagamentos do financiamento hipotecário da casa e ignoravam as cobranças das companhias que prestavam serviços básicos e também da prefeitura. Os Turners se tornaram emblemáticos, e uma coalizão temível de bancos e construtoras, funcionários públicos e executivos decidiu fazer deles um exemplo.

Eu conhecia os Turners, um casal generoso e agradável, e de vez em quando ajudava o filho mais novo a resolver os problemas de álgebra que a mãe preparava para ele. Por um mês viveram sem água nem eletricidade, mas os vizinhos se mobilizaram para ajudá-los, passando extensões elétricas e mangueiras de água por cima do muro do jardim. Como não podiam pagar as mensalidades escolares dos filhos, os Turners penduraram uma faixa enorme — "SOMOS OS NOVOS POBRES" — no terraço do quarto.

O pior é que tudo era verdade. Kay promoveu uma coleta, mas na semana seguinte a sra. Turner e a filha foram flagradas furtando no supermercado Safeway da King's Road. Ao ouvir a lista de itens surrupiados, de cereais matinais a suco de laranja, os magistrados se dispuseram a soltar a sra. Turner apenas com uma reprimenda, mas ao saberem que morava na Marina Chelsea, suas mentes se fecharam à clemência e eles passaram a falar sombrios em gangues Fagin à solta, ostentando seus lenços Hermès e bolsas Prada. A chefe dos magistrados, diretora de uma escola local, passou um sermão na sra. Turner sobre os riscos de a classe média abdicar de suas responsabilidades e a multou em cinqüenta libras. Eu paguei e a sra. Turner voltou para casa, sendo recebida com uma animada festa na rua, a primeira mártir de Grosvenor Place.

Como era de esperar, a sra. Turner não era a única. Os moradores da Marina Chelsea provocaram uma onda de pequenos crimes nas redondezas. Conforme os executivos e gerentes abandonavam seus empregos, cresciam os furtos nas delicatéssens e lojas de bebidas. Todos os parquímetros da Marina Chelsea sofreram vandalismo, e os varredores de rua da prefeitura, membros da classe trabalhadora até a alma, recusavam-se a entrar no condomínio, assustados com a atmosfera ameaçadora da classe média. Tirados das escolas caras, adolescentes desocupados apavoravam a Sloane Square e a King's Road, experimentando o tráfico de drogas e o roubo de automóveis.

As vans de reportagem dos canais de televisão americanos e japoneses percorriam a Marina Chelsea, querendo sangue. Mas a polícia aguardava, por ordem do Ministério do Interior, para não provocar um confronto direto. Os ministros de Estado sabiam muito bem que a sociedade sofreria um colapso se a classe média abandonasse sua boa vontade.

Enquanto isso, a lei e a ordem retornavam, prontas para uma ação pontual. Da janela de Kay contei três vans da polícia, estacionadas na entrada de Grosvenor Place. Os policiais ficavam na janela, tomando o chá oferecido pelos residentes das casas próximas. Uma policial colocou uma moeda de uma libra numa lata de biscoito com a etiqueta "caixa de coleta da comunidade". O sargento responsável conferenciava com uma firma de segurança, um grupo corpulento ávido por despejar os Turners à força. Os seguranças pretendiam trocar a fechadura e fechar as portas e janelas térreas dos Turners com tábuas.

Uma equipe de reportagem do programa *Newsnight* aguardava ansiosa, com a câmera fixa nos Turners, reunidos na porta de entrada, lívidos e intrépidos, como uma família de mineiros durante o piquete na mina. Os vizinhos formaram um escudo humano no portão, de braços dados, e uma segunda faixa surgiu no terraço: "LIBERDADE PARA O NOVO PROLETARIADO".

O sargento ergueu o megafone e intimou a multidão a se dispersar, mas suas palavras se perderam entre gritos e vivas. Kay Churchill estimulava o grupo, incentivando todos a resistir, beijando as faces de maridos e esposas. Com o rosto afogueado de orgulho ela voltou correndo para casa. Eu a admirava, como sempre, pela paixão e equívoco. Em geral vivia sozinha, escrevendo cartas enormes para a filha na Austrália, mas nada a estimulava mais do que a perspectiva de um fracasso heróico.

"David? Fico contente em ver que está aqui. Vamos precisar de você." Ela me abraçou com força, e seu corpo tremia contra o meu.

"Kay? O que está fazendo?"

"Trocando minha roupa de baixo. Sabe, a polícia costuma ser muito bruta."

"Não a esse ponto..." Segui-a até a cozinha, onde ela enxugou os braços e serviu um gim duplo. "O que está acontecendo, exatamente?"

"Nada, por enquanto. Mas vai começar logo. Pode haver desordem, David."

"Não precisa se alegrar tanto. Suponho que tenha um plano."

Kay jogou a toalha para mim, que cheirava a medo e sexo. "Só algumas pessoas sabem. Veja o noticiário desta noite."

"Uma ocupação? Uma passeata?"

"Você vai gostar." Ela me jogou um beijo e ajeitou a tira da sandália. "Este é o nosso primeiro enfrentamento, cara a cara com a polícia. Esta é nossa escadaria de Odessa, nosso Tolpuddle."*

"Com esses advogados e publicitários?"

"E por acaso importa o que eles fazem? Interessa o que são. Pela primeira vez estamos defendendo nosso território. Eles querem despejar uma comunidade inteira. Chegou sua hora de agir seriamente, David. Chega de bancar o observador."

"Kay..." Tentei ajeitar seu cabelo desgrenhado. "Não espere demais de você. Os oficiais de justiça executam ações de despejo todos os dias, em Londres."

"Mas optamos por não pagar hipotecas e financiamentos. Estamos forçando um confronto, para que todos em Harrow, Purley e Wimbledon possam se olhar no espelho. Todos os pro-

* Em 1834, seis trabalhadores rurais foram perseguidos e presos na localidade inglesa de Tolpuddle pela tentativa de formar um sindicato rural. (N.T.)

fessores e médicos e gerentes de lojas. Eles perceberão que não passam de servos modernos. Subalternos de tênis e agasalhos esportivos." Kay pegou a toalha de minha mão e enxugou as axilas. "Pare de cheirar isso. O acostamento foi abolido, David. Ninguém mais pode ficar parado, só olhando. Comprar um ciabatta de azeitona é um ato político. Precisamos da ajuda de todos."

"Certo... Eu me unirei a vocês quando a ação começar." Bati no celular, no bolso da camisa. "Espero uma ligação de Richard Gould. Há um projeto em andamento."

"Ele devia estar aqui. Sem ele, é difícil manter a unidade." Irritada com a menção do nome de Gould, Kay olhou para os cantos da sala. "Onde está ele? Não o vejo há dias."

"Ele continua a nos apoiar, mas..."

"Tudo muito esquisito? Ocupações, piquetes, emoções exacerbadas. Ele é um sujeito frio."

"Está tentando encontrar Stephen Dexter antes da polícia. A bomba na Tate pode estragar tudo."

"Joan? O mundo está perdido." Kay sorriu irônica e pressionou as mãos cansadas contra o rosto, alisando as rugas. "Coitado do Stephen. Duvido que ele tenha posto a bomba."

Ela correu para cima, ansiosa por trocar de roupa e retornar ao seu levante.

Um megafone vociferava quando voltei à janela, mas seu alerta enfadonho se perdeu na multidão, as frases bombásticas apenas ecoaram nos telhados. Os policiais desceram das vans e prenderam as tiras dos capacetes. Enfileiraram-se atrás dos oficiais de justiça, seis sujeitos fortes de casaco de couro.

Os moradores se viraram para enfrentá-los, de braços dados. Houve uma saraivada de golpes quando os oficiais tentaram empurrá-los, e um ortodontista calvo caiu de joelhos com o nariz sangrando, sendo logo acudido pela esposa indignada. De uma janela no primeiro andar o equipamento de som começou a tocar um trecho de Verdi, o coro dos prisioneiros de *Nabucco*. Ao sinal, como uma platéia que se levantara para o hino nacional, os residentes sentaram na rua.

A polícia, sem se impressionar, avançou. Mãos fortes apartaram os manifestantes e os puxaram para fora. Um uivo feroz se fez ouvir em Grosvenor Place, o ultraje de homens e mulheres instruídos cujos corpos macios jamais conheceram a dor e só levavam pancada de amantes e massagistas.

Virei-me em direção à porta, pronto para me unir a eles, mas ouvi o celular tocando no bolso da camisa.

"Markham?" A voz neutra soou, fraca e metálica, como uma voz gravada. "David, está me ouvindo?"

"Quem fala?"

"O que está acontecendo aí?"

"Richard...?" Aliviado com o telefonema de Gould, fechei a porta. "Nada de especial. Kay organizou um pequeno tumulto. A polícia está despejando os Turners."

"Certo..." Gould parecia distraído, sua voz sumia e retornava. "Preciso de sua ajuda. Estive com Stephen Dexter."

"Stephen? Onde? Pode falar com ele?"

"Ele está bem. Mais tarde falarei, se tiver oportunidade."

Um zumbido no fundo abafou sua voz, era o som de um saguão de aeroporto cheio de gente.

"Richard? Onde você está? Em Heathrow?"

"As câmeras de vigilância... preciso tomar cuidado. Estou em Hammersmith, no shopping center da King Street. O inferno do consumo."

"E quanto a Stephen?"

"Ele está olhando uns cristais, na loja Habitat. Estou tentando me aproximar. Outra câmera idiota..."

Aproximei o celular do ouvido, captando os ruídos dos passantes. Gould parecia agitado, mas num curioso devaneio, como se compartilhasse a cabine telefônica com uma moça atraente. A morte de Joan Chang o abalara, a violência real que ocorrera após sua conversa inconseqüente sobre atos aleatórios o deprimira. A violência, eu pretendia lhe dizer, nunca é aleatória. Agora eu pensava em Stephen Dexter, o clérigo assustado que perambulava pelo shopping center, talvez com outra bomba, talvez para tentar afastar a dor pela perda de Joan.

"Richard? Dexter ainda está aí?"

"Sem sombra de dúvida."

"Tem certeza? Você o reconheceu?"

"É ele... preciso de você aqui. Pode vir com o Range Rover?"

"Está estacionado na esquina."

"Bom sujeito. Me dê uma hora. Espere uma hora. Encontre-me na Rainville Road, perto do River Café. Ao lado da Fulham Palace Road."

"Combinado. Tome cuidado. Ele o verá, se chegar perto demais."

"Não se preocupe. O mundo tem câmeras demais..."

Quando saí de casa, poucos minutos depois, o protesto praticamente terminara. O levante de Kay, com o qual ela contava sublevar a Marina Chelsea, não passara de uma rusga local entre a polícia e um punhado de residentes mais agressivos. Os outros sentaram no chão, proferiram insultos contra os guardas que tentavam liberar a rua. Sempre dependentes de argumentação e postura social, os rebeldes da Marina Chelsea não eram páreo para a tropa de choque. Direitos de propriedade estavam em jogo, ao contrário das passeatas da Campanha pelo Desarmamento Nuclear nos anos 1960 ou das manifestações contra os mísseis cruise. Um lugar no imenso bote salva-vidas britânico era sagrado, por mais lotado que estivesse, qualquer que fosse o traseiro seguinte a ocupá-lo.

Os oficiais de justiça haviam chegado à porta da casa dos Turners e tentavam abrir a porta com gazuas. Procurei Kay, esperando vê-la na vanguarda da ação, desancando o sargento ou ralhando com uma policial. Os Turners buscaram refúgio nos vizinhos e a casa parecia vazia, mas notei um lampejo de cabelos cinzentos no quarto da frente. Deduzi que Kay havia entrado na casa por uma janela que dava para o jardim, e recolhia algum pequeno objeto de valor sentimental para a sra. Turner, antes que sumisse no bolso de um oficial de justiça.

Enquanto caminhava para a Beaufort Avenue, com as chaves do carro na mão, vi um sujeito atarracado de bigode farto e cabelo louro perto das viaturas. Eu o vira na cerimônia de cremação de Laura. O major Tulloch, ex-membro da polícia de Gibraltar e contato de Henry no Ministério do Interior, estava de olho na Marina Chelsea, naquelas esposas teimosas e em seus maridos indolentes. Seu rosto exibia o olhar entediado e o nariz firme de um treinador de rúgbi ambicioso responsável por um time de terceira categoria. Ele observou os parquímetros destruídos, ruas sem varrer e faixas toscas penduradas nas janelas dos quartos com a paciência cansada dos policiais perante a criminalidade despropositada.

Atrás de mim a multidão se calou e o megafone do sargento morreu no ar. Os oficiais de justiça recuaram para a rua e olharam para o teto. A fumaça saía pelas janelas do andar superior da casa dos Turners. Rolos de fumaça preta coleavam pelas bandeiras abertas, uniam-se a outros rolos e seguiam para as empenas falsas que imitavam o estilo Tudor. Dentro do quarto um clarão amarelado se expandia para o teto.

A primeira casa da Marina Chelsea a ser queimada pelos

próprios donos já ardia, sinal de uma rebelião verdadeira que desconcertaria o major Tulloch e o Ministério do Interior. Cheguei à Beaufort Avenue e olhei para trás pela última vez, consciente de que um passo decisivo fora dado. O movimento deixara de ser um protesto chique contra os aluguéis absurdos, dando lugar à insurreição em larga escala. Kay Churchill sabia disso muito bem e posicionou-se na porta de sua casa, gritando com os oficiais de justiça e com a polícia, de braços erguidos em triunfo.

Estacionei na Rainville Road, a cinqüenta metros da entrada do River Café. A caixa-forte cilíndrica de vidro do prédio de escritórios chiques de Richard Rogers erguia-se na margem do rio, um pavilhão transparente que ardilosamente escondia os planos caprichosos do arquiteto para o futuro de Londres. Eram quatro horas da tarde, mas os esguios fregueses do restaurante, os altos executivos da televisão e as celebridades por quinze minutos do mundo político ainda estavam saindo após o almoço, o aroma alcoólico da fama se dispersando pelas ruas apáticas do oeste de Londres.

Observei os telhados em busca de sinais da fumaça da Marina Chelsea. Farsa e tragédia se abraçavam como amigos de longa data ao se reencontrarem, mas os Turners sabiam para onde soprava o vento. Os residentes do condomínio, com sua renda média, havia muito se tornaram incômodos inquilinos. O Ministério do Interior temia a explosão de inquietação social, mas os incorporadores imobiliários que dominavam a economia londrina adorariam ver a população inteira da Marina Chelsea exilada para os subúrbios mais embotados, os enclaves de tijolo e austeridade de Heathrow e Gatwick. O ronco incessante das aeronaves acabaria com qualquer idéia de revolução futura.

Richard Gould tinha razão. Protestos inexplicáveis e irracionais eram o único meio de atrair a atenção do público. Durante o mês anterior, inspirados por Richard, grupos de vanguarda atacaram um bom número de alvos "absurdos"— o cercado dos pingüins no zoológico de Londres, Liberty's, o museu Soane e o túmulo de Karl Marx no cemitério de Highgate. Funcionários do Ministério do Interior e colunistas dos jornais ficaram abismados e puseram de lado os ataques, que consideraram mero vandalismo equivocado. Contudo, os alvos eram elementos importantes para a manutenção da mentalidade de manada da classe média, das cafonas calçadas para pingüins de Lubetkin às gravuras rebuscadas da abafada loja Liberty's. Ninguém foi ferido e pouco estrago resultou das bombas de fumaça e tinta de Vera Blackburn. Mas o público ficou inquieto, consciente da quinta-coluna demente em suas fileiras, incompreensível e desprovida de motivos, surpresas dadá.

Eu havia encontrado Gould pela última vez na tarde do ataque com bomba de fumaça contra o Albert Hall. Ele havia passado uma semana fora, ajudando um grupo de voluntários a organizar férias na praia para um grupo de adolescentes com Down, e me pediu para apanhá-lo no hotel em Tooting. Enquanto as crianças iam para casa com seus brindes de parquinho e máscaras de monstro, Gould desabava no Range Rover, fedendo a fenol e exausto após passar várias noites limpando banheiros. Ele dormiu encostado na janela, seu rosto tuberculosamente pálido.

Ele reviveu após uma ducha e uma troca de roupa no apartamento de Vera, onde estava morando no momento, depois sugeriu que fôssemos de carro a Kensington Gardens. Ao sair da Marina Chelsea demos carona para dois jovens que iam à última noite dos Proms,* de cartola com a bandeira da Inglaterra e

* The BBC Henry Wood Promenade Concerts: apresentações musicais que acontecem no verão, no Royal Albert Hall, a preços populares, ou, de graça, em telões montados no Hyde Park. (N.T.)

mantos de Robin Hood, prontos a participar da farra regada a acordes de Elgar e patriotismo de fancaria.

Deixamos os rapazes e fomos caminhar no parque, no final da tarde, quando Gould falou a respeito de seus temores em relação a Stephen Dexter. O clérigo ainda não havia voltado para sua casa perto da marina, e o legista liberara o corpo de Joan Chang para a jornada solitária até Cingapura. Gould temia que o ataque à Tate fosse atribuído à Marina Chelsea e usado para desacreditar a revolução. De agora em diante, apenas alvos insensatos seriam escolhidos, enigmas que o público batalharia para resolver.

Quando passávamos perto do Round Pound ouvi o barulho dos carros de bombeiros e vi uma fumaça cor de cereja saindo do telhado do Albert Hall. Quando chegamos a Kensington Gore a rua estava lotada com o público do concerto em seus trajes de gala de final de verão, músicos da orquestra segurando seus instrumentos, policiais e bombeiros. Os espectadores dos Proms começaram a cantar em coro, entusiasmados, recusando-se a permitir que seu patriotismo fosse intimidado, enquanto os rolos de fumaça subiam das galerias superiores da sala de concertos e uma profusão de buzinas soavam no trânsito congestionado.

Mais tarde eu soube que os dois residentes a quem eu dera carona na Marina Chelsea agiam por inspiração de Gould. Eles haviam levado bombas de fumaça para o teatro e as esconderam nos banheiros, programadas para explodir na abertura de *Land of hope and glory*. Mas Gould parecia cansado e distraído demais para aproveitar o espetáculo, por mais infantil e absurdo que fosse. Ele me deixou na escadaria do Albert Memorial e desapareceu na multidão, pegando carona com o motorista de uma van de bufê. Presumi que pensava nas crianças com Down, saltitando contentes na praia em Bognor, e no absurdo maior para o qual a natureza jamais poderia fornecer explicações.

* * *

Eu ainda esperava por Gould quando o derradeiro dos fregueses do River Café entrou na limusine. Meu tempo de estacionamento expirara, segundo o parquímetro; inseri mais moedas, e quase não ouvi o celular tocar.

"David? O que houve?" Gould ofegava, parecia que o seguravam pela garganta, por causa do tom agudo da voz. "Markham..."

"Estou na frente do River Café. Não houve nada aqui. Viu Dexter?"

"Ele... escapou. Muitas câmeras."

"Não conseguiu pegá-lo?"

"Fique longe das câmeras, David."

"Certo. Onde está agora?"

"Fulham Palace. Vá para lá agora me buscar." Ele falava com dificuldade, sem ar. Ouvi o uivo de uma sirene acima do ruído do trânsito, e vozes de mulheres falando, numa fila. "David? Dexter está aqui, em algum lugar..."

Cheguei a Fulham Palace em cinco minutos e esperei no estacionamento de visitantes, escutando o ronco do tráfego na Fulham Palace Road. Os carros de polícia seguiam em alta velocidade pela ponte de Putney, com sirenes ligadas. Uma pista fora reservada para eles, os ônibus aguardavam um atrás do outro no acesso à ponte, e os passageiros espiavam pela janela.

Teria Gould alertado a polícia? Ele era muito magro e subnutrido para deter Stephen Dexter, e me lembrei do modo rude como o clérigo me sacudira no New Beetle de Joan Chang, na frente da Tate Modern. Se tivesse visto Gould segui-lo feito um detetive incompetente, o clérigo poderia muito bem ter saído do shopping center e apanhado um ônibus mais adiante, na Fulham Palace Road, cedendo a um impulso atávico de procurar refúgio no interior do palácio episcopal.

Saí do Range Rover e me aproximei de uma família que fazia piquenique na traseira do Shogun. Os pais confirmaram que ninguém parecido com Gould ou Stephen Dexter subira a rua na direção do estacionamento, na última hora.

Entrando no Bishop's Park, situado entre o palácio e o Tâmisa, examinei os gramados e bancos de madeira em busca de um clérigo problemático, que talvez ainda carregasse a sacola cheia de taças Habitat. Um casal idoso seguia pelo caminho que rodeava o parque, agasalhados o suficiente para enfrentar o tempo morno de setembro. O outro único visitante do parque estava perto da margem, um homem baixo de terno escuro, andando de um lado para outro entre as faias e os plátanos que cresciam ao longo do rio. Ele parou depois de dar alguns passos e levantou as mãos para alcançar os galhos mais altos. Mesmo do outro lado do parque eu via suas mãos lívidas contra o céu.

Fui pelo caminho, escondido atrás do casal idoso. Reconheci Gould quando ele estava a dez metros de mim. De costas, com a cabeça levantada na direção dos galhos que balançavam, mantinha as mãos fechadas no ar como um seminarista devoto a admirar a rosácea de uma grande catedral.

Perturbado pelo casal que passeava, ele esperou que passassem e depois virou na minha direção. Seu rosto ossudo iluminado pelo sol era uma pálida lanterna a oscilar entre os troncos das árvores. Ele olhou por cima da minha cabeça, fixando a atenção num ponto distante, para lá do foco de seus olhos. Todos os ossos da face avançavam, suas pontas querendo furar a pele transparente, como se o crânio ansiasse pela luz. O terno gasto encharcado de suor e a camisa empapada deixavam entrever as costelas, através do algodão puído. Sua expressão estava entorpecida, mas quase em êxtase, e seus olhos seguiam os ramos que balançavam, de um modo infantil, dando a impressão de que enfrentava os espasmos que alertam para a iminência de um ataque epiléptico.

"David..." Ele falava com suavidade, como se me apresentasse às árvores e luzes. Atrás dele as sirenes soavam no meio do trânsito, como se as ruas ao nosso redor estivessem de luto.

25. Morte de uma celebridade

As sirenes soaram por dias a fio, num sinal de alarme que se tornou a assinatura sonora do oeste de Londres, eclipsando a revolução da Marina Chelsea. Todas as equipes dos noticiários e repórteres fotográficos da capital convergiram para Woodlawn Road, a rua residencial de Hammersmith a poucas centenas de metros de onde eu havia estacionado, perto do River Café. O assassinato cruel de uma jovem estrela da televisão afetou profundamente os nervos já expostos da nação. Os problemas da classe média que se recusava a pagar mensalidades escolares e médicos particulares tornaram-se insignificantes.

Linda e loura de trinta e poucos anos, a apresentadora era uma das personalidades mais admiradas da televisão. Por uma década ela havia estrelado programas matinais, mediou debates sobre a família e cuidados com os filhos, sempre pronta a oferecer conselhos com charme bem-humorado. Nunca a vira na tela e nem sequer me lembrava de seu nome, mas sua morte na porta da própria casa provocou uma onda de lamentações que me fez lembrar da princesa Diana.

As câmeras de vigilância do shopping center da King Street mostravam que ela havia saído da loja Habitat pouco depois das quatro da tarde. Em seguida pegou o elevador e o Nissan Cherry do estacionamento vertical atrás do shopping. O encarregado da saída não se lembrava dela, mas o tíquete inserido no equipamento da cancela ostentava sua impressão digital. Ela seguiu de carro até a Woodlawn Road, onde vivia sozinha num sobrado geminado. Seus vizinhos eram atores e funcionários públicos, profissionais de classe média similares aos da Marina Chelsea, e quase todos trabalhavam durante o dia.

Ninguém testemunhou seu assassinato, mas o vizinho do lado, um técnico de cinema autônomo, informou à polícia ter escutado o escapamento de uma motocicleta por volta das quatro e meia. Minutos depois notou duas senhoras nervosas no jardim, apontando para a porta da frente. Ele saiu e encontrou a apresentadora caída nos degraus da casa dela. O conjunto de linho branco estava ensopado de sangue, mas ele tentou ressuscitá-la. Outra vizinha, parteira no hospital de Charing Cross, em Fulham Palace Road, ajudou-o aplicando respiração boca a boca, mas acabou forçada a reconhecer que ela estava morta.

A apresentadora levara um tiro na nuca ao abrir a porta de casa, morrendo quase instantaneamente. A chave ainda estava na fechadura, e a polícia ficou intrigada, pois o assassino disparara em plena luz do dia, na frente de dezenas de casas, em vez de segui-la até dentro de casa, onde teria privacidade.

Ninguém vira o assassino chegar à cena do crime, nem se lembrava de suspeitos a perambular pela Woodlawn Road, esperando a vítima chegar de carro. Como ele conseguira não chamar a atenção de ninguém era um mistério que jamais seria solucionado.

A apresentadora tinha vários amigos e costumava passar dias fora de casa, quando viajava para gravações externas dos programas. O fato de o assassino conseguir chegar no exato momento de seu retorno de King Street indicava que ele conhecia seus movimentos em detalhes. Os colegas de trabalho do BBC Television Centre em White City foram minuciosamente interrogados, mas ninguém sabia de seus planos para aquele dia. O namorado de longa data, com quem passara a noite anterior no apartamento dele em Notting Hill, declarou que após as compras matinais ela havia marcado hora com a manicure, em seu salão de beleza favorito, em Knightsbridge.

Depois de haver cometido o homicídio, o assassino fugiu andando, ou foi recolhido por um cúmplice, de carro. Diversas testemunhas disseram que um Range Rover preto circulara pelas ruas próximas, uma hora antes do crime. Uma câmera de vigilância na Putney High Street flagrou um Range Rover similar que passou pelo Burger King local, mas a ampliação feita por computador não foi suficiente para revelar a placa.

Dias depois encontraram um revólver Webley exposto pela maré baixa, sob a ponte de Putney. A arma, da Segunda Guerra Mundial, estava enroscada numa rede de pesca presa a um bote de borracha vazio. A análise dos traços metálicos no cano com os fragmentos do projétil encontrado no cérebro da vítima revelou que o revólver Webley fora a arma do crime.

O homicídio brutal daquela jovem atraente e saudável deflagrou uma gigantesca operação policial de busca. Como celebridade televisiva, ela desenvolvera uma postura tranqüila e amiga que o público apreciava muito. Tinha milhões de admiradores e nenhum inimigo. Sua morte era inexplicável, um homicídio arbitrário que sua fama tornava ainda mais incompreensível.

Três semanas após o assassinato vi o funeral pela televisão da cozinha da casa de Kay. Entristecida como todos por sua morte, Kay segurava minha mão por cima da mesa enquanto o serviço fúnebre transcorria, no Brompton Oratory. Ela nunca tinha visto um programa da vítima e não reconheceu sua foto na primeira página do Guardian, mas a fama tinha suas próprias exigências.

"Quem...? Quem seria capaz...?" Kay limpou o sal do rosto com um lenço umedecido. "Quem seria capaz de matá-la assim? Atirar em outro ser humano...?"

"Um maníaco... é difícil até de imaginar. Pelo menos, prenderam um homem."

"O pobre coitado do vizinho?" Kay jogou o lenço na pia. "Não acredito. Eles precisavam pegar alguém. Qual seria o motivo dele?"

"A polícia não diz. Nos dias de hoje, não precisa haver motivo." Apontei para a tela. "Lá está ele, atrás da van da polícia."

O desfile de rostos famosos da televisão, em dúvida se sorriam para a multidão na frente do Oratory ou olhavam solenes para os pés, foi interrompido pelas cenas do suspeito sendo transferido de delegacia. Uma objetiva zoom montada no telhado, acima da West End Central, o mostrava algemado, subindo numa viatura blindada. Era um rapaz obeso com braços flácidos e cobertor a cobrir a cabeça. Quando tropeçou vislumbrei um rosto rechonchudo com a barba por fazer.

"Uma pena..." Kay ficou arrepiada de indignação. "Ele é pré-adolescente, parece uma criança enorme. Quem é?"

"Não entendi o nome. Seu apartamento fica logo depois da esquina da Woodlawn Road. Fã de armas de fogo. A polícia encontrou um arsenal de réplicas de armas. Gosta de fotografar as celebridades que saem do River Café."

"A fama... está muito perto, é a próxima na fila do caixa. Ele provavelmente a viu sair do carro. Algumas pessoas não suportam a idéia da fama..."

Kay encostou em mim, agarrando o controle remoto, disposta a atirá-lo no vídeo. O assassinato a chocara profundamente. A visão da casa queimada dos Turners do outro lado da rua a lembrava da presença palpável do mal, e a tornava ainda mais decidida a reparar qualquer injustiça ao seu alcance.

Levei a mão áspera de Kay até meu rosto, sentindo uma onda de afeição por aquela mulher passional, com seus sonhos inviáveis e sexo descuidado. Kay tinha muitas vidas — amante, incendiária, fomentadora de mini-revoluções, Joana d'Arc do subúrbio, que ela tentava controlar como uma manada de éguas bravias. Se eu saísse de sua vida ela sentiria muito a minha falta, por dez minutos. O inquilino seguinte chegaria e participaria do jogo de cobras e escadas emocionais que conduzia a seu quarto.

O serviço fúnebre começou, um ritual solene encenado para o que havia de pior na televisão. Kay, vagamente religiosa mas anticlerical ferrenha, desligou o aparelho. Andava de um lado para outro da sala, olhando para as ruínas queimadas dos Turners. Havia uma morte por vingar, locadoras de vídeo por bombardear, esposas de classe média de Barnes e Wimbledon para tirar aos trancos da servidão.

Sentado na cozinha, a tela silenciosa me fazia companhia. Eu já suspeitava que conhecia o assassino da apresentadora de tevê. Richard Gould insinuara isso depois que o encontrei no parque, em Fulham Palace. Em algum ponto de Londres um religioso sentado num quarto alugado observava o serviço fúnebre em outro aparelho de televisão, tentando espremer para fora da mente as lembranças do assassinato sem sentido que cometera. Teria Stephen Dexter matado a jovem apresentadora numa tentativa de apagar suas recordações da morte de Joan Chang na Tate? E Gould, exausto após segui-lo no shopping da King Street, teria chegado à cena do crime no momento em que este ocorria?

Lembrei-me do solo duro sob meus pés no parque de Fulham Palace. Eu havia segurado o cotovelo de Gould e o afastara das árvores enormes que tapavam o sol com seus ramos. Ele tropeçou, com seu sapato ordinário, e eu passei o braço em volta de seu ombro, sentindo o tecido ensopado da camisa e a febre fria a queimar debaixo da pele. O casal idoso parara para nos observar, presumindo que Gould fosse um viciado em drogas nos últimos estágios da síndrome de abstinência.

Largado no banco traseiro do Range Rover, ele se ergueu por um momento e apontou para a ponte de Putney. Saímos do parque e entramos na Fulham Palace Road, cruzando o rio em meio ao trânsito intenso. As sirenes soavam, os carros de polícia passavam à toda no sentido de Hammersmith. Gould dormia enquanto percorríamos a Upper Richmond Road e voltávamos para a Marina Chelsea pela ponte de Wandsworth. Eu o ajudei a ir até os elevadores tipo caixão do prédio de apartamentos de Cadogan Circle, tirei a chave do bolso molhado e o deixei na porta da residência de Vera Blackburn. No elevador vazio, as marcas de suas palmas suadas brilhavam no espelho embaçado.

Antes de nos separarmos ele registrou minha presença, os olhos distantes subitamente em foco.

"David, tome cuidado com Stephen Dexter." Ele agarrou minhas mãos, tentando me puxar de um sono profundo. "Nada de polícia. Ele vai matar, David. Vai matar novamente..."

Aquela foi a última vez que vi Richard Gould. Ele e Vera partiram da Marina Chelsea na mesma noite. Quando retornei para a casa de Kay a população inteira de Grosvennor Place observava silenciosamente enquanto dois carros de bombeiro faziam o rescaldo do que restara da residência dos Turner. Os primeiros relatos do homicídio em Hammersmith já chegavam aos rádios dos bombeiros. Ao saber quem era a vítima, todos se dispersaram, como se houvesse uma ligação inconsciente entre o assassinato e os eventos na Marina Chelsea.

No dia seguinte a polícia e os oficiais de justiça retiraram-se de Grosvenor Place. Na frente do prédio de Cadogan Circle um vizinho informou que Gould e Vera haviam partido na van Citröen. Não comentei nada com Kay, mas presumia que Gould vira Dexter atirar na vítima. Atrasado para salvar a moça, ele seguiu o clérigo enlouquecido até Fulham Palace, onde Dexter jogara o revólver no Tâmisa e desaparecera no espaço infinito da Grande Londres, uma área além do alcance de qualquer mapa.

Senti a tentação de procurar a polícia, por um momento, usando Henry Kendall para marcar uma reunião com um funcionário graduado da Scotland Yard. Mas minha amizade com Stephen Dexter, a presença do Range Rover perto de Woodlawn Road e na Putney High Street, e nosso encontro na Tate fariam imediatamente de mim o principal cúmplice do religioso e piloto assustado. Com o tempo, a consciência de Dexter o atormentaria, e ele se entregaria, disposto a enfrentar décadas em Broadmoor.

Pouco depois, um solitário flácido e observador de celebridades seria acusado do assassinato da apresentadora de tevê. Ele nada declarou ao magistrado que determinou seu julgamento, um vácuo de ser humano que aparentava morte cerebral, tamanha sua passividade. Sua máquina de fotografar celebridades, a coleção obsessiva de réplicas de armas, a personalidade tão neutra que ninguém o notaria na porta fatal, no conjunto tudo indicava uma forma extrema da síndrome de Asperger.

Sua prisão ocupou as manchetes por vários dias. A fama e a celebridade seriam novamente julgadas, como se ser famoso por si fosse uma incitação à raiva e à vingança, baseada nos sonhos atormentados de um mundo submerso, um escuro iceberg de impotência e hostilidade.

Mas eu pensava em Richard Gould, trêmulo e exausto sob as árvores do Bishop's Park. Pensei nas crianças morrendo no hospício de Bedfont, nos adolescentes com Down que ele ajudara a levar de férias e em sua tentativa de encontrar um significado para as falhas da natureza. O mundo fugia de Stephen Dexter, mas corria na direção de Richard Gould, com todo o apetite do espaço e do tempo.

26. A preocupação da esposa

Nesse meio-tempo, os confrontos menores fermentavam. Discreta e furtivamente, as barricadas subiam na Marina Chelsea. O recuo da atividade policial após o homicídio em Hammersmith dera aos residentes tempo para organizar a defesa. A tentativa de tomar a casa dos Turner por parte dos oficiais de justiça representava uma ameaça a cada propriedade do condomínio. Como no passado, nisso concordávamos, a polícia se encarregava de fazer o trabalho sujo para um capitalismo implacável e especulador que perpetuava o sistema de classes de modo a dividir a oposição e preservar seus privilégios.

Cruzando Cadogan Circle a caminho do apartamento de Vera Blackburn, notei que quase todas as avenidas haviam sido bloqueadas com os carros dos moradores, deixando apenas uma passagem estreita para o tráfego que poderia ser rapidamente fechada. Faixas e bandeiras foram penduradas em dezenas de terraços, feitas de lençóis do melhor algodão egípcio da Peter Jones, de bom grado sacrificados em nome da revolução.

"VISITE A MARINA CHELSEA — SEU BAIRRO POPULAR MAIS PRÓXIMO."

"É IMPOSSÍVEL DESPEJAR A ALMA."

"BEM-VINDOS AO MAIS NOVO CORTIÇO LONDRINO."

"A LIBERDADE NÃO TEM CÓDIGO DE BARRAS."

Na calçada só havia parquímetros vandalizados. Passei por uma caçamba de metal na qual uma família atirara todos os totens tribais — casacos escolares e calças de montaria, livros de culinária de Elizabeth Davis, guias para Lot e Auvergne, um jogo de tacos de croqué.

Fiquei impressionado com o auto-sacrifício daquele assalariado ameaçado, mas isso fazia parte do passado. Eu só pensava em Richard Gould enquanto o elevador me levava até o apartamento de Vera no terceiro andar. Ia lá todas as tardes, torcendo para que tivessem voltado, apertava a campainha o bastante para provocar um ataque em Vera. Meu pior medo era que Gould, ainda febril e exausto, pudesse confessar o assassinato de Hammersmith numa tentativa altruísta de salvar Stephen Dexter.

Ao sair do elevador vi que a porta de Vera estava aberta. Cruzei o vestíbulo e olhei a sala vazia. Alguém mexera no local, o sol iluminou as partículas de poeira agitadas no ar.

"Richard...? Doutor Gould...?"

Entrei na sala e vi as malas vazias e uma pilha de publicações médicas sobre o sofá. Depois ouvi um som no quarto, como o de um cego a tatear. Os sons eram distantes mas familiares, ecos de um passado jamais esquecido.

"Sally?"

Ela parou na porta do quarto, o cabelo louro caía sobre a gola do casaco de tweed, as mãos enluvadas seguravam as muletas. Ela fizera um esforço para se vestir adequadamente em sua visita à Marina Chelsea, como se fosse membro de uma delegação de assistentes sociais em inspeção a um cortiço condenado. Cabelo bem-cuidado, maquiagem discreta mas cara e um ar confiante me fizeram perceber o quanto os residentes da Marina Chelsea haviam decaído.

Uma dieta de indignação e insegurança nos tornara mais classe baixa do que imaginávamos. Eu gostava de Kay, mas comparada a Sally a ex-professora de cinema era uma megera intelectual, uma desleixada de Bloomsbury. Sem pensar, virei-me para o espelho acima do sofá de couro e vi meu reflexo, fraco e maltrapilho, com faces mal barbeadas e cabelo cortado em casa.

"David...?" Surpresa ao me ver ali, Sally cruzou a sala abafada, sem ter certeza de que eu era seu marido. "Você está morando aqui, agora?"

"O apartamento pertence a uns amigos. Estou morando com Kay Churchill — ela aceita inquilinos."

"Kay?" Sally balançou a cabeça, pensativa, e seus olhos se fixaram em meu rosto magro, como uma esposa preocupada. "Você veio de elevador?"

"Por quê?"

"Parece cansado. Completamente exausto." Ela sorriu com um calor sincero, o sol refletia em seu cabelo. "É bom ver você, David."

Trocamos um abraço rápido. Fiquei contente ao sentir afeto por ela. Sentia falta das contradições colegiais e seu olhar oblíquo ao mundo. Tive a impressão de encontrar uma amiga de longa data, muito querida, alguém que eu havia conhecido nas férias, num safári. Acampamos juntos nas encostas de uma montanha pertencente a um milionário, compartilhamos uma barraca com isolamento térmico e atravessamos o rio raso de sua doença. Nosso casamento pertencia a uma aventura turística em que o perigo real e as possibilidades reais nunca existiram. A revolução na Marina Chelsea se opunha a algo mais que aluguéis e taxas de condomínio extorsivos.

Sem saber se estávamos sozinhos, passei por Sally e entrei no quarto. Havia uma mala vazia sobre a colcha de seda preta. No guarda-roupa vi ternos masculinos pendurados, tortos.

"Não tem ninguém lá", explicou Sally. "Já verifiquei. Os quartos revelam muito sobre as pessoas."

"O que descobriu?"

"Nada de mais. São um casal antigo — o doutor Gould e essa mulher, a tal de Vera." Ela franziu a testa para as cortinas pretas. "Eles gostam de sadomasoquismo?"

"Nunca perguntei." Tentei controlar a situação, dizendo: "Como sabia que eu viria para cá?"

"Dei um cheque na coleta feita por uma das mães — a esposa de um arquiteto com dois filhos para sustentar. Quando ela viu meu nome, afirmou que você ajudava o doutor Gould."

"Entendo. Veio sozinha?"

"Henry me trouxe até aqui. Foi estacionar o carro nas imediações da King's Road. O pessoal da Marina Chelsea o amedronta."

"Aposto que sim. Tudo bem com ele?"

"Na mesma." Ela tirou a poeira do sofá para sentar. "Este é o problema de Henry — ele é sempre o mesmo. E quanto a você, David?"

"Ocupado." Esperei que ela ajeitasse as muletas. Seu reaparecimento indicava que os dias de Henry Kendall estavam contados. "Aconteceram muitas coisas."

"Sei. Tudo muito preocupante. A ação direta não é sua especialidade, realmente."

"Por isso veio aqui — para me resgatar?"

"Antes que seja tarde demais. Estamos todos preocupados com você, David. Pediu demissão do Instituto."

"Eu não ia mais lá. Não me pareceu justo, em relação ao professor Arnold."

"Papai disse que pode aumentar sua verba, financiar alguma pesquisa ou um livro."

"Mais atividades inúteis. Agradeça a ele, mas é disso que estou tentando me afastar. Estou muito envolvido aqui."

"Com a tal revolução? É para valer?"

"Muito. Espere até precisar de dentista ou advogado, e todos estiverem fazendo piquete. As coisas começaram a mudar."

"Sei disso." Sally tremeu e abriu o estojo de maquiagem para ver se a emoção havia prejudicado sua aparência. "Ouvimos a explosão, há dois dias. A estátua de Peter Pan. Teve algo a ver com você?"

"Nada. Sally, eu odeio violência."

"No entanto, sente atração por ela. A bomba de Heathrow — não foi só por causa de Laura. Aquela bomba acionou um mecanismo qualquer. Peter Pan é uma ameaça?"

"De certo modo. J. M. Barrie, A. A. Milne, pieguice que solapa a iniciativa da classe média e apodrece o cérebro. Lutamos contra isso."

"Jogando bombas? Uma atitude ainda mais infantil. Henry falou que muita gente vai acabar na prisão."

"Provavelmente é verdade. Isso aqui é sério, porém. As pessoas estão dispostas a perder casas e empregos."

"Uma pena." Ela estendeu a mão para mim, abrindo um sorriso tímido. "Você ainda tem a nossa casa. Voltará para lá, David, quando tiver resolvido tudo."

"Voltarei."

Sentei no sofá e peguei a mão dela, surpreso com seu nervosismo. Fiquei feliz ao vê-la outra vez, mas St. John's Wood ficava muito longe da Marina Chelsea. Eu havia mudado. As cobaias haviam atraído o pesquisador para dentro do labirinto.

Falei: "Foi bom você ter vindo. A esposa do arquiteto informou o número do apartamento?"

"Não. Gould me disse."

"Como é?" Senti uma mudança no ambiente, um vento frio na sala fechada. "Quando foi isso?"

"Ontem. Ele bateu na porta de casa. Sujeitinho esquisito. Muito pálido e agitado. Eu o reconheci por causa da foto no site."

"Gould? O que ele queria?"

"Relaxe." Ela se debruçou sobre meu ombro. "Entendo por que ele exerce tanta influência sobre você. O sujeito vive preso a uma idéia fixa, nada mais importa. Não se preocupa com a aparência, isso o fascina. Nos homens, pelo menos. Você prefere mulheres egoístas."

"Você o deixou entrar?"

"Claro que sim. Ele parecia faminto, pensei que ia desmaiar. Ficou lá, parado, oscilando, olhos perdidos na distância, como se eu fosse uma visão."

"E é. Depois?"

"Convidei-o para entrar. Sabia que era seu amigo. Ele devorou um pedaço de queijo Stilton e tomou uma taça de vinho. A namorada, Vera, não anda tratando bem dele. O pobre coitado estava morrendo de fome."

"Ela o prefere assim, para mantê-lo na linha. O que ele disse?"

"Nada. Olhava para mim de um jeito muito esquisito. Cheguei a pensar que desejava me estuprar. Tome cuidado, David, ele pode ser perigoso."

"Ele é perigoso." Levantei-me e andei pela sala. Os motivos para Gould procurar Sally eram difíceis de adivinhar. Ameaça ou mesmo suspeita de que eu estivesse escondendo Stephen Dexter. Os ativistas da Marina Chelsea eram profundamente possessivos, ressentiam-se de lealdades externas.

Olhei pela janela e vi Henry Kendall descendo a Beaufort Avenue, depois de passar pelo portão. Como todos os profissionais instruídos que visitavam o condomínio, ele se sentia constrangido pelas faixas de protesto e parquímetros destruídos. Henry visitava a favela, pronto a manifestar sua preocupação profissional condescendente em relação ao colega que caíra na sarjeta.

"David? Algum problema?"

"Sim. Seu namorado. Não suporto esse tipo de indulgência cordial." Abaixei-me para beijar sua testa lisa. "Voltarei para casa em poucos dias. Tome cuidado com Richard Gould. Não abra a porta para ele."

"Por que não?"

"Vivemos tempos radicais. A polícia pode pensar que você ajudou a explodir o Peter Pan."

"Fazer aquilo foi bobagem. O que deu nessa gente?"

"Nada. Mas os ânimos andam exaltados. Alguns furiosos querem pôr uma bomba na estátua de Hodge, na frente da casa de Johnson."

"Meu Deus... espero que tenha impedido."

"Foi por pouco. Consegui convencê-los a desistir. Um país que ergue estátua para o gato de um escritor não pode ser de todo mau."

Ajudei Sally a se levantar do sofá, e ela me acompanhou até a porta, esquecida das muletas. Em sua mente, a insensatez dos protestos na Marina Chelsea reduziu seu ressentimento, e a reconciliou com um mundo caprichoso.

"David, diga-me uma coisa..." Ela esperou até que eu apertasse o botão do elevador. "O doutor Gould corre perigo?"

"Não. Por quê?"

"Ele portava um objeto volumoso sob o paletó. Tinha um cheiro desagradável, não cheguei muito perto. Mas creio que era uma arma..."

27. A fogueira dos Volvos

Fomos acordados de madrugada por um barulho terrível. Eu estava deitado na cama com Kay, a mão em seu seio, sentindo o cheiro doce, sonolento, de uma mulher sem banho, quando um helicóptero da polícia desceu do céu e pairou sobre o telhado, a uns quinze metros de altura. Os megafones gritavam uns com os outros, numa babel de ameaças e ordens incompreensíveis. O uivo oscilante das sirenes fez tremer as janelas, foi abafado pelo ruído do helicóptero que voava sobre Grosvenor Place, com o holofote apontado para os rostos atônitos atrás das cortinas.

"Enfim!" Kay sentou, feito um cadáver numa pira funerária. "David, começou."

Tentei afugentar meu sonho enquanto Kay pulava da cama, pisando no meu joelho com o pé pesado. "Kay? Espere um pouco..."

"Até que enfim!" Furiosamente calma, ela tirou a camisola e foi até a janela. Abriu a cortina, coçando os seios com força enquanto os exibia para o céu hostil. "Venha logo, Markham. Não poderá se omitir agora."

Kay seguiu para o banheiro e sentou no vaso, impaciente para esvaziar a bexiga. Entrou no boxe do chuveiro e abriu a torneira, olhando para o fio de água que pingava a seus pés.

"Os filhos da mãe cortaram a água!" Ela apertou o interruptor de luz. "Dá para acreditar?"

"E agora?"

"Não tem luz. David! Diga alguma coisa..."

Entrei no banheiro e a abracei por trás, tentando acalmá-la. Depois de fechar a torneira e desligar o interruptor de luz, sentei-me na banheira. "Kay, pelo jeito a coisa agora é séria."

"Sem água..." Kay olhou para seu rosto no espelho. "Como eles acham que vamos..."

"Eles acham que não vamos. Um pouco rude, mas funciona, psicologicamente. Nenhuma revolução de classe média conseguiria defender as barricadas sem antes tomar banho e um cappuccino reforçado. Seria preferível lutar usando a roupa de baixo de ontem."

"Vista-se! Tente parecer interessado."

"Estou interessado." Segurei seu punho quando ela socou o espelho. "Kay, devagar com as expectativas. Não estamos na Irlanda do Norte. No final, a polícia irá..."

"Você é muito derrotista." Kay me olhou de alto a baixo enquanto vestia um pulôver grosso e a calça jeans. "Esta é a sua chance. Podemos levar a revolução para fora da Marina Chelsea, até as ruas de Londres. As pessoas começarão a aderir. Milhares, talvez milhões..."

"Sei, milhões. Mas..."

O helicóptero se afastou, uma besta horrível que parecia devorar a luz do sol e cuspi-la de volta como barulho. Em algum lugar um motor diesel de grande porte acelerava em meio ao estrépito metálico das lagartas de trator, seguido pelo ruído de um carro sendo arrastado pela rua.

Saímos de casa minutos depois. Grosvenor Place estava cheio de homens que não haviam se barbeado, adolescentes doentios e mulheres despenteadas. Crianças pequenas, ainda de pijama, nos observavam pela janela, as meninas agarradas aos ursinhos, os meninos inseguros quanto a seus pais e o mundo dos adultos, pela primeira vez. Muitos residentes empunhavam armas improvisadas — bastões de beisebol, tacos de golfe e de hóquei. Outros eram mais práticos. Um vizinho de Kay, advogado idoso e arqueiro amador, levava coquetéis Molotov, garrafas de borgonha cheias de gasolina nas quais enfiara as gravatas usadas no trabalho.

Apesar da emboscada das forças da lei e da ordem, em plena madrugada, e da cumplicidade covarde das prestadoras de serviços essenciais, o pessoal que me rodeava se mostrava disposto e resoluto. Kay e os líderes dos prédios tinham trabalhado direito. Eles brandiram as armas contra os helicópteros, vaiando o piloto quando ele chegou a quinze metros do solo para que o câmera da polícia pudesse obter fotos bem nítidas dos rebeldes mais preeminentes.

Na Beaufort Avenue, principal via do condomínio, quase todos os residentes haviam saído para a calçada e se preparavam para defender a primeira barricada, a vinte metros do portão. A tropa de choque numerosa, de capacete e equipamento antimotim, se agrupara após a entrada, perto do escritório fechado da administração. Estavam acompanhados de trinta oficiais de justiça ávidos por proteger uma dúzia de casas que pretendiam retomar, despejando os moradores, conforme anunciado.

Confiante em seu sucesso, a polícia chamara três equipes de telejornalismo, e as câmeras já transmitiam cenas do ataque para quem tomava café-da-manhã. Um representante do Ministério do Interior visitava os estúdios, defendendo a relutante decisão governamental de acabar com aquela manifestação estapafúrdia.

Uma escavadeira manobrava para remover a barricada de carros na Beaufort Avenue. Sua pá carregadeira atacou um Fiat Uno desajeitadamente, o menor veículo da barricada, mas os moradores seguraram o carro pela porta e pela coluna, distraindo o motorista com gritos e ameaças. Muitas mulheres carregavam os filhos nos ombros. Assustadas com o helicóptero ameaçador e o tumulto dos megafones, as crianças menores choravam desesperadas e seus soluços eram abafados pelo ronco do motor da escavadeira mas foram percebidos pelos telespectadores que acompanhavam a cena abismados, em um milhão de mesas de café-da-manhã.

Instigado por um assistente social, um inspetor da polícia censurou os pais e tentou escalar a barricada. Uma saraivada de golpes de tacos de hóquei o obrigou a recuar com o joelho esfolado. Um policial mais jovem achou um atalho através da barricada; abrindo a porta do passageiro de uma van Volvo, entrou no carro, sacou o cassetete e tentou abrir a porta do motorista. Dúzias de moradores começaram a sacudir o veículo violentamente, entoando um canto de guerra, "Fora, fora, fora...!". Num minuto o guarda perdeu o equilíbrio, rolou do banco e caiu na rua, aos pés dos colegas.

A polícia acompanhava tudo pacientemente, aguardando ao lado dos carros de assalto blindados, com proteção de tela metálica nas janelas e pára-brisas, deixando claro que o levante da Marina Chelsea nada tinha de diferente, portanto a ele se aplicavam as medidas antimotim usadas contra áreas menos requintadas do East End. Prenderam as tiras dos capacetes, bateram nos escudos com os cassetetes e avançaram quando a escavadeira finalmente conseguiu erguer o Fiat Uno no ar. Em fila dupla, eles estavam prontos para atacar pela brecha na barricada e dispersar os manifestantes.

Mas o inspetor ergueu os braços e os deteve quando o Fiat,

feito um brinquedo, balançou na pá da máquina e ameaçou cair na cabeça dos moradores ruidosos. Cabeça descoberta, ele subiu na cabine da escavadeira e ordenou ao motorista que desligasse o motor.

Houve um breve impasse, enquanto o inspetor recuperava o quepe e o megafone. A gasolina pingava do tanque do Fiat, as gotas caíam a seus pés. Ele apelou à multidão, pedindo que pensassem nos filhos que agora riam alegres do carro que balançava sobre sua cabeça. Os menores eram erguidos no ar para ver melhor, e principalmente para aparecer nas telas das tevês ligadas durante o café-da-manhã para uma audiência boquiaberta enquanto esperava a torrada.

O inspetor balançou a cabeça, desesperado, pois não contava com a longa tradição de crueldade da classe média contra os próprios filhos. Como eu bem sabia, qualquer grupo social capaz de exilar seus rebentos nos rigores depravados do internato acharia normal expor as crianças aos perigos de uma explosão incendiária.

Exausto pela comoção em torno de mim, afastei-me um pouco da multidão e fui para a calçada. Encostado num parquímetro quebrado, procurava sinais de Kay Churchill. Logo constatei que um colega observador acompanhava o caso atentamente.

Parado atrás das vans da televisão estava a figura familiar do major Tulloch, peito rijo e braços fortes disfarçados por mais um paletó de tweed muito curto, apreciando o cheiro de batalha com o bigode louro eriçado. Como sempre, mostrava tédio em relação ao levante civil que se desenrolava na sua frente, e olhava para o helicóptero que pairava a cem metros de distância, cujo vento esvaziara uma dúzia de latas de lixo e espalhara seu conteúdo pelos telhados, como se fosse confete. Presumi que seria o representante do ministro do Interior no local e que provavelmente comandava a ação policial.

A multidão percebia que a manifestação na Marina Chelsea se aproximava do final e se calou quando o motorista da escavadeira engatou a ré no veículo e retirou o carro pequeno mas significativo da barricada. O inspetor parou solene na frente dos manifestantes, sorrindo para as criancinhas, contente por ter agido com o máximo de humanidade permitido por suas ordens. Confrontados pela falange de policiais e oficiais de justiça, os manifestantes começaram a se dispersar, baixando os bastões de beisebol e tacos de croqué, incapazes de resistir, no último momento, ao apelo à moderação e ao bom senso.

Nesse momento um grito soou numa janela que dava para a rua. As pessoas recuaram quando um carro se aproximou buzinando para conclamar a população à resistência. O pequeno Polo de Kay Churchill avançou em nossa direção, com a própria Kay ao volante, de farol aceso, enquanto ela buzinava freneticamente e abria caminho na multidão. Seu cabelo cinza esvoaçava como um estandarte de batalha, a espectral cabeleira de um normando a incentivar as tropas derrotadas.

Ela chegou à barricada, freou abruptamente e parou na brecha deixada pelo Fiat Uno, empurrando um policial que se agarrara ao capô. Gritando desaforos à polícia, fazendo gestos obscenos com as duas mãos, Kay desceu do carro. Em poucos segundos o Polo foi virado e incendiado, pois o advogado idoso acendera a gravata com um isqueiro Garrick Club e lançara seus coquetéis Molotov contra o motor exposto.

Um segundo automóvel começou a pegar fogo. As chamas envolveram as rodas e subiram altas na direção do céu. Atiçadas pelo deslocamento de ar provocado pelo helicóptero, as chamas alaranjadas se voltaram para a polícia e lamberam a pá erguida da escavadeira, onde o tanque de gasolina do Fiat explodiu num clarão violento.

Todos se afastaram, olhando o carro incendiado erguido

pela pá da escavadeira. A tropa de choque recuou para se proteger atrás das vans, enquanto o inspetor conferenciava pelo rádio com seus superiores e o major Tulloch apagava o cigarro. As sirenes soaram na King's Road e um carro de bombeiros abriu caminho na multidão de curiosos que bloqueava as duas pistas da rua. As chamas da barricada brilhavam nos faróis e enfeites de latão dourado.

Agora animada e decidida a defender a Marina Chelsea até o último Volvo e BMW, Kay ordenou aos residentes que realizassem uma retirada estratégica. Kay limpou as manchas de óleo do rosto e da testa, enfaixou o braço chamuscado pelas labaredas de um carro virado cujo tanque de gasolina explodira, e levou os manifestantes para a segunda barricada, cinqüenta metros adiante, na Beaufort Avenue. Quando ela parou para convocar os dispersos, notou minha presença entre as tropas em retirada. Ergui o punho cerrado, incentivando-a a prosseguir, sempre estimulado por seu encanto confuso e inquieto. A rua estava em chamas, e a Marina Chelsea começava a superar a questão dos aluguéis e cartões de crédito atrasados. Eu já antevia Londres em chamas, uma fogueira monumental de extratos bancários, tão purificadora quanto o grande incêndio de 1666.

Uma nuvem ácida de vapor e fumaça saiu da primeira barricada quando os bombeiros dirigiram as mangueiras para os carros incendiados. Os veículos ardiam, suas portas se abriam quando desabrochavam feito flores berrantes. Rolos de labaredas eram espalhados pelo deslocamento do ar do helicóptero e roçavam os beirais dos telhados das casas vizinhas.

Policiais com o visor do capacete abaixado saltaram os muros dos jardins, ao lado da barricada, e avançaram contra nós pela Beaufort Avenue. Foram recebidos com uma chuva de telhas, mas seguiram até se aproximarem da segunda barricada e se protegeram atrás das caçambas incendiadas por ordem de Kay. A escavadeira avançou ruidosa, despejou o esqueleto do Fiat queimado da pá e empurrou o Polo de Kay para a calçada. Desceu a rua acompanhada pelo carro dos bombeiros e vans das emissoras de televisão, tudo sob o olhar vigilante do major Tulloch, que caminhava atrás de um grupo de fotógrafos de jornal ressabiados.

A segunda barricada foi molhada e rompida. A polícia avançou em meio a uma nuvem de vapor e uma fumaça negra, quase líquida, que se espalhara pela Marina Chelsea e atravessara o Tâmisa, chegando à margem de Battersea. Agachado atrás de uma barricada modesta, de três vans familiares, erguida na entrada de Grosvenor Place, com um bastão de críquete na mão, percebi que a insurreição da Marina Chelsea se aproximava do desfecho. A polícia chegara ao alto da Beaufort Avenue e logo controlaria Cadogan Circle. Depois de garantir o controle das ruas transversais, uma por uma, eles deteriam os líderes e esperariam até que o resto dos moradores recuperassem o bom senso. O exército de ocupação formado por assistentes sociais, voluntários e corretores de imóveis oportunistas em busca de pechinchas entraria em ação. O reino das faixas amarelas duplas seria restaurado, e o regime da sanidade e das mensalidades escolares exorbitantes retornaria.

Mesmo assim, algo havia mudado. Levei o lenço à boca, tentando proteger os pulmões da fumaça pegajosa, e vi um dos vizinhos de Kay, uma atriz radiofônica da BBC, encher uma garrafa de Perrier com fluido de isqueiro. Eu estava zonzo e exausto, mas ainda excitado pelo companheirismo, pela sensação de ter um inimigo comum. Pela primeira vez acreditei totalmente que Kay estava certa, chegáramos à beira de uma revolução social capaz de tomar a nação. Espiei através da nuvem de vapor e fumaça, ouvindo o ruído da escavadeira, e esperei que a polícia investisse para tomar inutilmente uma ruazinha sossegada em Chelsea.

De repente, da mesma maneira abrupta como chegaram, os policiais começaram a se retirar. Encostei num Toyota virado, exaurido, comemorando com Kay e seu grupo, enquanto o sargento ouvia ordens no rádio e mandava seus homens recuarem. A escavadeira deixou a volta olímpica por Cadogan Circle de lado e retornou ao portão. Dúzias de policiais ergueram os visores dos capacetes e baixaram os cassetetes, marchando no meio da fumaça em direção ao ponto de concentração na King's Road. Subiram nas vans e sumiram no trânsito matinal. O helicóptero foi embora e o ar clareava conforme a fumaça se dissipava. Em quinze minutos a força policial abandonara a Marina Chelsea.

Um segundo carro de bombeiros chegou ao local, acompanhado por caminhões de serviço da prefeitura, e os funcionários começaram a limpar e a desmontar as barricadas queimadas na Beaufort Avenue. Duas casas cujos moradores haviam sido despejados foram incendiadas, e calculei que isso forçara a polícia a suspender o ataque. Quando os oficiais de justiça arrombaram a porta da frente, os moradores despejaram gasolina no tapete da sala, atiraram velas acesas pela janela do jardim e se despediram de seus queridos lares de tantos anos.

Em face da possibilidade de uma conflagração generalizada, na qual o espetáculo da Marina Chelsea transformada em imensa pira funerária ganharia destaque no noticiário vespertino, o Ministério do Interior retirou a polícia e pediu trégua. Naquela tarde, uma delegação de residentes, liderada por Kay Churchill, reuniu-se com a polícia e representantes da subprefeitura local no prédio da administração. Enquanto conversavam, as equipes de emergência apagavam o fogo nas duas casas de Beaufort Avenue. O inspetor da polícia concordou em não acusar ninguém de incêndio criminoso, e prometeu que pediria aos oficiais de justiça para adiar outros despejos. A água e a energia elétrica seriam religadas, e uma comissão do Ministério do Interior analisaria as reivindicações e queixas dos moradores.

Naquela tarde, às seis horas, Kay voltou a Grosvenor Place e acenou com o braço enfaixado, e o rosto vermelho com a vitória. Como explicou na dúzia de entrevistas à televisão que concedeu, a única exigência recusada foi a mudança do nome de todas as ruas da Marina Chelsea, apesar de sua insistência. Ela queria se livrar dos nomes alusivos a Mayfair e Knightsbridge e substituí-los pelos de diretores de cinema japoneses, mas fora alertada pelos residentes precavidos de que isso poderia provocar a desvalorização dos imóveis. Portanto, Beaufort, Cadogan, Grosvenor e Nelson permaneceram.

O que mais havia mudado era difícil dizer. As primeiras famílias já começavam a abandonar a Marina Chelsea. Moradores com crianças de colo duvidavam da súbita boa vontade dos oficiais de justiça e do cumprimento da trégua, por isso fizeram as malas, trancaram a porta e seguiram para casas de amigos. Prometeram voltar se fossem necessários, mas sua partida serviu como admissão da derrota, de certo modo.

Kay permaneceu na porta de casa, de punho erguido, sem se abalar com a deserção. O resto dos presentes observou a partida, com as crianças amontoadas junto com as malas no banco traseiro. Responsavelmente, havíamos removido as barricadas em Grosvenor Place, empurrado os carros queimados para as vagas, varrido o vidro quebrado e limpado a rua na medida do possível. O único parquímetro intacto logo recebeu a primeira moeda.

Quando entrei em casa, vassoura debaixo do braço, ouvi o som da água correndo pelas torneiras da cozinha e do banheiro. Kay estava sentada na poltrona, com a atadura desfiada e suja no braço, dormindo profundamente na frente da tevê que a mostrava sem fôlego após a vitória, ao lado dos restos da barricada de Beaufort Avenue. Beijei-a com carinho e abaixei o volume. Subi para fechar as torneiras. No armário de remédios, onde guardava calmantes suficientes para adormecer Manhattan, peguei um rolo novo de ataduras e pomada anti-séptica.

Ao ver através da janela que mais um carro lotado de moradores partia, ocorreu-me que Kay deveria se juntar a eles, deixar a Marina Chelsea para trás e se hospedar na casa de amigos em outra parte de Londres, pelo menos até que o interesse da polícia diminuísse. Investigadores à paisana com certeza estavam de olho no acesso ao condomínio, e mais cedo ou mais tarde o Ministério do Interior exigiria um bode expiatório. Só havia uma saída para veículos da Marina Chelsea, mas diversas vielas para pedestres ligavam o condomínio a ruas próximas. Numa delas eu havia estacionado o Range Rover, e poderia facilmente sair com Kay e uma mala, sem sermos vistos, em segurança.

Retornei ao quarto com uma bacia de água quente, para lavar o ferimento e fazer um curativo. Mas, quando tentei tirar as ataduras, ela acordou por um momento e me empurrou, agarrada à gaze imunda como se fosse um ursinho.

Sentia orgulho dela, que conquistara o direito ao troféu. Enquanto tomava banho lamentei que Joan Chang e Stephen Dexter não estivessem ali para testemunhar seu triunfo. Acima de tudo, eu sentia falta de Richard Gould, que iniciara a rebelião da Marina Chelsea e perdera o interesse por ela.

28. Pistas vitais

Pequenas colunas de fumaça ainda saíam das casas parcialmente queimadas da Beaufort Avenue, mas os bombeiros já haviam terminado sua tarefa. Curioso para visitar o campo de batalha antes que virasse folclore, segui em direção ao portão de entrada. A água pingava das vigas chamuscadas, os vidros quebrados das janelas refletiam um céu fragmentado. De volta ao padrão, a seu instinto de manter a ordem e o asseio doméstico, moradores varreram a rua e ajeitaram as faixas de protesto deslocadas pelo helicóptero. Muitos carros estavam de ponta-cabeça nas vagas, mas a Beaufort Avenue quase recuperara sua aparência normal, uma rua de bairro classe média sofrendo de leve ressaca.

Um grupo de policiais guardava o acesso ao condomínio, respondendo às perguntas dos passantes como se fossem guias turísticos de um parque temático recém-inaugurado. Transformaram o escritório da administração em posto policial improvisado, e um funcionário da prefeitura servia canecas de chá pela janela quebrada. Sem traço de rancor, os policiais cumprimentavam amigavelmente os residentes que saíam para furtar na King's Road. Uma equipe de tevê esperava numa van, comendo sanduíche de bacon e ouvindo uma rádio de música pop, mas as câmeras e equipamento de som permaneciam empacotados. A julgar por esse indício confiável, a revolução na Marina Chelsea terminara.

De volta a Cadogan Circle, a pé, senti dificuldade em acreditar que uma semana antes a Marina Chelsea servira como cenário à mais violenta comoção civil desde os conflitos na Irlanda do Norte. O levante liderado por Kay Churchill mais parecia uma baderna estudantil. A sociedade de consumo infantilizadora preenchia qualquer brecha no status quo com a mesma rapidez com que Kay levara o Polo à barricada ameaçada de colapso.

Numa esquina da Grosvenor Place, dois meninos de dez anos brincavam com espingardinhas de pressão, usando fardas com camuflagem e redinhas militares, parte do novo visual guerrilha chique já divulgado no caderno de moda do *Evening Standard*. Uma sinfonia de Haydn se espalhava calmamente, saindo pela janela da cozinha onde uma faixa de protesto molhada borrara, transformando-se numa pintura tachista.

Ganháramos, mas o quê, exatamente? Observando as ruas sossegadas, percebi um vácuo emocional. Nossa vitória fora fácil demais, e como Kay eu esperava ser levado um dia a julgamento. Virara carros e ajudara a encher garrafas de Perrier com removedor, mas uma sociedade tolerante e liberal sorrira para mim e seguira adiante, deixando-me com os dois meninos de casacos camuflados, que apontavam as armas de brinquedo e faziam gestos ameaçadores.

Compreendi então por que Richard Gould se desinteressara da Marina Chelsea e da revolução que incentivara. Sem sua presença radicalizante o condomínio voltaria a seu padrão. Eu tocava a campainha da casa de Vera Blackburn todas as manhãs, torcendo para que Gould voltasse, recuperado da terrível experiência de ver uma moça levar o tiro fatal, desferido por um clérigo demente, numa tranqüila rua do oeste de Londres. Abrira-se uma fenda que engolira sanidade e compaixão, embora os motivos de Stephen Dexter fossem tão misteriosos quanto os do obeso fanático por armas que seria julgado pelo homicídio.

Toquei a campainha de Vera, atento a qualquer ruído no apartamento vazio, depois peguei o elevador para voltar ao térreo. Kay passaria o dia fora, ajudando a realizar um documentário televisivo sobre o radicalismo de classe média nos subúrbios londrinos. Certa de que um novo mundo estava a caminho, ela contava que o programa fosse deflagrar insurreições em Barnet e Purley, Twickenham e Wimbledon, os bastiões da moderação e do bom senso.

Sally não entrara mais em contato comigo, e deduzi que aguardava minha volta a St. John's Wood. Queria vê-la, mas sabia que ao cruzar a soleira da porta eu me comprometeria com o passado e suas exigências intermináveis, com meu sogro, o Instituto e o professor Arnold.

Desci a Nelson Lane em direção à marina, o ar mais limpo que vinha da margem do rio, livre das cinzas, fuligem e fedor de querosene do helicóptero. Uma iatista solitária enrolava cabos no deque de seu veleiro, observada pelo filho de dois anos. Eu os vira na barricada da Beaufort Avenue, a mãe com o filho nos ombros a insultar a polícia. Calculei que pretendia levantar âncora e velejar no rumo do estuário do Tâmisa, deixando para trás a Marina Chelsea e seu porto das esperanças perdidas. Acenei para ela, pensando em subir a bordo como marujo, psicólogo marinho, sonhador e navegador...

Atrás de mim uma porta se abriu na Nelson Lane, perto da capela do reverendo Dexter. Uma mulher hesitou na soleira da porta, atrapalhou-se com a chave e desceu os degraus rapidamente, deixando a porta entreaberta atrás de si. Usava casaco de couro e salto alto que transmitia um passo familiar, miúdo. Ela seguia apressada pela calçada, parando para se esconder de mim atrás de um microônibus escolar, o Land Cruiser doado pelo editor de revistas pornográficas leves que era o residente mais rico da Marina Chelsea.

"Vera! Espere!"

Segui-a por entre os carros estacionados e vi que entrara numa viela para pedestres que ia do condomínio a uma rua transversal. De cabeça baixa, ela seguiu até o portão, passou e o fechou atrás de si.

Quando cheguei ao portão ela havia desaparecido entre os turistas que percorriam lojas de antiguidades e butiques. Parei para recuperar o fôlego, encostado nas barras de ferro fundido. No alto o portão exibia uma série de lanças de metal, e só podia ser aberto com um cartão magnético de residente.

Alguém destruíra a fechadura, usando uma furadeira para desativar a tranca. O metal exposto já estava fosco, sugerindo que o serviço havia sido feito havia uma semana, no mínimo.

Abri o portão e cheguei à rua, observando os passantes que iam às compras. A dez metros dali havia três viaturas policiais estacionadas junto à calçada. Cada uma daquelas vans levava seis guardas, sentados, enquanto o motorista ouvia o rádio.

Fechei o portão ao passar e voltei para a marina. Na viela estreita restara um aroma sutil do perfume de Vera, uma pista que eu não pretendia seguir mais. Pensava no portão e na polícia a esperar nas viaturas. A qualquer momento, durante o levante, eles poderiam ter entrado na Marina Chelsea com força total e atacado os moradores pela retaguarda. O confronto acabaria em poucos minutos, em vez de durar horas, muito antes que os carros fossem virados e o ânimo exaltado dos manifestantes os levasse à violência.

Ao sair do beco fui até a casa de Dexter e parei na calçada, perto da porta de entrada. Um helicóptero sobrevoava a ponte de Wandsworth, e duas lanchas da polícia patrulhavam o rio, vigiando a entrada da marina. Um ataque coordenado por terra, mar e ar poderia ter sido facilmente realizado, mas a polícia, ou quem quer que a controlava, não quis agir, contentando-se com uma demonstração de força na Beaufort Avenue.

Teria sido o confronto inteiro, que serviu para levantar nosso moral, encenado para testar a disposição dos moradores da Marina Chelsea? Ao restringir a ação a uma única rua os policiais mantiveram a revolução dentro de limites aceitáveis e testaram sua força. Pensei no major Tulloch, sempre atento, com seu paletó esporte de tweed e "vínculos" com o Ministério do Interior, indubitavelmente entediado com os coquetéis Molotov e a histeria. Para a Scotland Yard o confronto no meio dos Fiats e Volvos incendiados fora um esquema para testar os residentes e seu possível acesso a armas mais perigosas que tacos de croqué e indignação moral. Imaginei que Henry Kendall sabia que uma formidável operação policial estava sendo montada, e que ele e Sally haviam ido à Marina Chelsea na tentativa de me alertar.

Subi os degraus e empurrei a porta da frente, ouvindo o ronco do helicóptero, depois a fechei atrás de mim e entrei na sala. A casa do clérigo fora revistada, as gavetas reviradas e removidas da escrivaninha, o tapete enrolado, os livros de hinos arrancados da estante na lareira. A barraca na qual Dexter acampava, o fogão e a cama de armar tinham sido jogados ao lado da lareira. Latas de comida, um manual do proprietário da Harley e fotos das Filipinas estavam espalhados pelo chão. Na cozinha, o traje de couro de Dexter estava jogado em cima da mesa de jantar de madeira, com as costuras abertas com uma faca de trinchar tirada da gaveta, eviscerado com uma fúria que parecia dirigida a quem costumava usá-lo.

No andar superior, nos quartos que pareciam celas, Vera realizara a mesma busca frenética, arrancando o traje de piloto e a toga acadêmica do cabide para jogá-los no chão, ao lado da cama. Frustrada com o banheiro espartano e seus esconderijos restritos, Vera quebrara um vidro de sais de banho caros na pia, presente de um paroquiano, que se transformara numa poça azul-turquesa.

Sentei-me no colchão, com o traje de piloto nas mãos. Sentia o perfume de Vera no ar, um odor mineral pungente de explosivos exóticos. Ao meu lado, caída como uma sombra escura, vi a batina de Dexter, com as mangas pretas estendidas. Deduzi que Dexter colocara a batina ali depois da morte de Joan Chang, sabendo que nunca mais dormiriam juntos naquela cama humilde.

Quase compadecido, estendi a mão e toquei o tecido grosseiro, esperando de algum modo livrar o infeliz clérigo da trama imperdoável que o enredava, enquanto tentava adivinhar que troféu valioso Vera Blackburn procurava com tanta fúria. Minha palma deslizou por cima da batina e senti no bolso do peito o pequeno volume de alguns objetos.

Retirei um lencinho amarelo de seda bem dobrado e preso com um elástico. Abri o pacotinho e encontrei as chaves de um carro. Eram antigas e desbotadas, encardidas, presas ao chaveiro de uma concessionária Jaguar.

Enfiei a mão no bolso outra vez e tirei um cartão impresso. Examinei-o contra a luz e reconheci o tíquete emitido pelo estacionamento de período longo de Heathrow. No meio do cartão Dexter escrevera com caneta esferográfica verde: B41, e um número que deduzi ser o da vaga: 1487.

Seria Dexter dono de um Jaguar velho, e o deixara estacionado em Heathrow por algum motivo? Examinei as perfurações, tentando ver se o tíquete havia sido cancelado. Meus olhos percorreram a faixa magnética, mas minha mente se fixara em algo mais fácil de ler, o carimbo que indicava a data e a hora na borda do tíquete: 11:20 da manhã, dia 17 de maio.

Era a data da explosão da bomba no Terminal 2. E quase exatamente duas horas antes de a esteira de bagagem ir pelos ares e Laura morrer.

29. O estacionamento de período longo

As lembranças da revolução ficaram para trás rapidamente, sumidas como as faixas da pista no espelho retrovisor. Cheguei à rotatória, perto de Hogarth House, e acelerei na direção da via expressa para Heathrow. Pela primeira vez eu tinha pistas concretas que ligavam alguém da Marina Chelsea com a morte de Laura. Um religioso mentalmente perturbado em conseqüência de espancamentos repetidos afundara feito um sonâmbulo num abismo de violência que poderia dar um significado a sua vida desesperada.

Ignorei os radares de velocidade e acelerei no elevado, um imenso sonho de pedra a acordar finalmente de seu sono. Os jatos roncavam acima de minha cabeça, desfazendo todas as dúvidas, embora eu soubesse que poderia haver outras explicações. O tíquete de estacionamento e o Jaguar na vaga de período longo 1487 poderiam pertencer a uma das vítimas do Terminal 2, talvez um clérigo importante que voltava de Zurique no mesmo vôo de Laura e enviara o tíquete a Dexter pelo correio, pedindo que fosse buscá-lo de carro no desembarque de passageiros.

Ou o pároco que a Marina Chelsea conhecia como reverendo Stephen Dexter era na verdade um impostor, um imigrante ilegal fugindo das autoridades de imigração? Ele ajudara um clérigo moribundo na área da esteira de bagagem, depois aproveitara a chance para roubar os documentos do morto e a carta que o nomeava para a Marina Chelsea. Em qualquer outra paróquia a motocicleta, a namorada chinesa e a fé vacilante o teriam denunciado, mas na Marina Chelsea eram tidas como qualificações normais, quase obrigatórias.

Qualquer que fosse sua origem, o tíquete de estacionamento e as chaves da ignição estavam na batina de Dexter. Quando penetrei no perímetro de Heathrow, em Hatton Cross, estava pensando em Laura, cuja presença tênue recobrara o impacto em minha mente e parecia pairar acima das placas que indicavam os terminais do aeroporto. Esperei até que um trator rebocasse um 747 pela via perimetral até o hangar de manutenção da British Airways. Quilômetros de estacionamento se espalhavam ao meu redor, áreas para tripulações, pessoal da segurança, viajantes a negócios, uma imensidão quase planetária de veículos parados. Eles aguardavam pacientes em suas vagas enquanto os motoristas circulavam pelo mundo. Dias perdidos para sempre expirariam até que eles descessem dos ônibus de cortesia e retomassem seus carros.

Um jato de passageiros pousou, turbinas a suspirar quando começou a taxiar na pista, num sussurro de sonhos machucados pelo tempo. Laura emergira dessa miragem por alguns derradeiros minutos, e depois desaparecera num mistério maior que o vôo.

Peguei meu tíquete na máquina e passei pela administração, seguindo no sentido da seção B do estacionamento. Apesar das taxas extorsivas, quase todas as vagas estavam ocupadas, numa vasta congregação de carros apontando para Meca, a torre de controle de Heathrow. Entrei na B41 e segui pelas fileiras de veículos, observando os números no asfalto. Apesar de tudo, imaginei o assassino sentado até agora no Jaguar, esperando que eu chegasse.

A vaga 1487 estava ocupada. Um Mercedes sedã luxuoso ocupava todo o espaço, e sua carroceria reluzente parecia uma armadura cerimonial negra. Parei o Range Rover e aproximei-me a pé. Pela janela vi o estofamento de couro branco e o painel com sua tela de navegação por satélite. Um exemplar do *Evening Standard* da semana anterior jazia no banco traseiro. O Mercedes estava ali havia poucos dias.

Encontrei o Jaguar minutos depois, numa área pequena, na parte norte do setor B. Intrigado com o Mercedes, eu havia retornado ao escritório da administração, perto da saída. Um solícito gerente asiático explicou que veículos deixados ali por mais de dois meses eram guinchados para a área de retenção até que o departamento jurídico do estacionamento localizasse o proprietário. Ladrões de carros, criminosos que fugiam para o exterior, até viajantes aéreos que pretendiam evitar as tarifas extras abandonavam seus carros, presumindo que ficariam para sempre naquele limbo automotivo.

Mostrei ao gerente o tíquete da batina de Stephen Dexter, dizendo que o encontrara atrás de um banco, no setor de embarque do Terminal 2.

"Pode haver uma recompensa", arrisquei. "Tudo é possível."

"Vou verificar para você." Rindo de minha ambição, ele digitou o número do tíquete e da vaga no computador. "Isso mesmo. Jaguar quatro portas luxo, modelo X, 1981. Estamos tentando contato com o proprietário atual por intermédio do departamento de trânsito e licenciamento."

"Sabem o nome dele? Ele vai gostar de saber que encontrei o tíquete."

"Duvido muito, senhor. A pendência chega a oitocentas e setenta libras, fora impostos." Quando fiz uma careta, ele falou, orgulhoso. "Estacionamentos são uma atividade de luxo, embutida na estrutura de custo das viagens comerciais e de férias. Se quer economizar dinheiro, use a via pública."

"Vou levar isso em conta. O dono deixou um telefone de contato?"

"Nenhum telefone." Hesitou ao ver minha mão passar uma nota de vinte libras para o outro lado da mesa. "O endereço é Marina Chelsea, King's Road, Fulham, Londres, sw6."

"E o nome?"

"Gould. Doutor Richard Gould. Deu sorte, senhor. Raramente os médicos abandonam seus carros."

Parei ao lado do Jaguar velho, estacionado perto da cerca, no limite do estacionamento, ao lado de outros carros abandonados. Muitos tinham pneus murchos, estavam cobertos de titica de passarinho e salpicados do óleo lançado pelos aviões que chegavam a Heathrow.

Ao lado do Jaguar havia uma picape com pára-brisa esbranquiçado de sujeira e pára-choques amassado, talvez resultado de acidente rodoviário, quando o dono fugia. As janelas do Jaguar estavam imundas mas intactas, e dava para ler os títulos das publicações médicas empilhadas no banco traseiro. Havia dois ursinhos de pelúcia no apoio para o braço, como crianças a aguardar a volta dos pais atrasados, olhos vítreos esperançosos mas cansados.

Enfiei uma das chaves na fechadura, torcendo para que tivesse encontrado o carro errado. Mas a porta destrancou e eu a abri, livrando-a do pó e da fuligem. Entrei no banco do motorista e segurei o volante. Sentia a presença de Gould no interior encardido, no couro gasto, no acendedor de cigarro quebrado e no cinzeiro cheio. Encontrei no porta-luvas folhetos de laboratórios, amostras grátis de um novo sedativo pediátrico e um sanduíche embrulhado em plástico, mumificado pelo calor seco.

Pus a chave no contato e o estalo mínimo do motor de arranque indicava resposta à corrente elétrica brevemente emitida pela bateria quase descarregada. No banco do passageiro vi um exemplar de capa mole de edição da série de televisão da BBC, *Um neurocientista olha para Deus*. Folheei as ilustrações coloridas de página inteira, com templos egípcios, deuses hindus e imagens escaneadas de lobos frontais. Entre as fotos dos colaboradores vi a minha, tirada nos estúdios de White City havia dezoito meses. Ajustei o espelho retrovisor e comparei minhas feições abatidas, a testa machucada e o olhar de suspeito da polícia com a figura airosa que me olhava da página brilhante. Eu parecia jovem e inteligente, a tagarelice experiente quase visível nos meus lábios.

Alisei a capa amarela e notei um número de telefone escrito com caneta esferográfica verde abaixo do título. O traço defensivo dos numerais, as manchas de tinta nas voltas rabiscadas fez com que eu me recordasse de outro conjunto de números escritos pela mesma mão no tíquete que eu havia mostrado ao gerente asiático.

Enquanto eu olhava para o livro, pensando em Stephen Dexter, uma sombra passou pelo painel de instrumentos. Um homem dava a volta no Jaguar, seu rosto escondido pela poeira e sujeira do pára-brisa. Ele tentou levantar o capô, depois veio até a porta do motorista e bateu na janela.

"David, abra a porta. Meu caro, você se trancou dentro do carro de novo..."

30. Amadores e revoluções

"Richard...?" Usando o ombro, forcei a porta para abri-la e apertei sua mão, contente por encontrá-lo. "Eu me tranquei aqui? Só Deus sabe por quê."

"Você precisa analisar isso. Era sempre você, David..."

Gould me cumprimentou com firmeza e me ajudou a sair do Jaguar, acenando para os ursinhos no banco traseiro. Parecia calmo e descansado, observando as fileiras de carros estacionados como um coronel passando em revista seus blindados. Senti alívio ao ver que ele estava bem melhor. Usava o mesmo terno puído que eu vira pela última vez ensopado de suor no jardim do palácio do bispo em Fulham. Mas o terno fora lavado e passado, ele vestira uma camisa branca com gravata, como se tivesse vindo ao aeroporto pedir emprego de médico do pronto-socorro.

Sorrimos um para o outro ao sol, esperando que o ronco de um avião sumisse entre os prédios do terminal. Mais uma vez impressionei-me com a capacidade daquele homem inquieto e perturbado de estabilizar tudo à sua volta. Mesmo quando farejava o ar impregnado de querosene eu percebia que ele se guiava no mundo por pura força de vontade, como um médico que cuidasse sozinho de um posto de saúde comunitário num canto remoto da África, transmitindo esperança aos nativos apenas com sua presença. Ele observou o pouso do jato, e seu olhar tolerante parecia abençoar uma infinidade de salas de desembarque.

"Richard, precisamos conversar. Fico feliz em ver que está melhor." Eu estava parado de costas para o sol, tentando ver além de sua mão levantada. "Em Fulham Palace você estava muito abalado."

"Exausto." Gould riu com a lembrança. "Aquelas árvores todas eram como câmeras de vigilância. Dia difícil. Aquele atentado estranho."

"O assassinato de Hammersmith? Estávamos bem perto."

"Isso mesmo. Disseram que ela era uma linda mulher. Foi muita bondade sua me ajudar." Gould encostou no Jaguar e me fitou de alto a baixo. "Você definhou, David. A Marina Chelsea é cruel com as pessoas. Soube que mediram forças lá, na semana passada."

"A polícia deu um show. Acho que caímos numa armadilha."

"Isso não é ruim. Ajuda a ajustar o foco. Pelo menos todos participaram."

"Todos mesmo. Erguemos juntos as barricadas. A revolução começou, finalmente. Enfrentamos as forças do governo e lutamos até se chegar a um impasse. A polícia recuou, embora ninguém saiba o motivo."

"Eles testavam vocês. Antigamente perseguiam os operários, agora tentam usar as mesmas táticas intimidatórias contra a classe média. Mesmo assim, venceram a batalha." Gould exultava, como um pai orgulhoso a ouvir o relato da vitória do time do filho no campeonato escolar. "Como vai Boadicéia?"*

* Rainha dos icenos, antigo povo do leste da Grã-Bretanha, que liderou, em 61 d. C, uma revolta fracassada contra o domínio romano. (N.T.)

"Kay? Ela imolou a biga na pira flamejante. Teria sentido orgulho, se a visse. Mas o espetáculo era todo seu. Você o sonhou, Richard."

"Eu sei..." Gould fez um gesto no ar, como se conduzisse o sol. "Preciso me concentrar em tantas outras coisas — na estratégia geral e em Stephen Dexter. Ele pode ser perigoso."

"Ele esteve aqui." Ergui a voz acima do ronco surdo de um jumbo da Cathay Pacific que aterrissava. "Stephen esteve em seu carro."

"Quando?" Gould espiou por cima do meu ombro, mais atento do que nunca. "Hoje? David, acorde!"

"Não foi hoje. Encontrei as chaves do seu carro na casa dele, esta manhã. Havia um tíquete de estacionamento com carimbo do dia 17 de maio. Ele deve ter pegado seu carro e vindo para cá poucas horas antes de a bomba explodir no Terminal 2. Acho que ele..."

"Isso mesmo." Gould fez o comentário descontraidamente. "Ele veio no Jaguar para Heathrow. Precisamos alertá-lo, antes que ele procure a polícia."

"Alertá-lo? Ele colocou a bomba na esteira de bagagem. Ele matou minha mulher. Por quê?"

"Difícil imaginar." Gould me estudava, os olhos percorriam os machucados em meu rosto. Parecia menos seguro a meu respeito, como se a batalha na Marina Chelsea nos tivesse afastado. "Como Stephen passou pela segurança?"

"Ele usava batina. A polícia deixaria um religioso passar, se ele dissesse que um passageiro estava morrendo. Vi a batina na casa dele esta manhã, em cima da cama, como se fosse um artigo de missa negra."

"Macabro. Pensei que ele tivesse perdido a fé."

"Encontrou outra — a morte violenta. Vera esteve lá, revirando a casa. Ela e Stephen podem estar juntos nisso." Tentei arrancar Gould de seu torpor. "Richard, você pode estar correndo perigo. Stephen matou minha mulher, depois a apresentadora da televisão. Você viu tudo..."

"Sim. Eu a vi morrer." Gould falou com um fiapo de voz. Como uma criança tentando se distrair, ele desenhou um bonequinho com a ponta do dedo na poeira do pára-brisa. "Mesmo assim, não podemos contar à polícia."

"Por que não?"

"Estivemos próximos demais de tudo." Ele apontou para meu Range Rover, estacionado na entrada do estacionamento. "Uma câmera de vigilância em Putney High Street nos filmou quando passamos. Sorte que não conseguiram identificar o número da placa. Somos cúmplices, David."

Tentei objetar, surpreso com a inédita exibição de passividade. Um carro se aproximava pela rua, uma van Citröen cinza, lentamente, como se patrulhasse a área. Parou perto da cerca, com uma mulher ao volante. Quando olhou para nós reconheci a maquiagem berrante e a testa ossuda, a boca em leve esgar e o batom violeta.

"Vera Blackburn?"

"Isso." Gould acenou para ela, que retomou o patrulhamento. "Lady Macbeth a caminho do Wal-Mart."

"Richard, pelo amor de Deus..." Impaciente com seu humor inadequado, perguntei: "Como chegou aqui?"

"Hoje? Vera me trouxe. Ela gosta de passear em Heathrow."

"Tinha certeza de que encontraria o Jaguar? Presumo que nosso encontro não tenha sido coincidência."

"Claro que não." Gould segurou meu braço para me acalmar. "Lamento, David. Odeio iludi-lo. Você sempre foi tão certinho — com todo mundo, menos com você mesmo. Pensei que estava na hora de pôr os pingos nos is. Toda essa atividade policial, o pessoal da segurança fechando o cerco. Temos muito o que conversar."

"Posso imaginar." Vi que o Citröen se afastava. "Então Vera esperava por mim, na casa de Stephen? Ela sabe que caminho até a marina diariamente."

"Algo nessa linha. Você é incrivelmente pontual. Tudo condicionamento burguês, anos acostumado a trens que partem na hora."

"Ela fingiu vasculhar a casa, e plantou as chaves no bolso da batina. Você inferiu que eu as acharia."

"Esperávamos que sim. Vera ajudou um pouquinho. A batina foi idéia dela."

"Um toque de classe. As mulheres são ardilosas, nesses casos."

"Você a vestiu?"

"A batina? Fiquei tentado. Digamos que estava na paróquia errada." Vi que Gould sorria para si, como um menino aliviado pela revelação da verdade. "Stephen Dexter ainda vive?"

"David...?" Gould virou-se para mim, surpreso. "Ele está escondido, não sei onde. Não vai se suicidar. Creia em mim, ele sente culpa demais. O que aconteceu no Terminal 2 quase restaurou sua fé."

"O que aconteceu? Você sabe, Richard."

"Sim, eu sei." Gould baixou a cabeça, olhando para o sapato esfolado. "Eu queria lhe contar, pois, se você compreendesse, saberia entender o que estamos fazendo..."

"Eu não compreendo as mortes em Heathrow. Matar pessoas? Pelo amor de Deus..."

"Este é o problema. Temos de cruzar um rio profundo. Mas há uma ponte, David. Vivemos aprisionados em categorias, por muralhas que nos impedem de ver além da esquina." Gould apontou para a picape acidentada. "Aceitamos mortes quando acreditamos que foram justificadas — guerras, escalada do Everest, construção de um arranha-céu ou de uma ponte."

"Concordo..." Apontei para o Terminal 2. "Mas não vejo ponte alguma ali."

"Há pontes mentais." Gould ergueu a mão branca, num gesto que abrangia a estrada. "Elas nos levam a um mundo mais real, a uma compreensão mais ampla do que somos. Como as pontes estão aí, nosso dever é cruzá-las."

"Explodindo uma moça chinesa? Dexter estava envolvido com a bomba de Heathrow?"

Gould pareceu sumir dentro do terno surrado. "Sim, David. Ele estava envolvido."

"Ele colocou a bomba?"

"Não. Seguramente, não."

"Então quem foi?"

"David..." Gould exibiu os dentes irregulares. "Não estou sendo evasivo. Você precisa ver o ataque a Heathrow num contexto maior."

"Richard! Minha mulher morreu no Terminal 2."

"Sei disso. Foi uma tragédia. Mas, para começar..." Ele virou de costas, olhando para os carros enferrujados, depois se voltou para me encarar. "O que você acha que está acontecendo na Marina Chelsea?"

"Uma revolução da classe média. A revolução pela qual você lutou. Ou não?"

"Não mesmo. O protesto da classe média não passa de um sintoma. Faz parte de um movimento mais geral, uma corrente que passa pela vida de todos nós, embora a maior parte das pessoas não percebam isso. Há uma necessidade imperiosa de atos absurdos, quanto mais violentos, melhor. As pessoas sabem que sua vida não tem sentido, e não se dão conta de que não podem fazer nada a esse respeito. Ou quase nada."

"Mentira." Impaciente com aquele argumento batido, falei: "Não falta sentido a sua vida. Assim que for liberado pelo conselho de medicina poderá circular pela enfermaria das crianças novamente, trilhando um caminho ainda melhor..."

"Cuidar dos enfermos. Eu aproveito melhor do que eles."

"Voar de planador? Você se matriculou no curso."

"Cancelei. É parecido demais com terapia ocupacional." Gould protegeu os olhos, observando um avião a jato decolar na pista. Ele ergueu as asas na direção do céu, num esforço titânico de vontade e aço. Conforme sobrevoou Bedfont e virou para oeste, Gould acenou, admirado. "Grandioso, mas..."

"Não foi despropositado o bastante?"

"Exato. Pense naqueles passageiros todos, cada um lotado de planos e projetos, como uma colméia. Férias, negócios, conferências, casamentos — tantos objetivos e tanta energia, tantas ambições medíocres das quais ninguém se lembrará jamais..."

"Seria melhor se o avião caísse?"

"Sim! Isso significaria alguma coisa. Um espaço vazio para o qual poderíamos olhar com verdadeiro assombro. Sem sentido, inexplicável, tão misterioso quanto o Grande Canyon. Não podemos ver a estrada, por causa do excesso de placas. Vamos removê-las, para mirar o mistério da rodovia vazia. Precisamos de mais tarefas de demolição..."

"Mesmo que morram pessoas?"

"Lamento dizer que sim."

"Como em Heathrow? E o assassinato de Hammersmith? Só por curiosidade, Dexter atirou na moça?"

"Não. Ele nem estava por perto."

"E o Terminal 2?" Tirei o tíquete da carteira e o ergui na frente do rosto de Gould. "Ele chegou no seu carro, duas horas antes da explosão da bomba. O que fazia quando isso aconteceu?"

"Ele estava sentado no Jaguar." Gould olhou para mim, curioso com minha lentidão em aceitar a verdade. "Ele poderia estar pensando em você, inclusive."

"Richard!" Furioso, dei um soco em seu ombro. "Eu preciso saber!"

"Calma..." Gould esfregou o braço, depois entrou no Jaguar e apanhou o exemplar de *Um neurocientista olha para Deus*. Folheou o livro até localizar minha foto, sorridente, com ar confiante. "Stephen me levou até Heathrow naquela manhã, de carro. Eu tinha... assuntos para resolver."

"Médicos?"

"Em certo sentido. A tarefa dele era esperar aqui."

"Tarefa? Qual era, exatamente? Ministrar a comunhão no estacionamento?"

"Ele precisava dar um telefonema." Gould apontou para os números rabiscados em verde com caneta esferográfica. "Ligue para este número, David. Você está com o celular. Vai explicar muita coisa."

Peguei o celular e esperei até que o aeroporto silenciasse. Gould, apoiado no carro, limpava as unhas, um mentor já entediado com o discípulo que não se mostrava mais tão promissor. Olhei para os números no livro da BBC e disquei.

Uma voz respondeu imediatamente. "Segurança de Heathrow, Terminal 2. Alô?"

"Alô? Deslcupe."

"Terminal 2, segurança. Em que posso ajudar, senhor?"

Desliguei e agarrei o telefone como se fosse uma granada. O ar em torno de mim parecia mais claro. As fileiras de carros estacionados, a cerca alambrada e as caudas das aeronaves que taxiavam pareciam mais próximos, parte de uma conspiração para atacar o céu. Heathrow era uma imensa ilusão, o centro de um universo de signos que apontavam para lugar nenhum.

"David?" Gould ergueu os olhos das unhas. "Alguma resposta?"

"Terminal 2, Segurança." Pensei no celular do bispo de

Chichester que eu havia encontrado no carro de Joan Chang, na frente da Tate Modern. "Por que Stephen telefonaria para eles?"

"Prossiga. Pense no caso."

"A tarefa dele era dar o telefonema de aviso. Enquanto outra pessoa punha a bomba. Deveria dar tempo para o pessoal da segurança evacuar todo mundo do Terminal 2."

"Mas não houve telefonema de alerta. A polícia tem certeza disso." Gould balançou a cabeça para me encorajar. "Stephen não ligou para a segurança. Por que não?"

"Porque o responsável pela bomba deveria avisar Stephen assim que a plantasse. Mas a pessoa não ligou."

"Exatamente. Portanto..."

"Stephen presumiu que ocorrera algum atraso imprevisto." Notei o livro em minha mão e o joguei de volta no carro. "Ele ficou sentado aqui, lendo sobre Deus e a neurociência. Depois escutou a explosão. Calculou que a bomba tinha explodido antes que o autor pudesse avisá-lo. Ligou o rádio do carro e ouviu a notícia a respeito dos mortos. Isso o aterrorizou."

"Correto." Gould afastou-se do carro e deu meia-volta em mim. "Estava profundamente chocado. Na verdade, não conseguiu superar o problema."

"Foi aí então que ele perdeu a fé. Largou o carro aqui e deu um jeito de voltar para a Marina Chelsea. Pobre coitado — mas como ele justificava seu envolvimento num atentado à bomba?"

"Fazia parte da campanha de Kay Churchill contra o turismo. Deveria provocar o fechamento de Heathrow por vários dias, forçando as pessoas a pensar no Terceiro Mundo. Cancelariam as férias e dariam o dinheiro para a Oxfam e para os Médicos Sem Fronteiras." Gould ergueu as mãos pálidas para o sol. "Um erro trágico. Deveria haver um alerta. Não pretendíamos matar ninguém."

"Quem era a responsável pela bomba? Vera Blackburn?"

"Muito descontrolada."

"Kay? Não consigo imaginá-la fazendo isso."

"Nem pensar. Stephen e eu viemos para cá sozinhos."

"Você e Stephen chegaram juntos? Então era você o responsável pela bomba?" Virei-me para encarar Gould, como se o visse pela primeira vez, um médico esfarrapado e sua estranha obsessão. "Você matou aquelas pessoas... e minha mulher."

"Foi um acidente." Os globos oculares de Gould se voltaram para cima, sob as pálpebras, como ocorrera no parque, em Fulham Palace. "Ninguém deveria ter morrido. Você esteve no NFT, David, colocou bombas em videolocadoras. Eu não sabia que sua esposa estava no avião."

"Você colocou a bomba..." Dei-lhe as costas, meus dedos tocaram o pó acumulado no pára-brisa do Jaguar, como se a camada de sujeira e resíduos despejados pelas aeronaves pudesse me proteger do que eu descobrira a respeito da morte de Laura. Com esforço, controlei minha raiva. Considerava indispensável que Gould falasse livremente, mesmo que fosse para contar a verdade. Estava deprimido e chocado comigo mesmo. Por meses eu havia bancado o idiota, manipulado por um grupinho da Marina Chelsea. Entendia agora por que Kay se mostrara cada vez mais incomodada pelo meu crescente envolvimento com Gould. Surpreendentemente, eu ainda me preocupava com ele.

"David?" Gould fitou meu rosto. "Você está tremendo. Sente no carro."

"Não, obrigado. O Jaguar. Agora eu sei o que Dexter deve ter sentido." Eu o empurrei, depois o segurei pela manga. "Uma pergunta. Como entrou? A segurança na área de coleta de bagagem é rigorosa."

"Nem tanto, no desembarque. Um arquiteto da Marina Chelsea trabalha para a firma que faz a manutenção do aeroporto. Ele me arranjou um crachá. Eu o coloquei no peito, junto com a identificação médica, no jaleco branco. A bomba estava na valise médica. Um artefato pequeno, leve, pensei. Mas Vera se entusiasmou, é aquela raiva toda, acumulada."

"E você a deixou na esteira de bagagem. Por que aquela, especificamente?"

"Um carregador informou que havia imigrantes ilegais no vôo de Zurique. Os passageiros foram retidos no avião e só passariam pela imigração meia hora depois." Gould falava em voz baixa, quase inaudível por causa do ruído dos carros na rua adjacente. "Programei o detonador para quinze minutos e misturei a valise às malas vindas de Zurique que circulavam na esteira."

"Ao lado da mala de Laura. Mera coincidência."

"Não. Isso não foi coincidência. Lamento, David." Antes que eu pudesse falar, Gould prosseguiu: "Havia uma etiqueta na alça. Notei o sobrenome. Pensei que a mala pertencesse a outra pessoa."

"A quem, exatamente?"

"A você, David." Gould emitiu um sinal tênue de solidariedade. "Eu estivera lendo *Um neurocientista olha para Deus*. Um adesivo de hotel na mala mencionava um congresso psiquiátrico realizado dois anos atrás. Presumi que fosse você."

"Eu? Então eu era..."

"O alvo real." Gould tocou meu ombro, como um médico a confirmar que um diagnóstico anterior, provisório e desfavorável, fora confirmado. "Sempre achei que a bomba nos aproximara. Em certo sentido, nossa amizade começou naquela tragédia terrível."

"Discordo. Por que eu?"

"Eu o vi na televisão, falando sobre doenças eletivas: paralisia provocada, deficiências imaginárias, estados de demência voluntária — creio que inclui as religiões nessa categoria. O medo do vazio, que apenas os genuinamente insanos podem contemplar sem se abalarem. Pensei em lhe dar um safanão para tirá-lo de sua condescendência. Uma lição útil, diferente do tipo de coisa que se aprende num congresso na Suíça."

"E o que foi que deu errado?"

"Tudo. Agora sei por que os profissionais sempre deixam a revolução para os amadores. A alfândega resolveu vasculhar a bagagem de uma jamaicana grávida que servia de mula para traficantes de drogas. Ela teve um ataque histérico e entrou em trabalho de parto. Pediram minha ajuda, acabei numa ambulância, a caminho de Ashford. Tentei telefonar para Dexter, e depois para a segurança de Heathrow, mas ficamos presos num engarrafamento, dentro do túnel. Além disso, o carregador de bagagem se referia a outro vôo. Quando os passageiros de Zurique chegaram à esteira de bagagem, a bomba explodiu. Fiquei chocado, David. Ouvi seu nome no noticiário e presumi que estava morto."

"E, de repente, eu voltei para a casa de Kay."

"Retornou dos mortos. Em certo sentido, eu já o havia matado, pelos motivos mais idealistas. Gostava de você, David. Era sério, mas flexível, e buscava algum tipo de verdade. Laura serviu como uma porta para seu verdadeiro ser, e eu a abri."

"Você ficou fora de cena por muito tempo."

"Eu o observava. A revolução da classe média estava começando, Kay era nossa Joana d'Arc. Ela havia desligado as vozes em sua cabeça, todos aqueles filmes idiotas de Hollywood. Cinqüenta anos atrás ela teria casado com um jovem cura bem-apessoado, organizaria bingos e apimentaria sua vida sexual. Ela não conseguia entender por que eu perdera o interesse em jogar bombas de fumaça em videolocadoras e agências de viagens."

"Mas, depois de Heathrow, tudo mudou." Mantive o esforço para me controlar e manter as mãos ao longo do corpo, evitando contato visual com Gould para encorajá-lo a prosseguir. "Você percebeu algo importante ali, apesar da morte das pessoas."

"Bem colocado, David. Muito bem colocado." Gould bateu em meu ombro, depois enfiou a mão no bolso como se procurasse um brinde para me dar de prêmio. "Lembre-se, eu estava lidando com crianças desesperadas. Era seu representante, queria uma resposta. Se você estivesse frente a frente com uma criança de dois anos, morrendo de câncer no cérebro, o que diria? Não basta falar do grande plano da natureza. Ou o mundo é culpado ou estamos procurando sentido nos lugares errados."

"E você começou a rever Heathrow."

"Isso mesmo — as mortes foram inúteis e inexplicáveis, mas talvez o ponto seja exatamente este. Um ato sem motivação detém o movimento do universo. Se eu tivesse resolvido matar você, cometeria apenas mais um crime hediondo. Mas, se o matasse por acidente, ou sem motivo nenhum, sua morte adquiriria um significado único. Manter o mundo são depende da razão, dependemos de causa e efeito. Deixe a conversa mole de lado e veremos que o ato insensato é o único dotado de algum significado. Precisei de algum tempo para compreender isso, mas sua 'morte' foi o sinal verde que eu tanto esperava."

"E quando eu retornei dos mortos você precisou de outra vítima."

"Vítima, não." Gould ergueu a mão para me corrigir. Parecia finalmente descontraído, de novo convencido de que eu o compreendia e estava do seu lado. Ali parado, junto ao carro enferrujado, com um terno surrado, ele era uma espécie de médico mendigo, assombrando os estacionamentos dos aeroportos com sua panacéia universal. Para me corrigir, ele disse: "Falar em vítimas implica um tipo qualquer de intenção maligna. Posso ser o que for, David, mas não sou mau. Precisava de um parceiro, um colaborador que pudesse se unir a mim na busca da verdade absoluta."

"Alguém que não conhecia, que nunca tivesse encontrado?"

"Exato. Se possível, alguém famoso de quem eu nunca tivesse ouvido falar. Famoso, mas absolutamente irrelevante." Gould olhou para o homenzinho que desenhara no pára-brisa do Jaguar. "Alguém como uma apresentadora de tevê de segunda linha..."

31. O terrorista sentimental

Estaria Gould alucinado, fantasiando tudo para si? Eu o observei afastar-se do Jaguar, olhos fixos na fila dos carros reluzentes dos executivos, como se o automóvel dele, empoeirado, o fizesse recordar os dias de penúria, antes de descobrir sua verdadeira vocação. Ele se apresentava agora como mensageiro da verdade, no terno lavado a seco, com camisa e gravata limpas. Parou quando chegou ao meu Range Rover e olhou seu reflexo nas portas traseiras, a cabeça uma pálida auréola a flutuar atrás do verniz como se tivesse assombrado as árvores em Bishop's Park, num *Grito* de Munch reposicionado num estacionamento de período longo da alma.

Gould tirou um lencinho do bolso e lustrou o bico do sapato, depois retornou ao Jaguar, pronto a me conceder algum tempo. Será que teria posto a bomba na esteira de bagagem do Terminal 2, ou o relato inteiro não passava de invenção? Desesperado por violência, apropriara-se de um ato terrorista cometido por um grupo desconhecido e agora reivindicava sua autoria? Teria ele delirado a ponto de acreditar que era o responsável pela bomba, passado depois ao assassinato de Hammersmith, anexando crimes inexplicados, numa tentativa de dar sentido ao inexplicável?

De todo modo, o sujeito que se aproximava de mim sorria com uma certa confiança tímida, um olhar preocupado que nada tinha de fanático. Ele era o médico dedicado na enfermaria do mundo, explicando e incentivando, sempre pronto a sentar ao lado dos pacientes ansiosos para destrinchar um diagnóstico em termos leigos.

"David...?" Ele tocou meu braço com sua mão exangue. "Não quero vê-lo aflito. É difícil digerir essas coisas. Você esperava que tudo fosse paralisado — por que as ruas não silenciaram, por que todos os aviões não permaneceram no solo? Eventos que fazem a terra tremer ocorrem, e as pessoas continuam preparando uma xícara de chá..."

"Isso mesmo. Sou todo ouvidos."

"Não se trata de uma confissão." Ele alisou a lapela puída ao sol. "Você precisa entender — ao seguir aquela moça até a porta da casa dela, eu não me sentia malvado."

"Eu o conheço, Richard. Já sabia disso."

"Ótimo. Foi uma percepção súbita, quase uma revelação. Eu a vi no shopping center da King Street, e pensei..."

"Stephen Dexter a seguia?"

"Não. Ele me seguia. Sabia o que estava para acontecer, discutimos isso inúmeras vezes. Depois de Heathrow e da Tate, ela era o próximo alvo lógico. Ele queria me deter antes de eu realizar a tarefa. Quando soube que eu a vira saindo do River Café poucos dias antes, soou o alarme para ele. Foi difícil eu me livrar. Muitas câmeras de vigilância."

"Já a conhecia?"

"Não. Sabia que era famosa, e Vera me explicou o que fazia. Sob todos os aspectos, o alvo perfeito. Ele me tiraria da berlinda — sem culpa residual, sem ressacas diarréicas..."

"Você é um assassino puro e desinteressado?"

"David?" Gould balançou a cabeça, intrigado comigo. "Isso é colocar as coisas de modo um tanto grosseiro. Eu era o facilitador; colaborávamos num projeto único. Se nos encontrarmos no outro mundo, tenho certeza de que ela compreenderá. Lembre-se, eu não a conhecia."

"Sabia onde ela morava."

"Vera pegou o endereço no abaixo-assinado sobre turismo no Terceiro Mundo. Era perto do River Café, por isso lhe pedi que me esperasse numa rua lateral."

"Como chegou à casa dela? Ela foi embora direto."

"Há um estacionamento atrás do shopping center. Eu a segui até lá. Apresentei-me e falei que era médico, participante da campanha. Ela ofereceu uma carona até o hospital de Charing Cross e apanharia o abaixo-assinado de Vera no caminho."

"E você desceu do carro, seguiu-a até a entrada da casa? Estava armado?"

"Claro que sim. Andei treinando uso de armas, por saber que esse dia chegaria." Sem pensar, Gould desabotoou o paletó e mostrou um pequeno coldre de couro sob a axila. "Ela ficou de costas para mim, quando enfiou a chave no buraco da fechadura. Foi o momento adequado."

"Por que na porta da casa?" Com esforço, controlei minha respiração, tentando não distrair Gould. "Ela morava sozinha. Vários dias transcorreriam até que alguém a encontrasse."

"Eu não queria entrar na casa dela. O modo como mobiliava a sala, os quadros emoldurados, os convites na cornija da lareira. Isso significaria conhecê-la. Sua morte teria um sentido."

"Então, atirou nela." Olhei para Gould, pensando em Laura no meio dos destroços do Terminal 2. "Na rua deserta. Depois, foi embora a pé. Pegou um ônibus até Fulham Palace, esperou no parque. Você estava..."

"Desvairado. Temporariamente insano. Aquilo me abalou." Gould falava num tom informal, como se fôssemos colegas que se entendessem a respeito de algo. "Valeu a pena, David."

"É difícil de aceitar."

"Acabará aceitando. Sou grato a você. Precisava ver aquelas árvores."

"E você jogou a arma no rio. Se a polícia tivesse interrogado o casal idoso no parque, eles poderiam ter identificado você."

"Eu? E você." Gould balançou a cabeça. "O carro da fuga — você o dirigia. Éramos cúmplices."

"Não é verdade. Eu nunca colaboraria num assassinato."

"Naquele momento, não. Mas está cada vez mais perto. Agora."

"Nunca." Incapaz de suportar o olhar intenso e amigo de Gould, virei-me na direção do Jaguar. O sol bateu nos números escritos em verde na capa do livro. "E a bomba na Tate? Foi você?"

"Outra trapalhada. Ninguém deveria se ferir. Dexter queria muito trabalhar comigo, e eu lhe disse para deixar a bomba na ponte do Milênio, junto com um cavalete e tintas de pintor. Era parte de nossa campanha contra a Tate Modern e tudo que ela significa. Qualquer coisa para fazer com que balançasse novamente."

"E a parte de Stephen era telefonar para dar o alerta, para que pudessem evacuar a ponte?"

"Exatamente. Mas um segurança não permitiu que eu pintasse lá — uma pena para qualquer candidato a Monet ou Pissarro. A bomba estava dentro de um dos livros de arte de Vera, por isso a deixei na livraria da Tate. Ao sair vi Joan Chang nas imediações. Outra discípula leal de olho em mim."

"Ela não confiava em você?"

"Depois de Heathrow, não. Ela sabia o que eu realmente queria. Stephen estava inquieto, assumira a culpa pelas mortes."

"Isso o surpreende?"

"Sim e não." Gould começou a retocar o homem tosco que desenhara no pára-brisa, como se melhorasse a imagem para as crianças do hospício de Bedfont. "Stephen passava por sentimentos contraditórios. Após o ataque a Heathrow ele me disse que sentia Deus de novo, como um membro-fantasma de volta à vida. Ele precisava de mais e mais culpa. Por isso veio junto no evento na Tate. Inconscientemente, torcia para que alguém morresse."

"Mas não Joan Chang. Ele a viu correr de um lado para outro em pânico e imaginou que havia encontrado a bomba. Pelo menos ele chamou a segurança."

"Demorou muito. Este é o problema dos religiosos — chegam tarde demais ao espetáculo." Gould tirou o lenço do meu bolso de cima e limpou o indicador. "Lamento por Joan. Eu gostava dela, e aquilo estragou o experimento."

"E Dexter? Mais cedo ou mais tarde ele contaria tudo à polícia."

"Ainda não. Ele precisa de mais culpa, para Deus voltar e salvá-lo. Além disso, ele me entende. Você também, David."

"Eu não." Bati a porta do Jaguar, tentando recuperar o controle. "Richard... é insano. Tudo isso — violência gratuita, assassinatos arbitrários, bombas. São crimes hediondos. A vida vale mais do que isso."

"Lamento, mas a vida não vale nada. Ou quase nada." Sem se importar com minha raiva, Gould segurou meu braço. "Os deuses morreram, e desconfiamos de nossos sonhos. Emergimos do vácuo, olhamos para eles por um instante fugaz e retornamos ao vácuo. Uma mulher jaz nos degraus de sua casa, morta. Um crime sem sentido, mas o mundo pára. Apuramos os ouvidos, e o universo nada tem a dizer. Só resta o silêncio, por isso nós temos de falar."

"Nós?"

"Você e eu." Gould praticamente sussurrava, como se conversasse com suas crianças moribundas. Segurou meus braços, para me firmar. "Resta muito a fazer, preparar novos planos de ação. Sei que não me deixará na mão."

"Deixá-lo na mão? Richard, você matou minha mulher."

"Você compreenderá. Não pedirei nada violento; não combina com sua natureza. Pelo menos por enquanto..."

Ele falava com voz sedosa, tranqüilizadora. Aproximou-se de mim, com a cabeça a menos de meio metro da minha. Suas pupilas flutuaram para cima, retraíram-se para dentro das pálpebras, a aura de alerta que eu vira em Bishop's Park. Percebi que ele decidia se eu era perigoso demais para ser deixado para trás naquele estacionamento. Se me encontrassem morto dentro do Jaguar, com o tíquete de estacionamento na mão, a polícia rapidamente presumiria que eu era o autor da explosão do Terminal 2, assassino da ex-mulher.

"David, eu preciso saber..."

"Estou com você." Escolhi as palavras cuidadosamente. "Entendo o que está fazendo."

"Ótimo. Precisamos continuar amigos."

"Somos amigos. Mas tudo isso é chocante."

"Naturalmente. Você aceitará tudo." Gould passou a mão em meu rosto. "Não preocupe, conversaremos a respeito da próxima ação."

"Já escolheu... o alvo?"

"Ainda não. Mas será grande, creia em mim."

Ele se virou e ergueu as duas mãos no ar. O piscar dos faróis de um carro estacionado a cem metros serviu de resposta. A van Citröen saiu da vaga e avançou em nossa direção, com Vera Blackburn ao volante. Gould seguiu para a rua externa, três passos na minha frente, checando o brilho do sapato. Ao chegar ao meio-fio, parou para tomar fôlego.

"Manteremos contato, David. Você vai ficar na casa da Kay?"

"Com certeza. Ela é a líder da luta. Onde a Marina Chelsea se encaixa? Ou não se encaixa?"

"Não muito." Gould olhou para suas mãos, tentando flexioná-las para lhes dar alguma cor. "Tudo aquilo é muito ineficaz — uma reunião de pais e mestres que escapou ao controle. Os pais destruíram a sala dos professores e trancaram o diretor no banheiro."

"Isso é injusto. Estamos mostrando algo sério."

"Tem razão. As classes médias se compõem de pessoas sérias." Gould acenou para Vera, conforme o Citröen se aproximava. "Por isso precisam inventar tantos joguinhos. Quase todos os jogos existentes foram inventados pelas classes médias."

Ele se acomodou no banco do passageiro, estendendo o braço para apertar a mão de Vera ao volante. Ela sorriu rapidamente para ele, mas ignorou-me, impaciente por sair do estacionamento antes que a placa do Citröen pudesse ser registrada no computador.

Gould devolveu-me o lenço. "Sabe que estive com Sally na semana passada?"

"Ela me contou."

"É muito gentil. Creio que o quer de volta."

"Ela sempre quer. É um dos joguinhos da classe média. Por que foi lá, Richard?"

"Não sei bem. Procurava você."

"Portava uma arma."

"É preciso. Vivemos dias perigosos."

"Você os torna perigosos. Pretendia atirar nela?"

"Para ser honesto..."

Ele ainda ensaiava a resposta quando Vera tirou o pé do freio e o Citröen avançou.

Acompanhei a partida do carro, que seguiu pelo acesso, cortou abruptamente a frente de um ônibus e saiu. Atrás de mim o Jaguar se acomodou em seu manto de pó. Peguei o celular, pensando se deveria chamar a polícia. Apenas um toque numa tecla me poria em contato com a segurança do Terminal 2, e a polícia iniciaria a caçada ao Citröen.

Meu polegar hesitou. Richard Gould estava mais perturbado que qualquer paciente que já havia passado pelo Adler, mas eu sempre me sentia melhor após encontrá-lo. Apesar de sua confissão de tentar me matar, eu me sentia mais calmo e confiante. A longa busca do assassino de Laura chegara ao fim, e ao confessar sua morte o pediatra demente me libertara.

32. Desvalorização no mercado imobiliário

A Marina Chelsea queimava quando retornei a Londres. Do elevado de Hammersmith vi as nuvens de fumaça e vapor subindo do rio, ouvi a sirene das ambulâncias que transportavam os feridos para o hospital de Charing Cross. Uma multidão de curiosos lotava a King's Road, amontoada atrás das barreiras de ferro para ver as labaredas que saíam de uma dúzia de casas do condomínio. Os carros de bombeiros e viaturas policiais bloqueavam a rua, suas luzes intermitentes refletindo-se nos clubes eróticos e bares suspeitos.

Estacionei na Fulham Road, a meio quilômetro do condomínio, e segui um bando de adolescentes excitados na direção daquele espetáculo de Guy Fawkes antecipado. Restos de papéis queimados caíam do céu e limpei um fragmento de fatura de cartão de crédito da manga do meu paletó. Notas de lojas de vinho, contas médicas e certificados de ações revoavam, registros de uma vida de classe média que chegava ao final.

Como eu temia, o armistício durara pouco. Assim que saí para ir a Heathrow uma força policial considerável entrou na

Marina Chelsea e assumiu controle do local. Os grupos de policiais fardados penetraram pelos portões para pedestres sabotados, e um vistoso grupo anfíbio aproveitou a maré alta para atacar a marina pelo rio.

Três horas depois a ação policial estava encerrada. Num gesto desafiador, uma dúzia de casas ardiam, incendiadas pelos proprietários, mas os carros de bombeiros que esperavam na King's Road avançaram rapidamente. Os poucos residentes que se queimaram ou foram agredidos pela tropa de choque foram levados para ambulâncias antes que as câmeras de tevê se aproximassem. Uma pequena barricada na Beaufort Avenue foi removida em segundos. A Marina Chelsea era agora um enclave anômalo sob domínio conjunto da polícia e da prefeitura.

Quando eu cheguei à King's Road, a tropa de choque tomava chá na frente do escritório da administração e as equipes de tevê guardavam os equipamentos. Os gritos enchiam o ambiente, e calculei que a polícia estava sendo insultada.

Mas as vaias se destinavam ao BMW de uma família que saía do condomínio. Os pais e três filhos se amontoavam entre malas e um labrador encolhido na janela de trás. Sob o brilho das lâmpadas voltaicas reconheci um gerente de banco de Grosvenor Place e sua esposa. De cabeça baixa, entraram na King's Road. A multidão os ofendia, jogando moedas, balançando os anteparos de ferro. Ao meu lado, uma lanterninha de meia-idade do cinema da King's Road balançava a cabeça, em sinal de repugnância.

"Onde foi parar todo mundo?", perguntei-lhe. "O condomínio parece vazio."

"Foram embora. Quase todos. Centenas de carros, simplesmente fizeram as malas e partiram."

"Para onde?"

"Sei lá. Para mim, tanto faz." Ela espanou um fragmento

de canhoto de talão de cheque do uniforme vistoso engalanado. "Furtos, compra de gasolina com cartões de crédito vencidos. Eles se tornaram mais que ciganos. Já vão tarde."

"Não sabe para onde foram?"

"E nem quero saber. Olhe só para o estado em que deixaram esse lugar. Bem cuidadas, essas casas são ótimas..."

Outra família partia, a esposa desolada ao volante, o marido lidando com um mapa, duas filhas adolescentes protegendo o gato persa. Eles olharam para o outro lado quando foram vaiados, depois desapareceram no trânsito da King's Road, que voltara a fluir.

Um carro de bombeiros saiu do condomínio, e os bombeiros agitaram os capacetes no alto para saudar a multidão. Atrás dele vinha uma viatura policial, com um prisioneiro algemado no banco traseiro ao lado de uma policial com o punho enfaixado. Reconheci a sargento Angela, que eu havia visto pela última vez na frente da Broadcasting House. Ela olhou firme para os espectadores que vaiavam, e algo a perturbara profundamente. Então percebi que a prisioneira era Kay Churchill, o cabelo preso por um lenço camuflado, faces enegrecidas com maquiagem de comando. Ergueu um dedo médio para os curiosos que mostravam o punho cerrado, exausta mas disposta como sempre, ainda a erguer barricadas dentro da cabeça.

Contornei a lanterninha que a apupava e me esgueirei por entre duas seções da barreira de aço. Atravessei a King's Road, esperando alcançar Kay antes que o carro de polícia se afastasse muito, mas um policial me agarrou pelo braço e me levou aos trancos até o portão.

Dois homens à paisana encontravam-se na sala da administração, conferenciando no meio dos copos plásticos usados. Um deles era o louro major Tulloch, entediado mas onipresente, com os olhos fixos na coluna de vapor que saía das casas incendiadas da Beaufort Avenue. Ao seu lado estava Henry Kendall, usando uma jaqueta amarela da polícia por cima do terno. A luz refletida conferia a seu rosto confiante uma palidez de enjôo marítimo, e ele parecia ansioso para retornar à segurança de St. John's Wood e do Instituto.

Quando me viu ele disse algo ao major Tulloch, que fez um sinal ao guarda que me escoltava e desapareceu no meio dos policiais e bombeiros.

"Henry, estou impressionado." Aceitei uma xícara plástica de chá para vítimas de bombardeio passada através da janela do escritório do gerente. "Entrou para a Scotland Yard?"

"Apoio profissional." Henry tossiu no ar pesado de fuligem. O nó da gravata estava bem-feito, mas ele parecia desalinhado pela violência do dia. "Estou pondo tudo em contexto, para eles."

"Sorte sua. Qual é o contexto?"

"O caso não é apenas uma baderna. Considero fundamental que a polícia perceba isso." Só naquele momento ele pareceu notar minha presença. "David? O que está fazendo na Marina Chelsea?"

"Moro aqui, lembra?"

"Certo." Ainda intrigado, ele disse: "Todos se foram. Eles prenderam sua senhoria por morder um policial. Você..."

"Quer saber se participei da resistência? Acabei de voltar de Heathrow. Perdi a festa toda."

"Acabou em meia hora. Alguns teimosos queimaram suas casas. Os outros fizeram as malas e partiram."

"Por quê?"

"Vergonha. Creio que estão embaraçados." Ele ouvia a conversa de dois guardas próximos, que comentavam um leilão de carros em Acton, no fim de semana. "Você parece desgastado, David. Conversou com Sally?"

"Onde? Ela está aqui com você?"

"Não. Temos nos encontrado pouco. Telefonei algumas vezes, creio que foi passar uns dias com as amigas. O que foi fazer em Heathrow?"

"Seguir uma pista sobre a bomba no Terminal 2. Talvez tenha topado com algo significativo."

"Tomara. A Yard ainda está interessada em Laura. Por algum motivo, pensam que o alvo não era ela."

"Disso eu tenho certeza."

"Na verdade, talvez não tenha havido nenhum alvo. Testemunhamos o surgimento de uma nova espécie de terrorista. Os antigos alvos não interessam mais, eles atacam ao acaso. É difícil compreender."

"Creio que o ponto é esse." Preocupado com ele, que olhava apreensivo para as casas fumegantes, falei: "Há pessoas muito estranhas soltas por aí, Henry."

"Principalmente aqui. A Marina Chelsea os incuba a cada hora. O médico dissidente, o pediatra...?

"Richard Gould? Sally esteve com ele uma vez — considerou o sujeito muito atraente."

"Sério?" Henry tremeu de leve. "Ele era o líder, aqui. As bombas de fumaça e ataques diversos. Tudo idéia dele. Vocês dois foram vistos juntos."

"Por que a polícia não nos deteve?"

"Iam fazer isso." Henry balançou a cabeça, olhando para mim. "Sally me fez interferir. Falei com o alto escalão do Ministério do Interior, convenci meus contatos de que você poderia ser útil para nós. O que ocorreu na Marina Chelsea talvez marque o início de um movimento bem maior. Já incomoda bastante a classe operária pôr fogo em seus conjuntos habitacionais, mas a classe média nas ruas significa problema sério."

"Está certo, Henry. O efeito no valor dos imóveis..."

"Inimaginável." Henry prosseguiu, diplomático. "Expliquei

a eles sua formação, e o trabalho de investigação paralelo que fazia para mim. Eles aceitaram deixá-lo livre, a não ser que a situação escapasse totalmente ao controle."

"Sou grato. Então, desde o início, servi como espião da polícia? Sem me dar conta de nada?"

"Na prática, sim." Henry deu um tapinha no meu ombro, como se me concedesse uma condecoração modesta por bravura. "Você pode oferecer dados muito interessantes, David. Testemunha ocular, viu pessoalmente como o ressentimento se auto-alimenta. Agendamos uma visita do ministro do Interior, daqui a uma semana, mais ou menos. Verei se consigo incluí-o na comitiva oficial. Sally acha que está na hora de iniciar sua reabilitação."

Quando saímos da Marina Chelsea a polícia orientava o tráfego. Desapontados pela falta de animação, a multidão nos saudou e vaiou, quando atravessamos a rua.

St. John's Wood não mudara, continuava sendo um cenário duradouro construído em tempos mais calmos. Os turistas e fãs dos Beatles circulavam pela Abbey Road, motoristas procuravam vagas para estacionar. Não consegui uma e deixei o Range Rover em local proibido, marcado por duas linhas amarelas. A quebra da etiqueta deixou a jovem policial momentaneamente sem palavras. Ela se aproximou de mim, presumindo que eu fosse um visitante do outro mundo que ignorava as convenções sociais que preservavam a vida civilizada e mantinham as calçadas livres de lobos e salteadores.

Quando estava a cinco passos de mim ela parou e ergueu o talão de multas, como se precisasse se defender. Notara algo em meus modos, uma postura animalesca a insinuar familiaridade com a violência. A testa contundida, a fuligem na face fizeram com que se lembrasse de outros grupos socialmente marginalizados, como os estradeiros rebeldes, operadores da bolsa de Porsche e motoristas com o licenciamento vencido.

Esperei que ela se afastasse, desci e caminhei na direção de casa. Esperava encontrar Sally deitada no sofá, com seu livro favorito sobre Kahlo, sinal de que precisava da minha atenção. Mas uma pilha de jornais na porta da frente, molhados pela chuva da noite, me levaram a concluir que ela continuava hospedada na casa de alguma amiga.

Peguei o jornal vespertino, entregue minutos antes de minha chegada, e li as manchetes.

> "REBELDES DO CONDOMÍNIO DE LUXO SE RENDEM."
> "GRÃ-FINOS ADOTAM TÁTICA DA TERRA ARRASADA."
> "GANHE UMA CASA NA MARINA CHELSEA."

Mas não nos havíamos rendido. O êxodo fora uma retirada estratégica, uma recusa programática em aceitar o poder da polícia e dos oficiais de justiça. Em vez de se submeterem à condescendente boa vontade dos assistentes sociais e psicólogos como Henry e eu, os residentes preferiram partir com a cabeça erguida e integridade preservada. A revolução poderia continuar em data a definir, surgir em uma centena de outros condomínios de classe média no país inteiro, nas casas geminadas estilo Tudor e mansões georgianas de araque. Onde quer que houvesse uma escola particular ou uma privada impecavelmente branca, uma apresentação de Gilbert and Sullivan ou um Bentley velho reverenciado, o espectro de Kay Churchill lançaria uma luz na escuridão, e a esperança brotaria de seu dedo médio em riste.

Eu precisava saber onde Kay estava presa, visitá-la assim que fosse possível e levar uma muda de roupa, a lista dos advogados e dinheiro suficiente para comprar um suprimento adequado de maconha para suas semanas de detenção. Joguei o jornal da tarde em cima da pilha de exemplares encharcados, acenei para a policial de trânsito e abri a porta da frente.

Parei no vestíbulo, atento aos ruídos na casa vazia. Um silêncio profundamente entrópico pairava nos quartos, a paz dos afetos transcorridos, das emoções gastas como a pilha dos bonecos que imitavam as vozes ao seu redor. Calculei que Sally tivesse dado uma semana de folga para a empregada. O pó parecia vivo, bailando ao sol, fluindo em torno de mim como uma guirlanda afetuosa.

Em nosso quarto, no andar de cima, uma mistura de perfumes me recebeu quando abri os guarda-roupas, lembranças de restaurantes e jantares. No banheiro senti o leve odor do corpo de Sally, o tênue rastro de seu cabelo e de sua pele nas toalhas. Os mesmos potinhos continuavam em cima da penteadeira, uma cidade em miniatura de garrafas e jarros. Eu sentia falta dela, esperava um dia levá-la para morar comigo na Marina Chelsea.

Liguei a secretária eletrônica e ouvi o recado de Sally. Ficaria fora por duas semanas, em férias na Bretanha com amigos. Sua voz parecia distante, quase contida, como se estivesse insegura quanto a seus motivos para viajar.

Fiquei preocupado com ela, mas ao sentar em sua cama, sentindo a marca sutil de seu corpo sob minha mão, soube que eu estava esperando o chamado de Richard Gould.

O ruído das aeronaves em Heathrow ainda zumbia em minha cabeça, quase abafando a voz de Richard enquanto ele desfiava seu credo da violência gratuita. Pensei no terno passado e sapato engraxado, na face pálida porém mais cheia e nos indícios de saúde como primeiros brotos da primavera, e entendi que ele estava acordando de um longo sonho. Movera-se num mundo obscuro, recusando-se a crer em alguma coisa, exceto seu grupo de crianças com problemas neurológicos, o Peter Pan dos meninos perdidos. Em Bishop's Park ele finalmente vira o sol por entre as árvores altas. Eu gostava de Richard, preocupava-me com ele, mas ainda não sabia se poderia acreditar no que dizia. Teria ele de fato detonado a bomba em Heathrow e assassinado a moça na porta da casa dela em Hammersmith? Ou era um novo tipo de fanático que precisava da fantasia da violência absoluta, e que só parecia realmente vivo quando se imaginava autor de crimes medonhos?

Sentado sozinho na mesa da sala de jantar, tomando uísque quente e observando a poeira assentar ao meu redor, sabia que precisava procurar a polícia. Mas sentia a força da lógica de Gould. Aquele sujeito implacável e desesperado apontava na direção de uma verdade assustadora. Uma legião de entidades nulas multiplicava as tabelas de uma nova matemática baseada no poder do zero, gerando uma psicopatologia virtual em suas sombras.

Gould não telefonou, mas no dia seguinte a secretária de Henry Kendall ligou para avisar que o ministro do Interior visitaria a Marina Chelsea em breve, liderando uma delegação de sociólogos, funcionários públicos e psicólogos. Os detalhes da visita e o passe de segurança indispensável seriam enviados oportunamente.

Devolvi o fone ao gancho, surpreso por ele parecer tão leve. Um ar mais leve entrou na sala abafada. Eu sabia que em breve poderia voltar para minha casa de verdade.

33. Entrega ao sol

“David? Entre. Estávamos todos esperando você.”

Richard Gould havia parado perto da janela do apartamento que dava para Cadogan Circle, cabeça erguida para o céu, mãos para o alto como se pretendesse ofertar-se ao sol. Em volta dele, nas paredes da sala, havia cartazes de oculista, diagramas circulares da retina que pareciam alvos anotados. Ele parecia calmo, mas distraído, sua mente a se mover entre as árvores altas de Bishop’s Park. Consciente de minha presença, deixou de lado o devaneio como um ator ao sair de baixo dos refletores, e me chamou para perto de si.

“David... fico contente com sua vinda. Pensei que precisava de mais tempo.” Ele franziu a testa para meu terno e gravata. “Veio com alguém?”

“Estou sozinho. Queria ver o local antes que fosse demolido.” Feliz por estar com ele, estendi a mão, mas ele recuou. “Richard, preciso falar com você.”

“Naturalmente. Conversaremos mais tarde...” Ele prosseguiu com o inventário de minha aparência, balançando a cabeça por causa de meu corte de cabelo sofisticado. "Você mudou, David. Bastam alguns dias de respeitabilidade para matar a alma. Tem certeza de que está sozinho?"

"Richard, vim para cá sozinho."

"Ninguém telefonou? Kay Churchill? E quanto a Sally?"

"Ela está na França com amigos. Não tenho notícias dela." Tentando distraí-lo do sol, falei: "Tem uma visita especial esta manhã, aqui, alguém do alto escalão — o ministro do Interior e um comitê do Ministério. Os experts acham que sabem o que está acontecendo na Marina Chelsea."

"O que houve?" Gould virou-se para mirar as ruas silenciosas do condomínio, a fumaça ainda saindo das casas queimadas na Beaufort Avenue. "Isso mais parece uma experiência que não deu certo."

"Talvez não. Pelo menos tentamos construir algo positivo, rompendo com as antigas categorias."

"Você fala como especialista." Aliviado, Gould se animou. Sorriu para mim, como se eu me tivesse tornado novamente um velho amigo, e me deu um tapinha nas costas, disposto a compartilhar uma reminiscência. "Agora entendi — você está com o grupo do Ministério do Interior. Por isso vestiu seu melhor terno. Camuflagem... e pensei que você tivesse mudado."

"Eu mudei." Decidi ser franco com ele. "Você foi o responsável pela minha mudança."

"Ótimo. Você queria mudar, David. Estava desesperado pela mudança."

"Estava mesmo." Tentando manter sua atenção, posicionei-me entre Gould e o sol. "Pensei no que me disse. Aqueles sonhos que você teve — a bomba de Heathrow, o tiro em Hammersmith. São necessidades profundas. De certo modo, também as tenho. Posso ajudá-lo, Richard."

"Verdade mesmo? Pode me ajudar?"

"Vamos conversar direito sobre tudo isso. Talvez retornar ao asilo de Bedfont."

"Asilo? Deixou de ser asilo há cinqüenta anos..." Desapontado com meu ato falho, Gould tirou a mão do meu ombro. Ele me observava de um jeito distraído, um médico da emergência de um hospital na presença de um paciente potencialmente perigoso. Usava o mesmo terno surrado, que ele próprio passava, e dava para contar os vincos paralelos nas calças. Apesar da recepção carinhosa, ele já estava cansado de mim, e seus olhos se voltaram para os diagramas ópticos nas paredes da sala.

"Richard..." Tentei evitar um pedido de desculpas. "Eu quis dizer o hospital. A ala das crianças."

"Bedfont? Acha que foi lá que tudo começou? Seria ótimo se fosse verdade..." Notando a mão ensangüentada que eu havia cortado na casa de Kay Churchill, ele disse: "Você precisa se lavar. Há muitas infecções novas hoje em dia, e nem todas são cortesia da Air India. Verei se o banheiro está limpo."

Ele entrou no quarto e fechou a porta. Esperei, andando de um lado para outro da sala, parcialmente vasculhada pela polícia. Os catálogos e livros do oftalmologista estavam tortos na estante, e as pesadas almofadas quadradas do sofá, estufadas como matacões. Toquei a sacola de lona azul com a insígnia da Polícia Metropolitana, tateando as partes de uma espécie de vara de pescar.

Deduzi que Gould estivera escondido na casa de um simpatizante, na costa sul, e o imaginei pescando numa praia de cascalho, a mente vazia o bastante para conter o oceano. Ele parecia mais forte fisicamente, deixara de ser o sujeito pálido e evasivo que pairava em volta de mim na casa de Kay. Os sonhos de violência o acalmavam.

"David?" Gould deslizou pela porta do quarto. "Lave a mão e darei uma espiada nela. Há toalhas e água oxigenada no banheiro. Com tanta polícia por aí, eles podem ter uma idéia errada."

Entrei no quarto escuro. Pesadas cortinas de veludo cobriam as janelas, proteções contra a luz que permitiam ao oftalmologista usar parte do quarto como sala de projeção. Quando minha vista se acostumou à penumbra, vi que havia duas mulheres sentadas na cama de casal, uma de costas para a outra, feito figuras num quadro de Hopper.

Abri a cortina e a mulher mais próxima se levantou. Quando a luz atingiu os ossos de sua face, reconheci Vera Blackburn. Os olhos e a boca sem maquiagem davam a impressão de que ela resolvera remover do rosto todos os traços possíveis, eliminando qualquer emoção. Seu cabelo, preso em coque na parte de trás da cabeça, esticava a pele da testa e expunha os ossos proeminentes em volta dos olhos. Pela primeira vez vi a adolescente maltratada e emburrada que deve ter sido, pronta a aterrorizar o guarda ou o caixa de banco que tentasse ficar em seu caminho.

"Vera? Preciso usar o banheiro..."

Ela passou por mim sem dizer nada, mas senti um odor estranho em seu corpo, o cheiro da tensão e do medo. Ao passar fechou a porta com o punho forte, e vi que a maçaneta tremia com a força tensa de sua mão.

Puxei a segunda cortina, e a mulher me olhava deitada na cama, como uma prostituta contratada para atender um cliente corporativo.

"Sally? O que está fazendo aqui? Meu amor..."

"Oi, David. Não imaginávamos que você viria."

Sally, sentada ao lado do travesseiro, mantinha as mãos cruzadas no colo e olhos baixos para evitar a luz. Escovara o cabelo, mas estava sonolenta quando a segurei pelo ombro e beijei no rosto. Ela me abraçou passivamente, como se tivesse levantado da cama antes de despertar por completo. Senti uma onda de preocupação por ela, o mesmo sentimento que me inundava sempre que eu entrava na enfermaria em St. Mary's. Apesar de tudo, eu estava feliz por vê-la de novo, e certo de que em breve estaríamos novamente juntos.

"Sally, você está...?"

"Estou bem. É com você que precisamos nos preocupar." Ela notou minha mão ferida e a segurou contra a luz, lendo a nova linha de sangue do meu futuro. "Você se machucou, coitadinho. Lamento, David. Sua revolução fracassou."

"A Marina Chelsea foi apenas o começo." Sentei-me ao lado dela na cama, mas ela estava tensa, insegura pela presença de um corpo masculino muito perto do seu. "Sally, tentei localizá-la. O recado na secretária eletrônica dizia que..."

"Eu estava viajando com amigos. Faço muito isso, certo?" Ela riu para si mesma. "Richard me convidou para conhecer o chalé dele, próximo da escola de pilotagem."

"Richard Gould? E você foi?"

"Por que não? Ele é seu amigo."

"Mais ou menos. E foi tudo..."

"Ele é gentil e muito estranho, muito mesmo." Ela olhou para as mãos, marcadas pelo meu sangue. "Fomos à escola de planadores todas as tardes. Ontem, ele voou solo."

"Impressionante."

"Richard é assim. Na noite passada ele me explicou as idéias que tem a respeito de Deus. São assustadoras."

"Devem ser."

"Morte, violência — é assim que você vê Deus?"

"Não tenho certeza. Talvez ele esteja certo. Vera Blackburn estava com vocês?"

"Ela ia lá nos fins de semana. Você a conhece? Gosto de Richard, mas ele é esquisito."

"Ela prepara nossas bombas de fumaça. É seu mundo. Diga uma coisa, como a polícia permitiu que entrasse na Marina Chelsea?"

"Vim no meu carro. Richard vestiu o jaleco branco e disse que era meu médico. Uma linda mulher paralítica — eles não resistiram."

"Sally..." Peguei as mãos dela. "Você é linda mas não é paralítica. Vou tirá-la daqui e levá-la para casa."

"Casa? Sim, creio que ainda temos uma casa. Fui muito descuidada, David. Descuidada com todos, e principalmente com você. Aquele acidente em Lisboa — parecia romper todas as regras, e eu achei que poderia fazer qualquer coisa. Depois conheci Richard e vi o que acontece quando a gente quebra as regras de verdade. A gente tem de inventar o zero. É o que Richard faz, ele inventa o zero, para não sentir medo do mundo. Ele vive muito assustado." Ela forçou um sorriso débil, e notou meu terno. "Você está todo arrumado, David. Como antigamente. Deve estar na comitiva oficial."

"Do Ministério do Interior. Como soube da visita?"

"É por isso que estamos aqui. Vera Blackburn sempre sabe de tudo. Os especialistas do Ministério do Interior — eles precisavam conhecer Richard, ele os calaria para sempre." Uma gota de sangue caiu da minha mão, no joelho dela. Ela a lambeu, depois analisou o sabor. "Salgado, David. Você está se transformando num peixe."

Lavei a palma da mão no banheiro, olhando o sangue escorrer pela pia. Ao meu lado havia um armário de vidro cheio de suprimentos oftálmicos, parte do imenso estoque de produtos farmacêuticos que poderia tornar a Marina Chelsea o principal depósito de drogas do oeste de Londres. Os residentes de classe média poderiam defender uma Stalingrado de narcóticos, unindo seus conhecimentos e recursos, rua a rua. Em vez disso, jogaram a toalha e fugiram para suas dachas nos Cotswolds e Cairngorms.

No entanto, pelo menos agora eu tinha Sally. Impressionou-me a rapidez com que se livrara do encantamento de Richard, mas talvez ela tenha pegado o que precisava e resolveu se afastar. Gould a persuadira de que o acidente em Lisboa não tinha o menor sentido ou explicação — seus sofrimentos e ferimentos eram significativos exatamente por essa razão. Livre afinal de suas obsessões, ela pensara primeiro no marido, e eu fiquei comovido por ela ter ido até a Marina Chelsea numa tentativa de me resgatar.

“Muito bem, vamos indo. Daremos adeus a Richard. Sally?”

Esperei que Sally se levantasse, mas ela recostou o corpo no travesseiro e alisou a colcha, examinando o padrão do chamalote.

“Acho que não.” Ela apontou para a porta. Uma mão forte girava a maçaneta, testando a tranca. “Estamos presos. Precisamos tomar cuidado, David.”

Consultei o relógio, surpreso com o tempo que já passara. Na entrada da Marina Chelsea a polícia desmontava barricadas. “Sally, o ministro do Interior chegará logo. Haverá um exército de policiais. Richard e Vera Blackburn não ficarão aqui.”

“Eles ficarão. Querido, você não faz idéia do que está acontecendo.” Ela me olhou com carinho, como esposa paciente que espera o marido ingênuo compreender uma situação. “Richard é perigoso.”

“Não é mais. Essa fase já passou. Todas aquelas fantasias...”

“Não passou. E não são fantasias. Richard está só começando. Sabe que ele colocou a bomba em Heathrow?”

"Ele lhe contou isso? Deve ter assustado você." Tentei segurar sua mão, mas ela a puxou para o outro lado da colcha. "Absurdo. Como a apresentadora de televisão de Hammersmith. Ele alega que a matou. Pelo amor de Deus, eu estava estacionado na rua paralela. Eu o vi cinco minutos depois. Deveria estar coberto de sangue."

"Não." Sally olhava para a porta. "Ele atirou na moça."

"Não é possível. Ele só precisa pensar em violência, quanto mais gratuita, melhor. Tentei ajudá-lo."

"Sei disso. E ele vai matar mais gente. Ontem fomos a um estande para prática de tiro com rifle, perto de Hungerford. Fiquei esperando no carro com Vera. Ela me disse que ele atira muito bem."

"Aposto que Vera se orgulha disso. Difícil de acreditar, contudo." Levantei Sally e fomos até a porta, depois apoiei a cabeça no painel. A sala parecia vazia, o silêncio foi quebrado pelo toque do relógio na lareira. "Sally... você mencionou Hungerford?"

"Perto da M4. Richard alugou um chalé lá. Lugarzinho adorável. É lá que ele pretende passar o final da vida."

Olhei para a porta quando as sirenes soaram na King's Road, um alerta para despertar outras pessoas, além das que dormiam. Eu me lembrei da outra pessoa que vivera seus últimos dias em Hungerford.

"David? O que está havendo?"

Pés se movimentaram no telhado, diretamente acima da minha cabeça, os sons de alguém que estendia a esteira para tomar banho de sol. Ou seria um atirador preparando o rifle? Hungerford. Um jovem desequilibrado chamado Michael Ryan matou a mãe a tiros, depois saiu pela rua disparando contra os transeuntes. Assassinara dezesseis pessoas, aleatoriamente, pôs fogo na casa da família e se matou. Os homicídios não tinham sentido, e provocaram um frêmito de profunda preocupação no país inteiro, redefinindo a palavra "transeunte". Ninguém, nem mesmo um membro da família, era digno de confiança. Um novo tipo de violência nascera, originando-se do nada. Após os últimos tiros em Hungerford, o vácuo do qual Michael Ryan emergira se fechou em torno dele, abrigando-o para sempre.

"Sally..." Dois motociclistas da polícia desciam a Beaufort Avenue. Eles pararam na rotatória, os rádios tagarelavam. Guardas fardados caminhavam pela calçada, observando as casas vazias. "Aquela sacola de lona azul — o que havia dentro?"

"Richard guarda o equipamento da asa-delta lá dentro." Sally levantou-se e deu a volta na cama, de olho em minhas pegadas no tapete. "Acha que...?"

"E quanto a uma arma? Espingarda ou..."

Sally não disse nada, atenta aos sons vindos do telhado, acima de nossa cabeça. Tirei a proteção da luminária da parede, atrás da porta. Agarrando a base cromada, arranquei o suporte na parede.

"Não..." Sally segurou meu braço antes que eu usasse o suporte para arrebentar a porta. "David, haverá um tiroteio."

"Tem razão. Um alvo despropositado, como um ministro do Interior liberal..."

"Ou você!" Sally tentou arrancar a base da luminária da minha mão. "Richard sabia que você vinha!"

"Ele não vai me matar. Gosto dele. Qual seria o motivo?"

A pergunta morreu em meus lábios. Uma caravana de veículos oficiais entrava na Marina Chelsea, carrões pretos do serviço federal. Os carros desceram a Beaufort Avenue em velocidade reduzida; os passageiros olhavam embasbacados para as janelas silenciosas e faixas rasgadas. Num minuto a comitiva chegaria a Cadogan Circle, depois entraria à esquerda debaixo da janela por onde eu olhava.

"Sally..." Tentei afastá-la da porta. "Se nos encontrarem aqui..."

"Eles pensarão que somos prisioneiros. Estamos seguros, David."

"Não." Virei a maçaneta da porta. "Devo isso a Richard."

Sally soltou a base da luminária e recuou um passo, observando impaciente enquanto eu rompia o painel de madeira da porta. Ela levou a mão ao bolso da camisa. Na sua palma havia uma chave.

"Sally?" Peguei a chave da mão dela. "Quem trancou a porta?"

"Eu tranquei." Ela me encarou, sem se constranger com o ardil. "Estou tentando protegê-lo. Por isso fui a Hungerford com Richard. Sou sua esposa, David."

"Eu me lembro." Introduzi a chave na fechadura. "Preciso alertar Richard. Se a equipe de proteção o vir com um rifle, ele será imediatamente abatido a tiros. Pode ser mais uma fantasia, uma obsessão por Hungerford dentro de sua mente..."

Desistindo de mim, Sally esfregou os nós dos dedos esfolados e virou-se para a janela. "David, olhe..."

A caravana motorizada parou na Beaufort Avenue. O ministro do Interior e dois assessores do alto escalão desceram da limusine. Especialistas dos outros carros reuniram-se a eles na calçada, de onde examinaram a primeira casa incendiada, como se os restos calcinados fossem revelar a verdade profunda a respeito da rebelião. Palavras solenes foram trocadas, cabeças balançaram sobriamente. Uma equipe de televisão filmava o evento, e o entrevistador aguardava a chance de falar com o ministro, empunhando um microfone.

"David? O que está havendo?" Sally pegou no meu braço, seus lábios tremiam. "O que eles estão fazendo?"

"Absorvendo o inconcebível. Deveriam ter vindo há três meses..."

"Aqueles carros todos — parecem estranhos..."

Faróis piscaram atrás da caravana estacionada. Os motociclistas da polícia que patrulhavam a Beaufort Avenue pararam no meio da rua para impedir a aproximação de um Volvo empoeirado que avançava com dificuldade, por causa da pesada bagagem presa no bagageiro do teto. A mulher que dirigia insistiu, mas foi forçada a parar ao lado da limusine do ministro. Atrás do Volvo havia mais três carros, igualmente maltratados, que haviam atravessado o portão de acesso. Vi que o sujeito louro de paletó esporte xadrez ordenava aos policiais que tentaram detê-los que se afastassem. O major Tulloch, como sempre, aproveitara a oportunidade.

"David, quem são? Aquelas pessoas nos carros velhos?"

"Creio que os conhecemos..."

"Invasores de casas? Eles parecem hippies."

"Não são invasores. Nem hippies."

O ministro do Interior também notara os recém-chegados. Assessores e especialistas deram as costas para a casa queimada. Um inspetor de polícia alerta entregou um recado da mulher que dirigia o Volvo, e o ministro do Interior ficou mais aliviado, por um momento na ponta dos pés. Após uma espiada na câmera da tevê, ele mandou com um gesto que os motociclistas se afastassem. Erguendo os braços, como se orientasse o trânsito, acenou para o Volvo avançar.

"David? Quem é aquela gente? Famílias de sem-teto?"

"De certa forma. São moradores."

"De onde?"

"Deste condomínio. Eles moram aqui. O pessoal da Marina Chelsea está voltando para casa.

O Volvo desceu a Beaufort Avenue devagar. O comboio de carros retornados o seguiu, cheio de pó e lama, de crianças e cães, com retrovisores externos quebrados e grudados com fita adesiva, carroceria marcada por milhares de quilômetros percorridos em viagens pelas montanhas. Calculei que um grupo em excursão pela Escócia ou extremo oeste realizara um conclave à beira de uma fogueira e decidira voltar para casa, talvez por temer que a visita do ministro do Interior fosse um sinal de que as motoniveladoras da demolição entrariam em seguida.

Sorridente, animado, o ministro do Interior entrou no banco traseiro da limusine. Acenou para os retornados, que buzinaram em resposta, enquanto um cachorro dinamarquês latia na caçamba de uma picape.

Os ecos reverberaram em Cadogan Circle e eu quase perdi o som de um tiro de rifle, no telhado, acima da minha cabeça. O carro do ministro do Interior parou de repente, o pára-brisa transformado numa tempestade de vidro fragmentado. Seguiu-se um momento de silêncio, depois a polícia e os consultores se esconderam atrás dos carros, agachados contra a parede das casas vazias.

Um helicóptero surgiu no céu, sobrevoando o Tâmisa, com os holofotes percorrendo os telhados da Marina Chelsea. Esperei pelo segundo tiro, mas as famílias que retornavam haviam confundido o atirador, e tenho quase certeza de que isso salvou a vida do ministro. Os guarda-costas o protegeram com o corpo, tiraram-no da limusine e o conduziram até a porta de uma casa, atravessando a rua.

"Sally..." Abracei-a com força, sentindo seu coração bater contra meu peito, finalmente no mesmo ritmo que o meu. Pés correram pelo telhado, um alto-falante gritou do helicóptero, num alerta sufocado pelas sirenes e ronco de motos.

"David, espere!" Sally agarrou meu braço, a esposa de um marido tolo que lentamente recuperava o juízo. "A polícia o pegará."

"Tem razão. Tomarei cuidado. Preciso..."

Ela me olhou enquanto eu destrancava a porta do quarto. Encontramos a sala deserta. Meu laptop estava sobre o sofá, mas a sacola de lona sumira com Richard Gould. Ergui as mãos numa tentativa de tranqüilizar Sally, saí do apartamento e cruzei o vestíbulo. Desci a escada correndo, passei pelos andares vazios e portas abertas, chegando ao saguão de entrada quando o helicóptero sobrevoava o Circle.

Apesar do ruído das pás escutei dois disparos de arma de fogo na garagem subterrânea.

34. Missão cumprida

Sombras corriam pelas paredes da garagem, murais cinéticos de uma galeria de arte demente. Empurrei a porta corta-fogo e pisei no chão de cimento. O helicóptero estava pousando na área de serviço, atrás do prédio de apartamentos, e eu via o rotor traseiro pelo portão aberto da rampa de acesso. Só havia um carro estacionado na garagem, o Saab adaptado de Sally, escondido atrás de uma fila de latas de lixo com rodinhas, perto do depósito de lixo.

Cruzei a garagem enquanto as sombras das pás do helicóptero passavam depressa, descreviam uma curva e voltavam para me pegar. Quase surdo pela vibração no concreto, aproximei-me do Saab iluminado pelos holofotes do helicóptero cujo facho penetrava pelas janelas do alto.

Na claridade vi um homem agachado atrás do volante do Saab, com o braço esquerdo e o ombro apoiados nas alavancas do freio e embreagem. Estendera o braço direito para fora da janela, como se sinalizasse um desvio súbito. Atrás dele, uma mulher ocupava o banco traseiro, com a cabeça ossuda apoiada no descanso do braço.

Gould e Vera Blackburn haviam morrido juntos no carro. Vera estava de bruços sobre a manta xadrez, a saia justa deixava ver a coxa, pernas de colegial. Levara um tiro nas costas, seu sangue empoçara numa dobra da jaqueta de couro, escorrendo daí para o carpete. Nos últimos momentos arranhara a manta com as duas mãos, lascando as unhas.

Richard Gould, sentado do banco da frente, tinha uma única perfuração no peito. A marca úmida do tiro, quase sem cor na luz cegante do helicóptero que pousava, parecia uma roseta grudada no peito de um bravo mas empobrecido civil que usava seu único terno. Toquei o braço estendido e senti a pele, mais quente agora do que fora em vida. Notei o colarinho esgarçado e os pontos grosseiros de um conserto feito por ele no pescoço.

Pegando sua mão pela última vez, entrei no carro. O sangue sumira de seu rosto, ele parecia anos mais jovem que o médico problemático que eu havia conhecido. Mas seus dentes lascados eram como um conto-do-vigário exposto, serviço dentário vagabundo arreganhado no mais franco dos sorrisos. Até o final Richard Gould ocultara seus pensamentos mas expusera suas feridas.

Ele estava sentado entre os controles para inválidos do Saab, os quadris magros virados como se tivesse tentado evitar o tiro desferido contra ele. Sua mão esquerda estava na alavanca de controle do freio, e os joelhos presos pelos acoplamentos metálicos debaixo da coluna de direção. Quando morreu, seu corpo se contorceu, tentando assumir a geometria desesperada que espelharia sua mente, retornando às crianças deficientes e adolescentes com Down que eram seus verdadeiros companheiros.

Tentando trocar um olhar, fitei seu rosto branco como cera, agora sem tom nenhum, intocado pelo mundo, como uma criança autista. Seus olhos estavam fixos na agulha trêmula do conta-giros, e eu percebi que o motor do Saab estava ligado. Tirei a mão de Gould da ignição e virei a chave, como se desligasse o respirador numa unidade de terapia intensiva.

O estalar ruidoso das pás do helicóptero enchia a garagem. Ensurdecido pelo barulho, olhei para cima e vi um sujeito alto usando roupa de couro de motociclista, parado entre o Saab e os latões de lixo. Seu rosto oculto pelo visor do capacete era uma janela cruzada pelas sombras rotativas, que se moviam lentamente agora que o helicóptero havia pousado. Ele usava colarinho eclesiástico, e sem pensar presumi que chegara de Harley para ministrar os últimos sacramentos ao casal morto.

Ele levava na mão um crucifixo pesado, esculpido em pedra negra polida, e o ofereceu a mim como uma espécie de explicação para as mortes. Depois a luz do helicóptero deixou a garagem para investigar as janelas do primeiro andar, e vi que o crucifixo era uma pistola automática.

"Dexter!" Afastei-me de Gould e contornei o carro. "Você encontrou a arma? Creio que se mataram. Ou..."

O rosto de Dexter surgiu das sombras confusas, lívido como a dor, tão inexpressivo que tive certeza de ele ter passado os últimos meses removendo toda a emoção de sua personalidade, com a mente concentrada na tarefa que tinha pela frente. Ele olhava para mim calmamente, como se não se desse conta da presença de Gould e Vera Blackburn, e seu olhar se voltou para o helicóptero que víamos através das janelas. Apontando a pistola para mim, ele fitou a luz da mesma maneira que Gould havia feito com o sol, entre os ramos altos de Bishop's Park.

"Stephen." Tentei evitar a pistola. "Vá embora daqui. A polícia está armada..."

O clérigo parou, testando o piso de cimento com as botas de ponteira metálica, atento aos ruídos do motor do helicóptero e aos gritos dos agentes de segurança. Ergueu o visor e contornou o carro com a pistola na mão. Eu sabia que sempre me considerara o principal colaborador de Richard Gould. Percebendo que ele estava a ponto de atirar em mim, recuei até o Saab e abri a porta do passageiro, na frente, disposto a compartilhar os controles com Gould.

Mas Dexter depositou a pistola na minha mão. Senti o odor acre em suas roupas, o mesmo cheiro de medo que havia em minha pele após o incêndio do NFT. Segurei a pistola, surpreso pelo calor do metal, que parecia pulsar como um coração. Quando ergui a vista, Dexter havia sumido nas sombras, atrás dos latões de lixo. Ele passou pela porta de serviço de ferro que levava à sala da caldeira e ao apartamento do zelador. Apontou para mim, como um instrutor de tiro a encorajar um novato no estande de treinamento, fechou a porta atrás de si e sumiu em outro tempo e outro espaço. A tarefa que se impusera havia meses, em Heathrow, finalmente fora realizada.

Esperei no carro, com a pistola na mão, observando o rosto vazio de Gould, a abrigar todas as lembranças de um jovem médico que um dia olhara de modo tão feroz para um mundo inexplicável. Mas eu pensava em Stephen Dexter nos momentos em que erguera rapidamente o visor. Ao observá-lo, eu havia vislumbrado o ânimo e a convicção que ele possuía na época da primeira paróquia, perdidos sob a chibata de seus captores, e que depois procurara naquela área do oeste de Londres, encorajado por um consultor dissidente com visão punitiva própria.

O primeiro policial entrou na garagem. O inspetor fez um sinal para dois policiais armados, que apontaram os revólveres para meu peito. Ele gritou comigo, a voz se perdeu nas buzinadas dos residentes impacientes para retornar a suas casas.

Em seguida um sujeito forte de jaqueta policial à prova de bala surgiu e aproximou-se do Saab, o cabelo louro eriçado pelo deslocamento de ar provocado pelas pás do helicóptero.

"Senhor Markham? Suponho que..." O major Tulloch segurou meu braço com a mão manchada de tabaco e me empurrou contra o carro. "Atira melhor do que eu pensava..."

Entreguei-lhe a pistola e apontei para Richard Gould, estendido entre os controles como um aviador acidentado. "Ele ia matar minha mulher. E o ministro do Interior."

"Compreendemos." O major Tulloch examinou-me de cima a baixo, sem se impressionar, distante como sempre. Debruçou-se dentro do Saab e revistou os corpos, em busca de outras armas, e depois verificou o pulso, mecanicamente.

A polícia encheu o porão, um grupo da polícia científica já preparava seu equipamento, as câmeras, a fita para isolar a área e os jalecos brancos. Sally me esperava na saída de incêndio, rosto tenso e cabelo desgrenhado, mas decidida a se manter sobre suas próprias pernas. Henry Kendall, ao seu lado, balançava a cabeça para um sargento da polícia, quase tonto entre tantos policiais armados. Ele pegou Sally pelo braço, tentando se acalmar, mas ela se afastou e veio na minha direção. Com um esforço louvável ela conseguiu sorrir para mim, apesar de todo o barulho, e apontou para o laptop molhado que trouxera do apartamento. Observando-a, orgulhoso, concluí que tudo ia acabar bem.

O major Tulloch falava rispidamente pelo rádio, a identificação estava feita. Ao me entregar à custódia de um inspetor, ele disse: "Senhor Markham, correu riscos demasiados. Para variar, tente uma vida mais tranqüila..."

Lá fora, mais alto que o ronco do helicóptero, um carnaval ruidoso enchia o ambiente. Eram as buzinadas dos residentes de classe média que voltavam para a Marina Chelsea.

35. Sol sem sombra

Os relógios deram a impressão de parar, esperando que o tempo os alcançasse. Os calendários voltaram a meses mais calmos, antes do verão. Sally e eu retomamos nossa vida juntos em St. John's Wood, e os residentes de Marina Chelsea continuaram a retornar ao condomínio. Em duas semanas um terço dos moradores já ocupavam suas residências novamente, em dois meses quase toda a população já se reinstalara. Os responsáveis pela subprefeitura de Kensington e Chelsea, nervosos com os efeitos que uma revolução social teria no valor dos imóveis, enviou um batalhão de servidores ao condomínio. Eles retiraram carcaças queimadas dos carros, asfaltaram ruas e consertaram casas danificadas. Alguns poucos turistas e historiadores acharam que nada havia mudado.

Dinheiro, sempre mais difícil de desgastar que asfalto, ajudou a pavimentar as ruas novamente. Negociações amigáveis com a administração do condomínio terminaram com sucesso, graças à promessa de revisão de impostos pela prefeitura. Em troca, a companhia adiou o aumento da taxa de condomínio, estopim da revolta. A consternação pública ao ver que trabalhadores de baixa renda estavam sendo expulsos do mercado imobiliário londrino enterrou os planos de construção de um conjunto de prédios de apartamentos de alto luxo. Assim como as enfermeiras, os motoristas de ônibus e os guardas de trânsito, os profissionais de classe média da Marina Chelsea eram tidos agora como mal pagos porém indispensáveis protagonistas da vida londrina. O sentimento, repetido por um ministro do Interior aliviado em numerosas entrevistas na televisão, confirmou a crença original dos moradores de que eles formavam o novo proletariado.

O ministro, tendo sobrevivido a uma tentativa de assassinato por parte de um pediatra demente, sugeriu magnânimo que não fossem feitas acusações formais de incêndio criminoso, agressão ou perturbação do sossego contra os residentes. Os ataques ao National Film Theatre, Tate Modern, estátua do Peter Pan e várias agências de viagem e locadoras de vídeo foram discretamente esquecidos. A bomba em Heathrow foi para a conta de extremistas desconhecidos do al-Qaeda.

Kay Churchill foi a única residente a receber uma condenação leve pela mordida na sargento Angela quando esta tentou impedi-la de pôr fogo na própria casa. A ex-professora de cinema cumpriu sessenta dias de prisão em Holloway e retornou triunfante ao condomínio. Seu agente obteve um polpudo adiantamento pelo livro que escreveria sobre a revolução, e Kay tornou-se uma bem-sucedida colunista e comentarista de televisão.

Stephen Dexter fugiu do país e morou na Irlanda por um tempo, discretamente, até se mudar para a Tasmânia. Sua fé voltou, e ele se tornou vigário de uma pequena paróquia a oitenta quilômetros de Hobart. Um cartão enviado para mim o mostrava bem-disposto e pensativo, reconstruindo um avião de guerra Tiger Moth no celeiro atrás da casa paroquial. Contou que iniciara a construção de uma pista de pouso, já limpara cinqüenta metros de descampado pedregoso.

Eu voltei para o Instituto Adler, reassumindo meu posto, o único membro da equipe que disparara uma arma num momento de raiva. Muitos de meus colegas haviam machucado pacientes, mas eu matara. Henry me disse que eu provavelmente seria o próximo diretor do Instituto.

Duvido muito que o major Tulloch, o Ministério do Interior e a Scotland Yard acreditassem que eu atirei no dr. Gould e em Vera Blackburn. Foram cuidadosos ao me interrogar, evitando perguntas incômodas, e não fizeram o teste de resíduos de pólvora em minhas mãos. Mas a especulação da mídia é a prova dos nove da verdade admitida, e fui publicamente consagrado como o homem que poupou o ministro do Interior do segundo tiro assassino.

Sally testemunhou que salvei sua vida. No inquérito ela confirmou que Richard Gould a seqüestrara, e depois me atraíra para a Marina Chelsea com a intenção de matar os dois. Isso pode até ser verdade, mas eu prefiro pensar que foi Sally quem me salvou, ao me trancar no quarto antes que eu pudesse seguir Gould até o telhado.

Casamentos alimentam-se de pequenos mitos, e este nos aproximou, revertendo os papéis de paciente e protetor que atormentava nossos primeiros anos juntos. Sally jogou fora as muletas e comprou um carro novo, tornando-se uma esposa dedicada e resoluta. Quando jogamos bridge com Henry Kendall e sua atual noiva, vejo Sally olhá-lo com os olhos intrigados de uma mulher que considera inconcebível ter um dia resolvido ser sua amante.

A polícia liberou o Saab dois meses após o inquérito do legista. A equipe forense havia terminado seu trabalho, e fiquei surpreso ao ver que não haviam tentado limpar o carro. As manchas de sangue continuam lá, no banco da frente e no traseiro. As impressões digitais de Gould estão espalhadas pelo interior do veículo, volutas macabras que marcam seu estranho poder sobre o mundo.

O Saab está guardado na garagem da casa da minha mãe, em High Barnet. Após sua morte meu advogado me aconselhou a vender o imóvel, mas eu preferi conservá-lo, uma homenagem tanto à natureza egoísta de minha mãe quanto à mente muito mais forte e destrutiva que exerceu uma influência ainda maior sobre mim.

Sally jura que os fantasmas assombram a casa em Barnet, e evita visitar os quartos empoeirados decorados com fotos emolduradas de casas noturnas esquecidas e manifestações antinucleares. Mas eu passo lá uma vez por mês, para examinar o telhado. Antes de sair entro na garagem e olho para o Saab com comandos que parecem especialmente projetados, como as crianças com problemas no cérebro, para um mundo paralelo que Gould tanto tentou penetrar.

Aceito agora que Richard colocou a bomba que matou Laura em Heathrow. Com quase toda a certeza ele atirou na apresentadora de televisão cujo nome ele nunca conseguia lembrar, escolhendo-a por ser famosa e totalmente descartável, de modo que sua morte não fizesse sentido. Sonhando com Hungerford, ele teria cometido crimes ainda mais sérios.

A seu modo desesperado e psicopático, os motivos de Richard Gould eram honrados. Ele buscava sentido no mais insensato dos tempos, o pioneiro de uma nova espécie de homem desesperado que se recusa a ajoelhar-se perante a arrogância da existência e a tirania do espaço-tempo. Ele acreditava que os atos mais gratuitos poderiam desafiar o universo em seu próprio campo. Gould perdeu a partida e teve de ocupar seu lugar ao lado de outros desajustados, os assassinos arbitrários dos recreios escolares e bibliotecas, que cometiam crimes atrozes em suas tentativas de ressantificar o mundo.

Até a Marina Chelsea ajudou a provar o ponto de vista de Gould. Como ele previra, a revolução estava condenada desde o início. A natureza fizera a classe média para ser dócil, virtuosa e civicamente responsável. A abnegação estava entranhada em seus genes. Mesmo assim os residentes se libertaram de suas amarras e lançaram sua revolução, embora sejam lembrados atualmente apenas pela destruição da estátua de Peter Pan em Kensington Gardens.

Um mistério permanece. Por que os moradores, depois de conseguirem tanta coisa, retornaram para a Marina Chelsea? Ninguém sabe explicar aquele comportamento intrigante, nem os próprios residentes. Assistentes sociais, psicólogos do Ministério do Interior e jornalistas experientes passaram meses pesquisando o condomínio, tentando descobrir o motivo que levou os residentes a abrirem mão do exílio. Ninguém com quem falei, na Marina Chelsea, soube explicar o retorno, e uma curiosa hesitação toma conta da conversa quando o assunto é abordado.

Teriam percebido desde o começo que o protesto na Marina Chelsea estava fadado ao fracasso, e que a falta de sentido era sua maior justificativa? Eles sabiam que a revolta era em muitos aspectos um ato terrorista insensato, como o incêndio do NFT. Só ao abreviar o exílio e retornar ao condomínio eles poderiam deixar claro que sua revolução não tinha mesmo sentido, que os sacrifícios eram absurdos e os ganhos, insignificantes. Um fracasso heróico se redefine como sucesso. A Marina Chelsea serviu de anteprojeto para os protestos sociais do futuro, para levantes armados sem sentido e revoluções condenadas, para a violência imotivada e manifestações insensatas. A violência, como Richard Gould disse certa vez, deve ser sempre gratuita, e nenhuma revolução séria deveria atingir jamais seus objetivos.

Ontem à noite Sally e eu saímos para jantar com amigos num restaurante da King's Road, não muito distante da Marina Chelsea. Depois disso fomos passear até o portão, passamos pelo antigo escritório da administração, que hoje abriga o programa de assistência aos residentes. O departamento administrativo, que cuida das contas e taxas, os medidores que controlam o consumo de gás, água e eletricidade dos moradores estão fora de vista, num anexo dos fundos. Nas janelas, uma foto aérea retocada mostra a Marina Chelsea como um local de charme quase milenar, com ruas livres da criminalidade e valor dos imóveis em ascensão.

Contentes por estarmos juntos, Sally e eu resolvemos caminhar pela Beaufort Avenue. Havia uma dúzia de jantares festivos em andamento, a alta das ações estimulava as conversas. Adolescentes em traje de montaria, após as aulas de equitação vespertinas, flertavam em volta dos Jeeps e Land Rovers familiares, provocando os rapazes bem-educados que imitavam as últimas tendências da moda negra.

"Está tudo lindo." Sally encostou a cabeça no meu ombro. "Deve ser gostoso morar aqui."

"É mesmo. Construíram um clube esportivo e ampliaram a marina. Têm praticamente tudo que se pode desejar."

"Entendo. E contra o que eles se revoltaram, exatamente?"

"Bem... talvez eu escreva um livro sobre isso."

Mas eu pensava em outra época, no breve período em que a Marina Chelsea era um lugar realmente promissor, quando um jovem pediatra persuadiu os moradores a criar uma república única, uma cidade sem placas, leis sem penalidades, eventos sem sentido, sol sem sombras.

ESTA OBRA FOI COMPOSTA PELO GRUPO DE CRIAÇÃO EM ELECTRA E
IMPRESSA PELA GEOGRÁFICA EM OFSETE SOBRE PAPEL PÓLEN SOFT DA
SUZANO BAHIA SUL PARA A EDITORA SCHWARCZ EM MAIO DE 2005